Shamrock

ALFONSO GARCÍA

alfonsogarcia.shamrock@gmail.com

Printed by CreateSpace, An Amazon.com Company

1ª Edición, 2017

Portada: Julia San Millán

Playlists:

-Youtube:
   Shamrock-libro Alfonso García

-Spotify:
   https://open.spotify.com/user/alfonsogarciashamrock

[1]Ley 27/1995, de 11 de octubre, de incorporación al Derecho español de la Directiva 93/98/CEE, del Consejo de 29 de octubre

AGRADECIMIENTOS

En primer lugar mi agradecimiento a Julia San Millán por cederme tan generosamente uno de sus cuadros para la portada del libro.

En segundo lugar, todo mi reconocimiento a los autores e intérpretes de las canciones mencionadas en el libro. Sus melodías son inolvidables, vienen siempre acompañadas de nostalgia y es imposible no sonreír al escucharlas. Además, las letras son una forma perfecta de acercarse a la poesía y, en nuestra generación, los mensajes que intuíamos en ellas supusieron algo muy especial que trato de describir en las páginas siguientes, espero que con acierto.

Este agradecimiento es extensivo a la infinidad de canciones que, muy a mi pesar, no he podido incluir porque no se adecuaban a la trama, pero que son tan maravillosas como las seleccionadas.

En cuanto a la traducción de los fragmentos de las letras en inglés son de mi propia cosecha, por lo que pido disculpas a los autores por los errores que sin duda habré cometido.

Capítulo I

Todo Negro

<table>
<tr>
<td>

"I see a line of cars and they're all painted
black
With flowers and my love, both never to
come back
I see people turn their heads and quickly
look away
Like a newborn baby, it just happens
everyday

I look inside myself and see my heart is
black
I see my red door and must have it
painted black
Maybe then I'll fade away and not have to
face the facts
It's not easy facing up when your whole
world is black"

</td>
<td>

"Veo una fila de coches todos pintados
de negro
Con flores y mi amor, que nunca
regresaran
Veo gente girando sus cabezas y
apartando la vista rápidamente.
Es como cuando nace un bebé, pasa
todos los días.

Me veo por dentro y veo que mi
corazón está negro.
Veo mi puerta roja y debe estar pintada
de negro
Puede entonces que desaparezca para no
tener que enfrentarme a los hechos
No es fácil afrontarlo cuando todo tu
mundo es negro"

</td>
</tr>
</table>

The Rolling Stones. Paint It Black. (Jagger&Richards).1966

Los viajes en avión son muy cómodos, distancias de más de quinientos kilómetros se resuelven en menos de una hora. Es muy rápido, pero estoy cansado de tanto surcar los cielos de todo el mundo. Además, no hay casi tiempo para ensimismarse como en el tren. Me gusta viajar en tren, la monotonía del ruido de las ruedas al cruzar por las junturas, el efecto hipnótico de los árboles al pasar por la ventanilla y el propio cansancio del viaje me sumen en una especie de estado místico y, absorto en mis meditaciones, se hacen muy cortos los trayectos.

La repetición monótona de sonidos o de actos, es una pieza esencial de muchas religiones: el rosario, las peregrinaciones, el tasbih musulmán o los derviches giradores turcos, son algunos ejemplos de cómo la reiteración extenuante de pasos, rezos o giros, predisponen al cerebro para la meditación.

Pero hoy, aunque me apetecía pensar, he preferido utilizar el coche para poder sentir el aire fresco del otoño viajando con la capota abierta. Al menos trataré de disfrutar mientras pueda, porque la arriesgada climatología de esta época del año lo permite sólo a veces, y lo normal es que algún aguacero te obligue a volver a encajar la cubierta de lona y a enjaularte en el cubículo cerrado de la carrocería del coche.

Necesito respirar todo el aire que me permitan los pulmones, sin impedimentos, para sentirme vivo. Respirar y traer a mi mente ideas positivas, como mi hija con su chupete en la boca, como el mar de Santander o como las claves secretas que compartíamos: "tres por dos"…

El coche ha sido una buena elección, los aviones me gustan, pero llevo viajados millones de kilómetros en ellos y aunque sean nuevos y estén muy limpios, me da la impresión de que el aire está siempre viciado. Además, la mejor manera de superar los viajes en avión, es concentrar la mente y olvidar el tiempo perdido y, si es posible, dormir. Es práctico, pero no te sientes vivo, es como un paseo por el hiperespacio de las viejas películas de ciencia ficción, desapareces en un punto y apareces a años luz de distancia en segundos, sin recordar lo que ha pasado en ese breve espacio de tiempo.

Los kilómetros trascurrían monótonamente y la recordaba de todas las formas posibles: adolescente y adulta, vestida y desnuda, riendo y llorando, enfadada y ansiosa… era tan melancólico y, a la vez, tan agradable su recuerdo.

La música en el coche iba acompañando mis sentimientos. Desde que era adolescente me ha gustado recopilar mi música favorita, entonces en los casetes y, desde hace unos años, en los CDs. Empleo bastante tiempo, pero el placer que me produce escuchar el tema apropiado en cada momento, me compensa con mucho el esfuerzo. Además, siempre me llevo alguna sorpresa cuando alguna canción parece tener vida propia y aparece en el momento justo. Entonces, mis pensamientos son exactamente los mismos que estoy escuchando describir al cantante. Puede ser que la canción tenga vida propia y aparezca coincidiendo con mis emociones o quizá, al escucharla, la mente me sugiera los mismos sentimientos de forma inconsciente.

Este era uno de esos momentos. Mientras circulaba por la carretera nacional, los Rolling Stones llenaban todo el espacio a mí alrededor, que era inmenso pues, con la capota de mi viejo Audi abierta, llegaba hasta el cielo. El ritmo machacón y desgarrado de la negra canción describía perfectamente mi estado de ánimo: triste y confuso. Triste por la pérdida de un amor y, como en la canción, confundido por la indiferencia de la gente.

Me cruzaba o adelantaba otros automóviles, y los conductores o los acompañantes parecían seguir sus vidas sin que nada les afectase. Había muerto una mujer maravillosa y parecía que no les importaba nada, apartaban la vista de mí porque, para ellos, nada extraordinario había ocurrido, como en la canción: "es algo que pasa todos los días".

En el asiento vacío del acompañante tenía su carta de despedida. Había tocado y observado el sobre con detenimiento, por todos los lados, había olido el papel intentando captar el aroma de su cuerpo, pero no me había atrevido a abrirlo. No quería abrir el sobre y no quería asistir al funeral. Por eso iba disminuyendo la velocidad a medida que me acercaba al destino, como si pudiera evitar lo inevitable.

Odio los funerales, ¡nadie quiere estar allí!, todos los asistentes van obligados y se dividen entre los que están tan tristes que no querrían hablar con nadie y hubieran preferido quedarse en casa para llorar su dolor, y los que no sienten una pena especial por la pérdida, pero por compromiso, por convenciones sociales, también tienen que hacer acto de presencia. Por supuesto, el finado también preferiría no estar y, además, le da igual si asiste alguien o no.

Es por la familia dice la gente, pero si en este caso la familia no ha demostrado mucho interés en vida por ella y, además, no me caen bien, ¿qué pinto en el coche hacia un funeral a más de quinientos kilómetros de mi casa?

Era una pregunta estúpida, como la situación, como la vida y, sobre todo, como la muerte, que es ¡la idiotez suprema!, no da sentido a nada, se lo quita a todo. De todas las ideas de la vida y la muerte que plantean las religiones que conozco, sólo me parece plausible la que tenían los antiguos griegos: dioses crueles que se reían desde el Olimpo de los seres humanos. Una idiotez y una broma. Hacía apenas dos años, estaba llena de vida y ahora sólo es un bonito y amargo recuerdo, ¡qué ironía!, ¡que hijos de puta los dioses!

¿Y qué podía hacer yo?, lamentarme, intentar olvidar, llorar o reír, acelerar o frenar, decidí que necesitaba sentir la vida y respirando el aire fresco de la carretera, me parecía que capturaba energía y que podía trasmitirla a quien yo decidiera. Al menos respiraba por ella, es decir, vivía por ella.

Afortunadamente la zona de curvas que apareció en el trayecto me exigió más atención a la carretera y dejé mis reflexiones. Decidí poner de nuevo la canción a todo volumen y saltarme los límites de velocidad. Disfruté por unos minutos, pero irremisiblemente volví a caer en mis negros pensamientos.

La idea de la vida como una carretera o un camino como proponía el Opus Dei. Sí, todo parece encajar, con sus salidas que te cambian el destino, con sus puertos de montaña que el motor remonta con esfuerzo, valles agradables y ríos con puentes estrechos difíciles de cruzar, equivocaciones que te hacen ir atrás para luego repetir el trayecto y volver al mismo punto. A veces solo, a veces acompañado de multitud de desconocidos en las caravanas veraniegas, a veces en pareja o en familia, a veces en autobuses llenos de gente. Todo tiene sentido, todo encaja, todo, menos la broma final: ¿a dónde vas?

Vuelvo a acelerar, vuelvo a respirar, quiero pintar todo de negro y sólo el cielo parece hacerme caso. Los nubarrones son de un gris más oscuro por momentos, hay poca luz solar y las nubes se han encargado de apagar la que quedaba. Va a llover, puedo oler el ozono que antecede a la tormenta, tres partículas de oxígeno, ¡mejor!, así respiro más.

La lluvia empieza a caer sobre mí. Con la velocidad, las gotas me golpean con fuerza, pero cerraré la capota un poco más tarde porque el dolor, el frio en la cara y los sobresaltos por los truenos, hacen que me sienta vivo.

He parado en una gasolinera para repostar y, cuando he entrado en el bar totalmente empapado, he sido el hazmerreír de todos los empleados.

-¿Cómo lo quiere solo o con leche?

Segundos de duda. Lo quiero con ella y lo tengo que tomar solo…

-Solo, por favor.

Arranco de nuevo, la capota cerrada, el ruido de la lluvia sobre ella, clac, clac, clac… Los truenos parecen más lejanos, la calefacción me ha hecho recuperar el tacto de las manos. Oigo mejor la música, observo el asfalto, negro como la noche, negro como el carbón. Pasan los minutos, las curvas, los kilómetros. De repente, suena el teléfono móvil… ¡ella me llama!, ¡qué alegría!

PARTE 1: ADIÓS A LA ADOLESCENCIA

"The days of wine and roses laugh and
run away like a child at play
Through a meadow land toward a closing
door
A door marked 'nevermore' that wasn't
there before

The lonely night discloses just a passing
breeze filled with memories
Of the golden smile that introduced me to
The days of wine and roses and you"

Los días de vino y rosas ríen como
un niño jugando
por un prado que escapa hacia una
puerta cerrada.
Una puerta que no estaba antes allí y
rotulada "Nunca más"

En las noches solitarias una brisa
pasajera llena de recuerdos de la
sonrisa más maravillosa me sumerge
en los días de vino y rosas y tú.

Frank Sinatra. Days of wine and roses. (Mancini&Mercer).1964

Capítulo II

Toute une éternité d'amour

"La mer m'a donné
Sa carte de visite
Pour me dire:" je t'invite
À voyager

....

Terres inconnues

....

Plus belle qu'un voyage
Plus douce, plus sauvage
Plus calme et plus cruelle
Que la mer qui m'appelle"

"El mar me ha dado
su tarjeta de visita
para decirme: te invito
a viajar

...

tierras desconocidas

...

Más bella que un viaje
Más dulce, más salvaje
Más tranquila y más cruel
que el mar que me llama"

Georges Moustaki. La Mer m'a Donné. 1969

Aquel verano del 79, éramos jóvenes, muy jóvenes. Yo tenía diecisiete años y Susana estaba a punto de cumplir los dieciséis. Habíamos comenzado a salir, como se decía en aquella época, en el mes de junio y desde los primeros días de nuestra relación fuimos inseparables.

Antes de conocer a Susana, era un adolescente inseguro que miraba con deseo a las chicas, sin tener el valor suficiente para acercarme a ninguna. Susana, a pesar de que fingía ser más experimentada, también era una niña. No obstante, sobre todo al principio, llevaba la iniciativa y era mucho más desinhibida que yo. Por ejemplo, me tuvo que explicar cómo utilizar la lengua cuando la besé por primera vez. Era la única chica a la que había besado y todavía creía que, como en las antiguas películas en blanco y negro, debía mantener los labios cerrados. Pasé un poco de vergüenza por mí inocencia, pero al notar su lengua húmeda y caliente jugando con la mía, perdí rápidamente el pudor y gracias a una profesora tan decidida me fue muy fácil vencer mi timidez y aprender muy deprisa.

Susana era muy atractiva. Su cabello era moreno y lo llevaba peinado con una melena no muy larga y ligeramente ondulado, como dictaba la moda de la época. El flequillo cubría parcialmente su ojo izquierdo, lo que daba un aire pícaro a su mirada que, al mismo tiempo, y quizá por estar envuelta en unos párpados ligeramente abultados, insinuaba melancolía. Los labios finos y la nariz bien perfilada terminaban de dibujar su rostro que se adornaba con un pequeño lunar en su mejilla izquierda. Tenía la figura esbelta, las piernas largas y bien moldeadas y unos pechos un poco más grandes de lo que era de esperar por su estatura, pero firmes y desafiantes. Susana tenía una alegría natural, un desparpajo y una seguridad en sí misma que atraía a todo el mundo y, por supuesto, a mí que perdía el sentido en cuanto desplegaba su maravillosa sonrisa.

Nos habíamos conocido en El Sardinero. Tras una jornada en la playa, todas las familias se iban retirando a sus casas para vestirse con la estricta "etiqueta" de las capitales provincianas e iniciar la habitual peregrinación por el Paseo de Pereda. Atardecía, y ya sólo quedábamos algunos jóvenes en la playa, estaba todavía tumbado en mi toalla, charlando con dos amigos, y me fijé en ella, sentada en las escaleras de acceso. Había visto a Susana, aunque aún no sabía su nombre, esa misma mañana, en bañador, jugando a las palas con unas amigas. Ahora, en el Parque de Mesones, ya estaba vestida con unos pantalones vaqueros desgastados y una blusa blanca. Pensé que, seguramente, se habría cambiado poco antes, en la playa, con la técnica que utilizábamos para vestirnos y desvestirnos con la simple ayuda de una toalla. Técnica, complicada y arriesgada que, en innumerables ocasiones, terminaba con la exhibición involuntaria de alguna parte del cuerpo oculta habitualmente. Sólo con imaginar el probable descuido de Susana, sentí un escalofrío.

Susana conversaba con una amiga y observaba con disimulo. Me llamaron la atención sus botas camperas que parecían más apropiadas para el invierno, pero que lucía con el orgullo de saberse adelantada a la moda juvenil. Aparentemente ajena a mí, reía mientras con un gesto coqueto, se acicalaba el cabello. La escena, aparentemente casual, era una puesta en escena bien preparada por ella misma, como tiempo después me confesó la propia Susana. La trampa dio resultado, había caído irremediablemente en su red como una mosca es atrapada en una telaraña, y comenzamos a "salir".

A partir de entonces, estábamos juntos a todas horas. Paseábamos con los amigos, sin prestar atención a sus comentarios irónicos sobre nuestro amor. Al principio, soportábamos la situación con estoicismo. Nos limitábamos a caminar de la mano y, sin llamar mucho la atención, besarnos inocentemente. Cuando fuimos ganando confianza, nos intercambiábamos continuas miradas de deseo y nos sentíamos mejor solos, así que en cuanto teníamos la ocasión, despistábamos a la pandilla, nos alejábamos y, en algún lugar discreto, nos besábamos apasionadamente.

La vida transcurría apacible en los interminables veranos de Santander. Por las tardes, los paseos por la zona del Sardinero y la Magdalena, los días lluviosos al refugio de los bares de moda. Nuestra pandilla frecuentaba la calle Pedrueca, solíamos tomar unas cervezas en el Tetos y, si teníamos dinero suficiente, ración de pollo asado en el Siglo XXI. Pero sin duda, lo que más nos gustaba era disfrutar de los días soleados en las maravillosas playas del Sardinero. La pandilla prefería la Segunda Playa para evitar coincidir con nuestros padres que acostumbraban a ir a la primera. Susana y yo, pasábamos el día bañándonos en las agitadas y frescas aguas del mar Cantábrico. Después, tumbados perezosamente en la misma toalla, sobre la arena blanca y caliente, charlábamos o descansábamos con los ojos entrecerrados. Cuando Susana se descuidaba me deleitaba contemplar su cuerpo todavía adolescente, apenas cubierto por un bikini estampado que tenía algo de infantil, pero dibujaba nítidamente toda su figura. Algunas veces, de forma disimulada, dirigía mi mirada hacia abajo y siguiendo el ritmo de su respiración, observaba el espacio entre la braga del bikini y su liso vientre. Me esforzaba hasta que, por un instante, podía vislumbrar una matita de pelo negro y rizado que encendía todos mis sentidos. Estas visiones me provocaban inmediatamente una erección que me obligaba a girar el cuerpo y situarme boca abajo para evitar hacer el ridículo en la playa. Repetía todos los días las miradas y, a pesar de los esfuerzos por ocultar mi curiosidad, finalmente fui descubierto por Susana, que me preguntó con una pícara sonrisa:

-¿Qué miras Gatito?, ¡eres un cochino!

Desde el principio Susana me llamaba Gatito, no me gustaba mucho porque los amigos se reían de mí, pero terminé acostumbrándome.

-¡Nada! -contesté con poco convencimiento, mientras mis mejillas se pusieron tan rojas como mi espalda después de los primeros días del verano.

-¿Nada?, ¿qué te interesa de por ahí? -insistió curiosa Susana.

Yo no sabía que contestar, pero, para mi sorpresa, Susana en lugar de enfadarse o hacerse la ofendida, se giró hacia mí y conteniendo la respiración me facilitó aún más la observación. El bulto de mi entrepierna había crecido ostensiblemente y Susana, que clavaba su mirada con descaro en mi bañador, abría los ojos, divertida y excitada.

Este juego se repitió muchas veces en el verano. No obstante, cumpliendo con las estrictas reglas que circulaban entre los adolescentes de nuestra edad, no sobrepasamos los límites de las caricias y de los besos, de momento. Besos, eso sí, cada vez más apasionados, y caricias cada vez más atrevidas. Al despedirnos por la noche en su portal, mis manos se precipitaban debajo de su camisa hacia su espalda. Cuando sentía el cierre del sujetador, lentamente deslizaba la mano por el tirante, hasta llegar a la copa y al lateral de sus senos. Otras veces, sobre todo si no llevaba vaqueros, bajaba por su espalda e introducía mis dedos por dentro del elástico de su braga. Justo en esos momentos, parecía sonar una alarma y Susana me reconducía delicadamente hasta el punto inicial.

Después de todas estas maniobras me iba a casa con unos "calentones" tremendos que sólo conseguía apagar masturbándome con furia, imaginando la mata de pelo púbico que tan generosamente me mostraba Susana en las jornadas de playa.

En muchas ocasiones, para evitar que Susana me leyera el pensamiento que, una y otra vez, se centraba en sus dos magníficas tetas o en el recuerdo de su vello púbico, me recreaba hablando sin parar de temas muy sesudos: problemas de física del cosmos o pretenciosas dudas existenciales que eran, desde luego, asuntos poco apropiados para el verano. Supongo que me atrincheraba en estos absurdos discursos para impresionarla, pues ni yo mismo estaba seguro de entender lo que pretendía explicar a Susana que, como es lógico, me escuchaba sin prestar ninguna atención.

Una tarde, estábamos los dos solos en la terraza vacía de un restaurante cercano a la playa que, hasta hacía pocas horas, había estado decorada de ensaladas y sangrías y muy animada con el bullicio propio de las comidas veraniegas.

Disfrutábamos de la tranquilidad del lugar, Susana acomodada en una silla de la terraza y yo, sentado sobre la mesa, con mis pies apoyados en otra silla. Observaba a Susana por encima de su cabeza y, desde esa posición, tenía sus tetas justo debajo de mis ojos. Después de un buen rato contemplando su escote desde una perspectiva perfecta, mi cuerpo tomó sus propias decisiones y mi mano derecha se deslizó hacia su pecho, mientras los dos sesgos del escote de la blusa blanca se balanceaban con la suave brisa. Ahora recuerdo que a Susana le gustaba mucho el color blanco, siempre utilizaba ropa interior de ese color y, en verano, solía vestir blusas de aspecto ibicenco, siempre blancas y con bordados de algodón.

En esta ocasión, a diferencia de la primera vez que atisbé su vello púbico, sí que sorprendí a Susana. Quizá por eso, no ofreció resistencia, y avancé decididamente entre el sujetador y su pecho izquierdo, notando el latir acelerado de su corazón. Susana, todavía desprevenida, me dejó manosear y aplastar su seno turgente. Unos instantes después, cuando reaccionó al desconcierto inicial, apoyó su mano sobre su camisa, justo por encima de la mía, haciéndome saber que le agradaba, pero dirigiendo mis movimientos, para evitar que mi inexperiencia convirtiera lo que debían ser agradables caricias, en algo más parecido a un examen médico. Después, complacida, me miró fijamente y nos fundimos en un beso que hubiera querido que durara una eternidad. Nunca he podido olvidar el sabor y el calor de aquella lengua que, aunque yo entonces no lo sospechaba, tantos momentos de placer me iba a procurar en el futuro.

A partir de entonces todo pareció deslizarse en una espiral de escarceos sexuales cada vez más atrevidos, de la que no podíamos, ni queríamos bajarnos. Recuerdo mil momentos, todos muy placenteros, que tengo fielmente grabados en mi memoria, pero recuerdo especialmente el primero…

El verano se acababa y la pandilla fue cambiando el lugar habitual de diversión desde la playa del Sardinero a una casa propiedad del padre de Susana. La casa estaba situada en la Avenida de Los Castros, cerca del campus universitario de Santander. Normalmente se encontraba alquilada a estudiantes durante el curso, pero en el verano estaba vacía y aprovechábamos la oportunidad, para disfrutar de libertad sin el control de los adultos.

Susana había conseguido furtivamente las llaves del piso que su padre guardaba en su despacho. Para evitar ser descubiertos, cuando accedíamos a la casa, teníamos que subir separados y teniendo cuidado de no coincidir con algún vecino en la escalera. El padre de Susana era muy estricto y no nos hubiera dejado las llaves, si se lo hubiéramos pedido. En realidad, creo que ningún padre de la época nos hubiera permitido, a chicos y chicas, estar solos en una casa, en aquellos primeros "guateques" juveniles.

La palabra "guateque" ya estaba pasada de moda entonces, pero a nosotros nos divertía jugar con el lenguaje y llamar de esa forma, a esas tardes de charla, música, baile y primeras experiencias con el alcohol, en lugar de fiesta o "party" que decían los más pretenciosos.

Como no estábamos acostumbrados a beber, preparábamos combinados dulces, de refresco y de ron en la mayoría de los casos, para hacer más soportable su sabor. Aunque al principio, no nos resultaba agradable, fingíamos ser adultos experimentados y bebíamos con falsa naturalidad. El alcohol provocaba que nos riéramos tontamente de las ocurrencias y chistes que conocíamos de memoria y se creara una camaradería artificial, que se desvanecía en cuanto desaparecían sus efectos. Después de unas cuantas copas, nos sentíamos desinhibidos y, sólo entonces, nos animábamos a ser más decididos con las chicas. Esto último era lo que realmente buscábamos con la embriaguez, pero tenía mucho riesgo porque era inevitable que, al final de la fiesta, alguien que no había controlado la bebida, acabara tambaleándose y vomitando para estropearnos la diversión.

Las copas y las risas se mezclaban de forma obligatoria con la música pop o rock de la época, que actuaba como una clave secreta que sólo entendíamos los miembros de nuestra generación. La música anglosajona llegaba con cuentagotas a la España de esos años y únicamente los jóvenes nos interesábamos por ella porque nuestros padres la aborrecían.

En las fiestas, reproducíamos los discos en un tocadiscos marca Vieta, creo recordar, que amplificaba más los chisporroteos típicos de los vinilos que las propias melodías. Lo colocábamos en el salón de la casa, encima de un espantoso aparador con las puertas decoradas con rombos.

Aunque cada uno colaboraba con su propia colección, incluso sumando los discos de todos, teníamos pocos, así que los repetíamos una y otra vez: los Beatles, los Credence's... Al principio de la fiesta, los chicos escuchábamos la música con atención casi religiosa, mientras las chicas, normalmente menos interesadas, parloteaban sin cesar poco preocupadas por la "trascendencia" de aquellas canciones. Pero al final, cuando gracias a la bebida ya habíamos perdido la timidez, siempre sonaba en el viejo tocadiscos George Moustaqui. Las empalagosas canciones en francés eran infalibles y, con su ayuda, podíamos disfrutar de los bailes lentos o agarrados, como se decía entonces. A los chicos no nos gustaban especialmente, pero eran un pretexto perfecto para intuir el cuerpo de nuestra pareja que todavía era un misterio que queríamos descubrir ansiosamente.

Le Mètèque era la canción que más éxito tenía, pero a Susana le gustaba muchísimo otro tema del mismo disco: La mer ma donné. La continua sugerencia a viajes por tierras desconocidas, encendían sus ganas de desplegar las alas y volar lejos de Cantabria y, seguramente, de mí. Yo sólo canturreaba las ultimas estrofas cuando bailábamos pegados como si fuésemos una sola persona: más bella que un viaje...

Aunque los curas de nuestra época se estaban modernizando, todavía nos advertían en la misa semanal de la "peligrosidad" de los bailes y de las relaciones con las chicas. Estas advertencias eran totalmente innecesarias porque nuestra realidad era mucho más inocente que lo que nos hubiera gustado. No por miedo a los curas, sino por las tontas normas adolescentes que nos obligaban a mantener las apariencias y actuaban como una autocensura, mucho más eficaz que la educación religiosa y las tradiciones de una ciudad de provincias.

Aunque presumíamos de ser una generación con libertad sexual en las charlas de café, realmente estábamos tan reprimidos como las generaciones anteriores. Las más perjudicadas de esta falsa moral eran las chicas que tenían que estar especialmente vigilantes para evitar los malintencionados comentarios que circulaban sobre las más "lanzadas". Bailaban, se dejaban llevar un poco, pero siempre observando de reojo a los curiosos y tratando de evitar los avances de su pareja, seguramente muy a su pesar, para evitar ser objeto de críticas. Así que en definitiva y para alegría de los curas, sólo los más afortunados conseguían sobrepasar los inocentes límites que nos poníamos nosotros mismos.

Una tarde, Susana y yo éramos la única pareja que bailaba las canciones de Moustaqui, mientras todos los demás, aburridos, nos observaban. Me sentí incómodo y decidí coger de la mano a Susana para conducirla a la habitación que estaba al fondo del pasillo. Susana era muy osada y aunque encerrarse en una habitación con un chico, era un incumplimiento grave de las "normas", se dejó llevar sin resistencia. Una vez allí, me senté en una butaca orejera bastante cómoda, pero muy fea, tapizada en color beige con un anticuado diseño de tela Corderoy con bastones verticales. Susana se sentó sobre mis piernas y nos deshicimos en un beso infinito. De repente, me sentí tremendamente incómodo cuando mi erección juvenil, comprimida por los ajustados pantalones vaqueros, se vio todavía más aprisionada por el peso de Susana. Noté un fuerte dolor en mi pene y no me quedó otro remedio que levantar bruscamente a Susana y desabrochar rápidamente mis pantalones para evitar el suplicio.

Los vaqueros Levis son complicados de abrochar, pero fáciles de desabrochar: sólo es necesario soltar el primer botón y el resto se desabotonan fácilmente al abrir la bragueta con un movimiento decidido. Así que, en un instante, había conseguido liberar mi verga que, sin impedimentos, se levantaba aliviada y apenas cubierta por mis calzoncillos blancos. Al ver Susana la operación, se sorprendió un poco, pero, una vez repuesta, comenzó la misma maniobra con sus vaqueros, pero con la diferencia de que al estar de píe, éstos cayeron hasta sus tobillos.

Sentado delante de ella, sus braguitas blancas de algodón quedaron a la altura de mis ojos. Me fijé en el pequeño lacito que decoraba la estrecha cinta de raso que las rodeaba a modo de cinturón. Por debajo, la tela calada dejaba adivinar las caprichosas formas de los rizos de la mata de vello que continuamente imaginaba en mis sueños y, justo en medio, se intuía una rajita que ni siquiera me había atrevido a imaginar.

Susana comenzó a bajarse las bragas y quizá impresionado por ver por primera vez, su pelo púbico rizado sin ningún impedimento, pregunté absurdamente digno.

-¿Estás segura de lo que haces, Susana?

Susana comenzó a subirse las bragas. Ahora pienso que podría haber entendido mi rechazo como un desprecio, cuando era todo lo contrario, una deferencia hacia ella, un simple gesto de amor. Afortunadamente, Susana debió comprender mis intenciones porque lo hizo lentamente para deleitarme, y mirándome con cariño, me susurró:

-Vale lo dejaremos para más adelante, pero ese rabito que asoma por aquí -mientras terminaba de sacar mi pene del calzoncillo-, este rabito es mío.

A partir de ese momento, comenzó a jugar con él, con mucha curiosidad. Comenzó acariciándolo suavemente con los dedos y se fue animando hasta utilizar, sin ningún rubor, sus dos manos. Acariciaba suavemente con su mano derecha la punta y con la otra agarraba, unas veces, el tronco y otras, los testículos. Luego intentó deslizar, hacia arriba y hacia abajo, mi prepucio, pero como estaba totalmente circuncidado me molestaba, así que la enseñé a apretar rítmicamente. En pocos minutos, Susana era una consumada maestra en la masturbación masculina, así que, relajado, me recosté hacia atrás en el sillón. Sujeté sus pechos con mis manos y traté de retener mi eyaculación al máximo. Minutos después le advertí:

-Niña, ¡te vas a manchar!

Con los ojos entrecerrados me respondió:

-No me importa, estoy deseando ver cuanta leche está esperando por mí.

En ese momento, apreté firmemente sus senos y me fui, en una ráfaga de disparos que ella detuvo con la mano que tenía libre, para evitar que manchara la preciosa blusa blanca que llevaba abierta y recogida en el cuello. Poco después, el semen que no pudo retener decoraba mis calzoncillos, formando círculos. Susana observó con detenimiento su mano izquierda manchada y la acercó a su nariz para olfatearla y, al mismo tiempo, con los dedos, índice y corazón de la mano derecha, acarició suavemente mi glande húmedo y excitado. Antes de limpiarse con el pañuelo que le ofrecí tímidamente, me miró directamente a los ojos y chupó con delectación sus dedos manchados de mí, advirtiéndome:

-Va a ser la última vez que te manches... ¡la última vez!

Capítulo III

Cuanto más me das...

"Girl, I don't know, I don't know why
Can't get enough of your love babe
Oh, some things I can't get used to
No matter how I try
Just like the more you give, the more
I want
And baby, that's no lie
Oh no, babe"

"Chica, yo no sé, no sé por qué
No me canso de tu amor nena
Oh, hay algunas cosas
a las que no me puedo acostumbrar
Aunque lo intente
cuanto más me das, más quiero
Y nena, no es mentira
Oh no, nena"

Barry White. Can't get enough of your love, babe. 1974

Si el cariño compensa la falta de experiencia y se previenen las posibles consecuencias con medios anticonceptivos, hacer el amor a los dieciocho años es maravilloso. Sobra el vigor, todo es nuevo y la curiosidad es incontenible, por eso la vida de los adolescentes gira alrededor del sexo, es lo que da sentido a todo.

Es la pureza, en su acepción más interesante: "mero, solo, no acompañado de otra cosa". El otro significado, el que tiene que ver con la castidad o la ausencia de sensualidad, es el que han impuesto las mentes sucias, los puritanos que siempre están pensando en prohibir porque les produce el doble de placer saltarse sus propias reglas.

El problema viene años después, cuando una vez roto el encanto, el sexo no viene solo y puro, cuando se utiliza con otros fines que el mero placer, cuando viene en un "pack" que incluye: condiciones, intereses, venganzas, compromisos y contratos. El sexo es realmente impuro si las convenciones sociales arrasan con lo natural, con lo salvaje de nuestra especie. Aunque reprimir el sexo se ve como algo normal, es dañino y hasta antiecológico. Todo el mundo acepta que lo natural, lo puro, es el sexo domesticado dentro de las parejas estables o del matrimonio y que lo impuro, lo antinatural, es el amor libre y sin convenciones… ¡no lo entiendo!

Después de nuestro primer escarceo en la casa de Susana, se fueron sucediendo muchas otras ocasiones en las que, cada vez más desinhibidos, continuamos explorando nuestro camino del placer, ¡sólo del placer!

Nuestra relación era apasionada y absorbente. Procurábamos estar solos, evitábamos a nuestra pandilla y si coincidíamos con ellos, no les prestábamos ninguna atención. La curiosidad, la complicidad y, sobre todo, el deseo nos mantenían en una burbuja que nos aislaba del mundo, ¡no necesitábamos nada más!

Muchas veces he pensado si mereció la pena esa relación tan intensa, que nos hizo perder otras vivencias más normales a esa edad. Es verdad que hubiéramos podido conocer a más parejas y disfrutar más de los amigos, es verdad que renunciamos a viajes u otras actividades por no separarnos. Pero, por otro lado, la infinita suerte de que nuestra iniciación sexual fuera tan satisfactoria y natural creo que compensó cualquier inconveniente.

En nuestro caso, esas primeras veces fueron maravillosas porque la inseguridad inicial estuvo acompañada de grandes dosis de cariño y comprensión, de otra forma, estas vivencias pueden resultar incluso traumáticas. La confianza y el deseo sin complejos, son esenciales para experimentar, probar y facilitar el aprendizaje sexual y, también, para el éxito de la pareja.

Creo que los amantes experimentados y desinhibidos tienen mayor probabilidad de mantener las relaciones. Incluso después de una ruptura, los recuerdos de los buenos polvos son más duraderos que los de los malos momentos, de forma que, con el tiempo, éstos se van endulzando. En mi opinión, hay una relación directa entre ser buenos amantes y el buen sabor de boca que queda después de una relación. Por esta razón, existen parejas rotas que, una vez trascurrido el tiempo suficiente, guardan un buen recuerdo del pasado, mientras que otras, por el contrario, prefieren olvidarlo o incluso lo repudian.

Cada vez que pienso en Susana, sólo me vienen a la cabeza los innumerables momentos de placer que pasamos juntos y, por eso, mis recuerdos son maravillosos. Pero por si me fallara la memoria, tengo dos habilidades que siempre me recordarán a Susana. La primera es la destreza, cercana a la prestidigitación, para desabrochar los sujetadores, utilizando solamente mi mano izquierda. No son ningún obstáculo para mí, ni los tirantes con tres corchetes, ¡los más complicados! Esta habilidad puede parecer poco útil, pero me ha facilitado superar algunas situaciones embarazosas.

Otra destreza mucho más valiosa, es el autocontrol de la eyaculación. Gracias a las innumerables veces que Susana y yo hicimos el amor sin protección, aprendí a controlarme y alargar el momento a voluntad. Aunque parece una auténtica locura no haber utilizado medidas de precaución, entonces la sociedad era muy conservadora por lo que resultaba difícil, para una pareja de jovencitos, conseguir preservativos. En cualquier caso, por mi habilidad y seguramente por suerte, no ocurrió nada de que arrepentirnos.

A pesar del buen recuerdo, nuestra historia fue larga y no fue tan idílica siempre. Tuvimos discusiones y muchos altibajos en nuestra relación, pero en aquellos años solucionábamos los problemas fácilmente con nuestras insaciables ganas de estar juntos entregándonos al placer, que era la sólida base que mantenía nuestra pareja.

Sería difícil resumir todas las veces que hicimos el amor en esa época y, más difícil todavía, trascribir todos los detalles que recuerdo. Era como una incontrolable adicción, cuanto más hacíamos el amor, más necesitábamos hacerlo de nuevo, nunca teníamos suficiente.

Una tarde de domingo, en verano, invité a Susana a la casa de mis padres, aprovechando que habían ido a pasar un día en el campo. En esa ocasión, Susana se presentó sin una de sus habituales blusas blancas, pero estaba radiante balanceando al andar un precioso vestido veraniego color amarillo y con bastante vuelo. Creo que nada más verla entrar por la puerta, empecé a sentir una erección.

No teníamos muchas oportunidades para disfrutar solos y con tranquilidad, así que como la casa estaba a nuestra entera disposición, no perdimos mucho tiempo. Nos sentamos en el sofá del salón y empezamos una conversación banal que, por supuesto no recuerdo, mientras nos observábamos ansiosos. De forma automática y como siempre que venía algún amigo a casa, coloqué un vinilo en el viejo tocadiscos. Busqué algo suave para preparar la situación y me decidí por el LP Can't Get Enough de Barry White… tampoco nos cansábamos nunca de nuestro amor y lo que iba a ocurrir esa tarde tampoco sería suficiente.

Notaba sequedad en mi boca y me levanté a por agua a la cocina. Al volver al salón, parecía todo normal, ella estaba como distraída y jugueteando con el vestido. Pero Susana, dirigiendo su mirada hacia el sillón del tresillo y sonriendo, me hizo reparar que había algo extraño. Sobre él, había dejado perfectamente colocado un conjunto de ropa interior blanco, me miró fijamente y me comentó con falsa inocencia:

-Hace mucho calor y me he puesto cómoda.

No hacía falta mucha imaginación para darse cuenta de que acababa de quitarse la braga y el sujetador y, lógicamente, estaba totalmente desnuda debajo del veraniego vestido. Pero cuando se acercó hacia mí, la luz que entraba desde la ventana situada detrás de ella, dibujó nítidamente su cuerpo bajo el vestido amarillo y confirmó mis más tórridas sospechas. Nos abrazamos con fuerza y dejé que notara en su pubis el bulto prominente que apenas contenían mis pantalones. Susana me sugirió, con una ligera presión de sus manos sobre mis hombros, que me agachara. Obedecí hasta ponerme de rodillas sobre el suelo para mantener el equilibrio. En ese momento me cubrió con su vestido y quedé súbitamente sumergido en un paraíso dorado, con todo su cuerpo para mí. Primero dibujé su perfil con ambas manos, partiendo desde los costados, pasando por sus caderas hasta los muslos y luego hacia atrás para coger con fuerza sus nalgas. Después, al contemplar sus dos pechos balanceándose libremente por encima de mi cabeza, los así con ambas manos sintiendo su peso y palpándolos suavemente, pero con intensidad, hasta que sus pezones respingones llamaron mi atención. Entonces decidí alternar los magreos en los pechos, con suaves pellizcos y movimientos circulares en sus pequeñas areolas. Ella se dejaba hacer sin decir nada, pero yo sentía aumentar sensiblemente el ritmo de su respiración. Acerqué mi boca hacia su pubis y comencé a jugar, besando primero y luego lamiendo el pelo rizado que cubría todo su sexo. Al sentir mi lengua, me liberó de la trampa de su vestido y me reprendió:

-¡Eres un niño muy cochino!

Sorprendentemente, pues a casi todas las mujeres que he conocido les ocurre lo contrario, a Susana no le gustaba que le lamiera el sexo y me lo hizo saber con delicadeza, esa y las otras veces que lo intenté. Seguramente para compensarme, me pidió que me tumbara en el sofá y se colocó encima. Como en veces anteriores, cogió mi pene y lo restregó por toda su vulva deteniéndose en su clítoris para obtener el mayor placer posible.

Como no utilizábamos ninguna protección, no habíamos pasado de ese tipo de juegos para intentar evitar un embarazo que hubiera sido un auténtico desastre en esos momentos de nuestras vidas. Ya le había demostrado mi capacidad para contener la eyaculación en otras ocasiones y aunque los juegos eran cada vez más arriesgados nunca había fallado, no obstante, me advirtió sonriente:

-Ten cuidado y guárdame tu premio.

En ese momento se alzó el vestido para que pudiera contemplar la escena sin obstáculos, dirigió mi pene hacia atrás, hacia la entrada de su vagina y lentamente lo hundió en su cuerpo con precisión. Era la primera vez que hacíamos el amor plenamente y los dos disfrutamos el momento con pasión. Ella, totalmente desinhibida, se movía con distinto ritmo según su capricho, aunque cuando sentía que me acercaba al orgasmo se detenía y comenzaba de nuevo. A pesar de sus esfuerzos por alargar el momento, un rayo de placer atravesó su cuerpo y sustituyó los rítmicos movimientos de poco antes, por unos pequeños espasmos que indicaban que su "petite mort" había llegado. Yo había conseguido pasar la prueba con éxito y no me había corrido, entonces se levantó, extrayendo con delicadeza mi pene húmedo y totalmente congestionado por la excitación, y justo antes de introducirlo en su boca, me dijo:

-¡Buen chico!, ahora es el momento de que me des tu premio.

Y yo obediente se lo di sin rechistar.

Recuerdo otra ocasión en otoño, eran evidentes los cambios meteorológicos de la estación, las altas temperaturas del verano se habían ido desplomando y las lluvias eran más frecuentes. Con el pretexto del mal tiempo, conseguí que mi padre, que era bastante comprensivo, me dejara su queridísimo Seat. Como siempre, antes de darme las llaves me repitió la letanía de inacabables consejos de conducción y de advertencias de prudencia, que era el precio que tenía que pagar por el préstamo.

El carnet de conducir era para los chicos de nuestra época como el rito iniciático del final de la pubertad. Significaba para nosotros, lo mismo que para las chicas de anteriores generaciones los antiguos bailes de puesta de largo. Era un certificado de juventud, aunque bastante inútil porque casi nadie tenía un vehículo propio.

Pero las pocas veces que conseguíamos conducir por las calles de entonces, sin los atascos actuales, exhibiendo el símbolo de estatus que un coche suponía en aquella época, nos producía un placer que es incomprensible con la óptica de hoy. Además, el coche tenía otra ventaja muy útil, era un habitáculo cerrado que, aunque incómodo, podía sustituir a una habitación y, todas las parejas soñaban con disponer de un espacio con privacidad.

Esa tarde llovía en Santander y aparcamos el ciento veinticuatro de mi padre en un lugar discreto. Aprovechábamos los días lluviosos porque además de que la calle estaba prácticamente vacía y era extraño que se acercara algún paseante, los cristales empañados nos daban más intimidad. Dejé el motor encendido para mantener la calefacción conectada, la buena temperatura y la música creaban un ambiente muy agradable.

Gracias a la destreza de mi mano izquierda, al poco tiempo, Susana tenía ya el sostén desabrochado y su camisa casi desabotonada, de manera que podía ver completamente libres sus magníficos pechos. Susana tenía una talla noventa de sujetador. Cada vez que se movía, sus tetas se balanceaban con un cierto retraso respecto a su cuerpo e irremediablemente me venía a la mente la imagen de un flan, dulce y tentador. Sus formas me recordaron dos enormes gotas de agua deslizándose muy lentamente por un cristal. Salvo por la diferencia del tono, un poco más rosado que su piel, los dos pequeños halos apenas hubieran destacado, a no ser por los respingones pezones que indicaban que estaba muy excitada. Un poco después, nos deshicimos de los pantalones y de nuestras prendas interiores, y quedamos ridículamente vestidos únicamente con los calcetines y las camisas.

Sentados cada uno en nuestro asiento comenzamos a tocar con curiosidad nuestros sexos. Me encantaba jugar con el vello del monte de Venus de Susana. Deshice los rizos y dibujé trayectorias erráticas sin prisa, de vez en cuando, insinuaba que iba más abajo, pero retrocedía inesperadamente para hacerla sufrir con el deseo. Ella, mientras apretaba mi pene con su mano, se arqueaba elevando un poco la cadera para facilitar mi tarea, pero yo continuaba enredado en el suave y tupido laberinto de pelos rizados, sin decidirme a bajar. Después de un buen rato, pensé que era el momento de iniciar unos movimientos circulares con mis dedos, sobre la parte cercana a su clítoris. A medida que su excitación aumentaba, los iba acelerando y cambiando de presión, hasta que bajé un poco más, siguiendo su rajita hacia el canal del placer, y noté que estaba cada vez más húmeda.

Algunas veces, cerraba con fuerza los dedos dejando entre ellos las dos finas tiras de piel de sus labios. Otras, los separaba y, cuando menos se lo esperaba, introducía mi dedo índice. Después probé a sumergir el índice y el anular juntos, hasta que no pudimos aguantar más. Desplacé el asiento hacia atrás, me puse encima de ella, e introduje mi pene en su ansioso sexo.

Luego pasamos a la parte trasera del coche, para poder cambiar de postura más fácilmente. Esta vez, tumbado, dejé que Susana se colocara encima mirándome al cabalgar, para poder contemplar como enloquecía y retorcía todo su cuerpo en el galope…

La "maratón" sexual estaba resultando agotadora, pero por fin sentí que no podía aguantar más y decidí que había llegado el momento. En esta ocasión, me situé de rodillas en el asiento trasero, con mi cabeza torcida por el techo del coche. Mantuve el equilibrio apoyando mi mano izquierda sobre el respaldo del asiento y, con la mano derecha, ofrecí a Susana mi pene. Ella se incorporó un poco, para llegar más fácilmente con su boca al regalo que tenía delante.

Su maestría utilizando la boca era sensacional. Los labios, la lengua, las succiones y los suaves mordiscos interpretaban una danza que conseguía enloquecerme. A pesar de ello, normalmente mi habilidad me permitía retrasar la eyaculación, pero esa tarde había sido intensa y estaba ya listo para disparar. Improvisé y decidí que, en esta ocasión, no iba a tragar mis jugos de amor, así que propuse a Susana:

-¿Qué tal en las tetitas?, quiero lanzar mi semen caliente sobre tu cuerpo.

-¿A qué esperas?

Susana asintió masajeando sus dos magníficos pechos, así que con la mano que tenía libre, me masturbé a centímetros de sus ojos. Segundos después, dirigí el chorro intermitente, de uno a otro seno, hasta dibujarlos completamente.

Mientras Susana se entretenía deslizando por la superficie resbaladiza de su pecho las yemas de sus dedos, dejé caer las últimas gotas sobre su pezón izquierdo. Después de un momento para recuperar el aliento, deslicé mi pene, que empezaba a perder su rigidez, por su pezón, dibujando con pequeños círculos sus halos.

Finalmente nos fundimos en un beso apasionado y nos quedamos adormilados.

Capítulo IV

La Maruca

”Tous les garçons et les filles de mon âge
Se promènent dans la rue deux par deux
Tous les garçons et les filles de mon âge
Savent bien ce que c'est qu'être heureux

Et les yeux dans les yeux, et la main dans la main”

“Todos los chicos y chicas de mi edad
se pasean por la calle de dos en dos.
Todos los chicos y chicas de mi edad
saben bien lo que es ser feliz.

Y los ojos en los ojos, y la mano en la mano”

Françoise Hardy. Tous les garçons et les filles. 1962

Después de un año de relación con Susana, llegó de nuevo el verano.

Tras las lluvias de la primavera, por fin apareció el sol y, en un magnífico día de junio, la pandilla decidió iniciar la temporada playera.

Tomamos el autobús que hacia la línea desde el centro de Santander hasta Monte y nos dispusimos a pasar el primer día de playa entre las piedras de la Maruca.

Al acercarnos al mar, el sol y la neblina tan habitual de los veranos cántabros, fundían la realidad con los sueños. Corría el mes de junio de 1980 e intentábamos pensar únicamente en el día de playa, pero en nuestra cabeza estaba presente la próxima diáspora hacia los estudios universitarios.

En Santander había algunas escuelas y facultades con bastante prestigio, pero la Universidad de Cantabria se había creado un par de años antes y muchos de nuestros padres pensaban que, en algunos estudios, no estaba todavía suficientemente consolidada. En mi caso elegí la Facultad de Sarriko, en Bilbao, por su gran tradición y porque en Santander sólo se podía estudiar la diplomatura en ciencias empresariales.

Como todavía quedaban un par de meses para comenzar la carrera disfrutamos intensamente del primer baño del verano, saltamos las olas y secamos nuestros cuerpos al sol, sobre las rocas, hasta que se acercó la hora de comer. La Maruca no era un arenal como el resto de las playas de Santander, pero las praderas que tenía alrededor eran ideales para una buena comida campestre. Caminamos un rato hasta encontrar un sitio tranquilo, dispusimos las toallas en círculo sobre la hierba que despúes de una mañana soleada estaba casi seca, por lo que apetecía sentarse sin preocuparse por la humedad. Los bocadillos repartidos en nuestras mochilas duraron apenas unos minutos, al terminar iniciamos una charla animada hasta que, coincidiendo con la hora de la siesta, algunos amigos comenzaron una partida de cartas.

Susana y yo decidimos descansar, nos separamos un poco del bullicio del resto del grupo y nos tumbamos en una toalla. Susana estaba adormilada y yo trataba de imitarla apoyando la cabeza sobre su vientre, aunque bien porque los huesos de su cadera se clavaban en mi nuca o bien porque observaba discretamente como se aburría Teresa intentando prestar atención a la partida, no conseguía dormir.

Susana y Teresa se habían conocido en el colegio unos años atrás. Teresa había nacido en Bilbao, pero su padre decidió trasladar a Santander la constructora familiar para, según él: "aprovechar las oportunidades que las bellas playas cántabras ofrecían al mercado incipiente de la segunda vivienda en España". Por esta razón, toda la familia recaló en Santander cuando Teresa tenía siete años.

Susana congenió rápidamente con Teresa y, gracias a ello, fue fácil su integración en el colegio de la Purísima Concepción, en la Calle Alta.

A pesar de los muchos esfuerzos de las Hijas de la Caridad de San Vicente de Paul para educar a sus alumnas con la férrea moral cristiana de la época, con mis amigas no tuvieron mucho éxito, afortunadamente. Teresa era un poco mayor que Susana y, a pesar de eso, Susana parecía ejercer un control magnético sobre ella. La explicación a su relación de dependencia, no era la madurez, puesto que Teresa era bastante más responsable y reflexiva que Susana. Probablemente era consecuencia de sus diferentes caracteres. Susana era impulsiva, mientras que Teresa tenía un carácter tranquilo y poco dado a las discusiones.

Físicamente, Teresa era muy atractiva y desprendía una dulzura que cautivaba, más y más, a medida que la ibas conociendo. Su cabello ligeramente pelirrojo, largo y rizado, su piel blanca salpicada de pequitas color rosa palo que, si no estabas muy cerca de ella, apenas se distinguían. Los labios prominentes y sensuales, los ojos de un verde grisáceo. Era alta y ligeramente corpulenta, pero con un tipo agradable. Los pechos más bien pequeños y, destacando por encima de todo, un precioso culo, apretado y respingón, que captaba toda mi atención cuando se movía al caminar. Probablemente era tan guapa como Susana, pero Susana era más "resultona".

Teresa tenía fama, entre los chicos de nuestra generación, de gustarle demasiado los pantalones. Era un rumor absurdo y únicamente se propagaba con éxito porque cambiaba muchas veces de pareja.

En realidad, todas las chicas tenían la misma atracción por los chicos, pero disimulaban sus instintos con una cierta estabilidad y fidelidad a una pareja.

En el caso de Teresa, yo creo que los cambios no eran premeditados, eran consecuencia de la búsqueda imposible de su pareja ideal. O sea, todo lo contrario de lo que sugería el rumor, en realidad era demasiado romántica, buscaba un amor imposible y seguramente sin ese "verdadero amor" no le interesaba la relación.

A Susana, por su carácter abierto le gustaba atraer, y aunque pienso que la mayor parte de las veces no pasaban de ser pequeños "tonteos" que únicamente servían para alimentar su ego, tenía siempre alrededor algún pretendiente. Cuando Susana se aburría del juego los dejaba sin piedad y Teresa, que trataba una y otra vez encontrar a su pareja ideal, estaba allí para consolarlos. Este acuerdo era beneficioso para todas las partes: a Susana le resultaba fácil deshacerse de los que ya no le interesaban porque rápidamente encontraban una chica con quien consolarse, para Teresa, que era muy tímida, era una forma fácil de conseguir chicos puesto que Susana rompía el hielo inicial, y para los admiradores de Susana sustituir a la pareja tan rápido era una forma perfecta de salvar su orgullo.

En definitiva, Teresa cambiaba continuamente de pareja y, entre una y otra, es decir la mayor parte del tiempo, estaba sin planes y recurría a su amiga Susana y, como consecuencia a mí, para distraerse.

En los momentos de bajón, Teresa se quejaba de su situación y se preguntaba constantemente:

-¿Por qué no puedo ser como el resto de las chicas de nuestra edad?, quiero poder ir de la mano por la calle con una pareja que me mire a los ojos con amor.

Como no dejaba de observarla, estaba seguro de que Teresa había notado mi atención sobre ella, pero trataba de disimular como si sólo estuviera interesada en la partida de cartas. No obstante, al poco rato, mientras el resto de la pandilla continuaba jugando, decidió acercarse a la toalla que compartíamos Susana y yo, con el pretexto de hacernos un dibujo.

Teresa tenía unas dotes especiales para la pintura y hubiera preferido las bellas artes a ninguna otra formación universitaria, pero sus padres pensaban que una "afición" no era una forma digna de ganarse la vida y la presionaron hasta que accedió, no muy convencida, a estudiar derecho el curso siguiente.

Teresa vestía unos vaqueros muy ajustados y una camiseta de tirantes. Antes de colocarse, se situó de rodillas frente a mí y su entrepierna coincidió a la altura de mis ojos. Sin poder evitarlo clavé mi mirada en la marca del pantalón que dibujaba la forma de su pubis. Excitado, imaginé a los labios comprimidos por la basta tela azul, pidiendo libertad. Luego se giró para apoyar su maravilloso trasero en la toalla. El culo de Teresa era espectacular. Poco antes, cuando estaba bañándose en el mar, me resultó imposible separar la mirada de su minúsculo bikini negro.

En aquella época no se estilaban las braguitas tangas en los bañadores de dos piezas, pero el efecto del bikini negro de Teresa era exactamente el mismo que un bañador brasileño. Cada vez que saltaba una ola, Teresa se afanaba en tratar de cubrirse el trasero, desplazando los laterales de la braguita de un lado a otro de sus nalgas, sin conseguir su objetivo.

Además de las olas, el hecho de que fuera un bañador de la temporada pasada y que su cuerpo, como el de todos nosotros, estuviera sufriendo cambios muy rápidamente, podía explicar el espectáculo, pero también me pareció que había un punto de coquetería en lucir una prenda un par de tallas menor de lo necesario. Justo la coquetería malentendida de una adolescente que, aunque intuye sus efectos sobre los hombres, no los mide bien y provoca bastante más de lo que seguramente pretende.

Aunque la toalla que habíamos traído era grande para dos personas, los tres estábamos bastante ajustados de espacio. Así que, una vez recostada, se situó en la única zona que quedaba libre, justo a los pies de Susana.

Yo acababa de girarme y estaba acostado de lado, por lo que pasé a notar los huesos de Susana en mis mejillas y, para evitar la molestia, coloqué mi mano izquierda entre su cadera y mi cara, mientras con la derecha acariciaba su muslo con delicadeza. Susana introdujo su mano debajo de mi polo amarillo hasta que decidió bajar por mi costado y curiosear en el bolsillo de mi pantalón.

Como daba la espalda a Susana, podía ver a Teresa que se esmeraba sobre una lámina de dibujo. Estaba tumbada boca abajo, nos observaba de vez en cuando con su cabeza apoyada en una de sus manos, mientras que con la otra movía el carboncillo con mucha seguridad sobre la lámina colocada en la toalla. Desde esa posición, tenía una visión perfecta para dibujarnos y la camiseta sin mangas y muy escotada me dejó descubrir que no llevaba sujetador.

Susana, semidormida, jugueteaba debajo de mi ropa, Teresa dibujaba como en estado de trance y yo tenía una visión perfecta de sus pechos que, aunque no tan generosos como los de Susana eran muy atractivos también.

Sin mucho esfuerzo, adiviné en la cúspide de sus pequeños senos blancos sus dos erectos pezones rodeados de unos halos bastante grandes y de color pardo oscuro. Justo en ese momento, como intuyendo mis pensamientos, Susana inició la conversación:

-¿No tenéis calor, chicos?, yo me daba otro baño ahora mismo.

Teresa respondió:

-Te recuerdo Susana que hemos venido con los bikinis puestos desde casa para no tener que cambiarnos en la playa y se nos ha olvidado la ropa interior. Así que como no nos bañemos en pelotas...

O sea, que ninguna llevaba puesta ropa interior y por eso podía disfrutar de tan buenas vistas. Cada vez estaba más excitado.

Susana era mi novia desde hacía un año, aunque según mis amigos, era mi novia de siempre. Era joven, guapa y tenía a sus pies a todos los chicos de nuestra edad. Pero, como todas las mujeres, intuía que ese momento pasaba muy deprisa y no quería desperdiciarlo así que, a pesar de que creo que estaba sinceramente enamorada de mí, fueron muchas las veces que flirteó con otros chicos. Creo que eran tonterías de adolescentes y con el tiempo trascurrido ni siquiera puedo recordar algún detalle, pero si recuerdo claramente el dolor que me producían las sospechas de los supuestos engaños.

Mi obsesión por Susana, me fue convirtiendo en un celoso enfermizo. Cualquier indicio me hacía sufrir, aunque sabía que era injusto y ridículo, puesto que probablemente era sólo producto de mi imaginación y, además, si hubiera tenido las mismas oportunidades que ella, las hubiera aprovechado sin dudar. Pero yo no tenía tanto éxito porque estaba lleno de complejos, veía a las chicas de mi edad como inalcanzables y me consideraba ridículo con mi cara llena de granos y mi torpeza al comportarme con desconocidas.

Los celos me fueron provocando una obsesión por descubrir sus infidelidades. Es curioso que el dolor fuera mayor al sospechar, que con la certeza de las pocas veces que descubrí algo. Lo peor de esta obsesión es que no pude superarla cuando Susana y yo acabamos nuestra relación, continuó después y, para mi desgracia, se hizo algo crónico.

De todas formas, soportar esa situación y casi consentirla, se hacía muy fácil por la extraordinaria habilidad que tenía Susana para hacerme olvidar, gracias a las felaciones con que me compensaba. Disfrutaba teniendo mi verga en su boca y a mí me encantaba, pero si estaba enfadado por alguna sospecha, trataba de hacerme el duro y la rechazaba. Susana, entonces, se deleitaba repitiendo los movimientos de su boca y sus manos, una y otra vez, y yo siempre terminaba cediendo. El inmenso placer que me procuraba, actuaba inmediatamente como un bálsamo que aliviaba mi dolor.

En el juego de seducción y rechazo ganaba siempre ella y yo accedía a sus atenciones, pero me vengaba intentando mantener el control que ella pretendía que perdiera hasta que, en algunas ocasiones, me corría involuntariamente. Esas veces, todavía con el pene en su boca, me miraba con picardía, haciendo patente su victoria, pero en muchas otras ocasiones se desesperaba intentándolo, de rodillas ante mí, balanceando su cabeza hacia arriba y hacia abajo. Después aproximaba mis manos a sus pechos que, suspendidos en el aire, agradecían que sujetara su peso y yo los aplastaba y comprimía rítmicamente. Como no conseguía su propósito, me miraba suplicante, entonces yo, triunfante, le susurraba la frase mágica: "niña, ¿quieres lechecita?".

Había ganado una vez más. Mirando hacia el techo, cerraba los ojos y con unas placenteras convulsiones, me derramaba en su boca, sintiendo como si el alma saliera atropelladamente por un fino conducto que terminaba justo en la punta de mi polla. Ella, instantes antes, había presentido que se acercaba el momento preparándose para la avalancha y, sin derramar ni una gota, tragaba toda mi "alma".

Que a Susana le encantara tragarse el semen, además de muy placentero, evitaba las incomodidades de mancharse y era tremendamente práctico, pues nos permitía divertirnos en los sitios más arriesgados, como cines, autobuses, portales, parques públicos, incluso en la playa.

No sé porque la visión de los pechos de Teresa me había traído a la mente las felaciones de Susana, pero lo que sé, es que fui descubierto cuando la mano de Susana avanzó demasiado en el bolsillo y, al notar mi erección, exclamó:

-Roberto sí que necesita bañador obligatoriamente, si fuera desnudo nos indicaría la dirección a la playa con su rabito tieso.

-¡Ja, ja, ja! -rieron ambas sin contemplación.

Teresa empezó a recordar una historia del verano anterior, en agosto, cuando fueron juntas a las fiestas de San Emeterio y San Celedonio, en Noja.

-¿Te acuerdas, Susana, de la noche del sábado en las fiestas de Noja?

-Demasiado calimocho -respondió Susana intentando cambiar de conversación.

-Sabía asqueroso -dijo Teresa justo antes de explicarme-. Para hacer calimocho, mezclan en un caldero dos botellas de vino y unos dos litros de refresco, Coca-Cola generalmente. Luego se bebe en vasos de plástico.

Susana respondió:

-Sí, asqueroso, pero te pusiste las botas.

-Bueno, pero gracias a que estuvimos bailando toda la noche y, sobre todo, a las carreras para librarnos de los moscones, pudimos superarlo.

Teresa continúo recordando:

-¿Te acuerdas Susana, de Pedro, el madrileño que te gustaba tanto?

Susana, preocupada por mis celos, respondió:

-La verdad es que no me gustaba tanto, era bastante mono pero muy chulo.

-Al pobre le hicimos pensar que estábamos loquitas por él. ¿Te acuerdas de la "tienda de campaña" que lucía cuando nos seguía por el pueblo?

Insistió Teresa, mientras Susana me agarraba el rabo con fuerza desde el bolsillo para intentar que no prestara atención.

-No me acuerdo. Pero seguramente no estaría más salido que éste.

Yo iba a enfadarme, pero la verdad es que estaba excitado y con Teresa delante me sentía fatal mostrando mis celos, así que no respondí.

-Al final, terminamos en aquel pajar y….-continúo Teresa intentando enfadarme.

-Me tuve que abrazar a ti para que creyera que éramos bolleras y así quitárnosle de encima —se excusó Susana.

-De encima… le dabas la espalda, por llamar de forma fina a tu culo, pero estabais totalmente pegados.

Teresa seguía dando detalles que hacían ponerme de peor humor cada vez.

-Era un gilipollas y un salido. Se intentó restregar contra mi culo, el muy cerdo al final se llevó un buen tortazo —aclaró Susana.

-¡Que guarro!, seguro que te excitaste, que te conozco.

Las dos rieron a coro, pero yo no podía aguantar más y, a pesar de mi erección, las interrumpí enfadado:

-¡Ya está bien!, ¡otros cuernos!, ¡estos son los últimos!

Pero Susana sabía bien cómo reaccionar en estos casos, se giró sobre mí y comenzó a acariciarme suavemente en la zona de la bragueta. Me dijo en voz baja:

-No seas bobo, a mí no me gustaba y al día siguiente le perdí de vista para siempre

Se explicaba y, al mismo tiempo, desabrochaba el cinturón de mis vaqueros, lentamente. Iba a incorporarme indignado, pero al ver como Teresa, me devolvía la mirada con la ceja izquierda levemente levantada, con una expresión que no supe interpretar si era de incredulidad o de provocación, decidí quedarme.

Debía haberme enfadado aún más, pero la verdad es que me excitó su expresión. Además, las otras toallas estaban vacías, puesto que el resto de la pandilla se había acercado al pueblo a comprar bebida y estábamos los tres solos.

Al darse cuenta Teresa de los movimientos de Susana, apoyó sus codos sobre la toalla para sujetar su cabeza entre sus dos manos y se situó en el mejor ángulo para contemplar la escena.

Susana comenzó su trabajo aparentemente despreocupada de Teresa.

-Con lo que yo te quiero -me susurraba al mismo tiempo que manipulaba suavemente mi pene.

Mientras tanto, Teresa fijaba su atención en la bragueta abierta de mis pantalones parcialmente bajados, intentando atisbar algo y sonriendo como ida.

Susana, a diferencia de otras ocasiones, dejaba libre mi pene de la cárcel de su boca mucho más tiempo de lo acostumbrado. No me importaba porque, supuse que era para dejar que Teresa contemplará mi miembro erecto, y me excitaba mucho.

Aunque yo no podía verlo, lo sentía todo húmedo de su saliva y con el glande rojo y excitado. Esta nueva lucha con Susana comenzó en clara desventaja para mí porque tenía a dos guapísimas chicas en mi "contra", pero aun así creo que hubiera plantado una buena batalla, de no ser porque percibí el movimiento rítmico del culo de Teresa que, a pesar de mirarlo, con tan poca perspectiva, reflejaba perfectamente la presión que ejercía al juntar sus muslos, una y otra vez, y así excitar su sexo mientras nos contemplaba.

Cuando volví a mirar a los ojos a Teresa, me sonrió y entreabrió su boca, a la vez que apretaba fuertemente sus glúteos indicándome que estaba llegando al orgasmo, en ese momento me fui, en una larga y abundante eyaculación, en la boca de Susana. A pesar de lo abundante de mi corrida, Susana, no sólo fue capaz de tragarla deleitándose con el sabor, como hacía siempre, si no que fue capaz de exclamar triunfante:

-¡Por fin, te he ganado yo!, ¡no has podido contenerte!

Antes de recoger la toalla, Teresa destruyó la lámina, con cuidado de hacer los pedazos lo suficientemente pequeños, para que nadie pudiera adivinar lo que había dibujado. Ante nuestras protestas, se justificó:

-Mejor que nadie lo vea. Se os reconoce perfectamente y aparecéis en una postura no muy digna.

Siempre me ha intrigado como sería aquel dibujo. Esta vez me había ganado Susana, pero yo sabía que el mérito no era suyo solamente, era compartido con Teresa que había conseguido excitarme con su mirada casi tanto como la boca de Susana y además, había conseguido que mi curiosidad por aquel dibujo permaneciera en mis pensamientos durante muchos años.

Capítulo V

Más tarde o más temprano

<table>
<tr>
<td>

"But, sooner or later,
one of us must know
You just did what you're supposed to do

Sooner or later,
one of us must know
That I really did try to get close to you."

</td>
<td>

"Pero, más tarde o más temprano,
uno de los dos debe saber
que hiciste lo que se supone que
tenías que hacer
Pero, más tarde o más temprano,
uno de los dos debe saber
que yo lo intenté todo por estar cerca
de ti"

</td>
</tr>
</table>

Bob Dylan. Sooner or Later. 1966

El verano de 1980, disfrutamos todo el mes de junio de las playas de Santander, pero en julio, Susana se fue a trabajar a Londres de "au pair".

Susana tenía una facilidad natural para los idiomas y, debido a la fascinación que sentía por el inglés, obtenía siempre una nota muy superior a la del resto de sus compañeros. En el colegio era una alumna muy mediocre, sólo destacaba en esa asignatura, pero la hacía muy popular entre nosotros, porque nos traducía todas las canciones de nuestros ídolos del rock internacional que, hasta que Susana las descifraba, nos resultaban un enigma tras una preciosa melodía.

Ese verano, decidió mejorar su nivel y pasar un par de meses en el extranjero, su espíritu aventurero necesitaba unos horizontes más amplios que los que Cantabria podía ofrecerle. La primera vez que me comentó sus intenciones, no estuve muy de acuerdo en separarnos, pero como yo iba a iniciar mis estudios universitarios en Bilbao al año siguiente, no tenía ningún argumento para convencerla.

A pesar de que un par de meses fueron una ausencia breve en comparación con los periodos sin vernos que se sucederían poco después, cuando fui a estudiar la carrera, fue muy duro no estar a diario con Susana, estaba habituado a su compañía y ahora únicamente podíamos hablar por teléfono.

Las comunicaciones internacionales eran muy caras entonces y como no disponía de dinero para llamar desde una cabina, tenía que utilizar el teléfono de casa de mis padres, pero con mucha prudencia para no incrementar excesivamente el importe de la factura.

Pasados los primeros días, su ausencia me sumió en una melancolía que se agudizaba durante las interminables esperas entre las pocas llamadas que podía hacer. Pero además, los celos me consumían y junto con su ausencia, me empezaron a mortificar las sospechas.

Mi mecanismo de defensa para evitar el dolor que me provocaban los celos, fue construyéndose poco a poco y del modo más cínico posible: engañando a Susana. Me lamentaba por no tenerla cerca ni poder hablar con ella y, al mismo tiempo, mi vista se empezó a fijar en otras chicas. La ausencia de su cuerpo fue alimentando mi deseo, las masturbaciones no aplacaban el ansia que me consumía, los celos justificaban mi necesidad de tener cerca a una mujer y la que más próxima estaba era... Teresa.

Mientras Susana "disfrutaba" del clima londinense, la pandilla decidió pasar la tarde en el campo, aprovechando un día más del agradable verano de Cantabria.

Estábamos muy contentos porque era la primera vez que salíamos de Santander por nuestros propios medios. Uno de los amigos había conseguido, ese verano, un trabajo de transportista y podía disponer de la furgoneta cuando terminaba su turno. La furgoneta Mercedes hacía un ruido tremendo y era bastante poco confortable, pero cabíamos todos en la parte trasera, aunque amontonados como si fuésemos ganado.

Al anochecer, cuando regresábamos de la merienda, después de haber bebido más de la cuenta, comenzamos a hacer bobadas durante el recorrido. Una de las bromas consistió en empujar a Teresa, que cayó al suelo metálico, entre las filas de asientos enfrentadas de la parte trasera y alguien, no recuerdo quien, me lanzó sobre ella.

Luego, los demás se fueron apilando por encima de nosotros como una montaña de cuerpos que nos impedía el movimiento. Al principio reí la gracia, como todos, pero una vez sentí los blandos y acolchados pechos de Teresa debajo de mí, me despreocupé de los demás y en un pis-pas, desabroché el nudo del sujetador de su bikini negro y comencé a masajear sus preciosas tetas. Eran más pequeñas que las de Susana, pero por su turgencia y, sobre todo, porque hacía más de quince días que no sentía algo parecido, me parecieron maravillosas y las disfruté plenamente.

Ella, al principio, se sorprendió y me miró fijamente, pero no opuso la menor resistencia. Una vez que mostró su conformidad, yo ya no podía echarme atrás, ni podía fingir que no estaba pasando nada. Tenía literalmente las manos en la masa y una erección que Teresa tenía que estar sintiendo, a pesar de los dos pantalones vaqueros que nos separaban. Después me sonrió y acercó sus carnosos labios a mi boca. Nos fundimos en un largo y cálido beso, hasta que poco a poco se fue liberando la montonera que teníamos encima.

Nos sentamos, como si no hubiera pasado nada, cada uno en nuestro sitio, y nos fuimos a nuestras respectivas casas sin decir ni palabra.

Intenté sentir algún arrepentimiento después de mis juegos en la furgoneta con Teresa, pero no pude. Me justificaba imaginando que Susana estaría superando el húmedo clima inglés con la ayuda de algún miembro del imperio británico que llevarse a la boca. Así que, a partir de ese momento, decidí disfrutar de todo lo que fuera surgiendo en cada momento como compensación de mis momentos de bajón.

Días después, aproveché la oportunidad. Una excursión dominical de mis padres dejaba la casa donde vivíamos exclusivamente a mi disposición, así que invité a Teresa a tomar un café con el pretexto de escuchar algún disco.

Mi habitación, después de muchos esfuerzos para convencer a mi madre, se había decorado a mi gusto. Una cama a modo de sofá y un mueble con el equipo de música, que era como un pequeño altar que todos los jóvenes teníamos para adorar a nuestros ídolos melenudos, según la certera descripción de mi padre.

Teresa se presentó puntualmente con un vaporoso vestido veraniego, estampado de flores y con un vuelo muy sugerente. La invité a sentarse en el sofá y fui a preparar unos cafés a la cocina, pero supongo que, por curiosidad, me siguió por el pasillo de mi casa para comprobar como ponía en marcha la cafetera.

-¡Qué bien!, ¡qué "apañadito" en la cocina! -me decía con sorna-. Luego, me ayudó a llevar la bandeja a la habitación.

Teresa, por fin, se sentó en la cama y puse el disco que nos había servido de excusa para quedar, juraría que era el Blonde on Blonde de Bob Dylan, y nos acomodamos en los cojines que había esparcidos por la cama.

Una vez tomamos el café, no pude aguantar más y dejé a mis manos avanzar lentamente debajo de su falda. Poco a poco, la derecha fue trepando sobre su muslo firme y un poco sudoroso, pues el calor en la habitación era asfixiante, porque en el presupuesto de la decoración no cupo el aire acondicionado hasta años después.

Ella se dejó hacer e incluso giró levemente la pierna y separó ligeramente la otra en un gesto aparentemente casual, para facilitarme la tarea. Finalmente llegue hasta sus bragas, al tacto intuí un encaje que no podría describir. Ella entonces plantó su mano sobre mi bragueta frotando mi pene evidentemente erecto, pero aprisionado por mis pantalones. Justo antes de que mis dedos desplazaran la parte inferior de su braga, la más próxima a su vagina, Teresa había conseguido soltarme los botones y liberó mi pequeño ariete.

Normalmente mantenía el control, pero llevaba mucho tiempo sin Susana y ese día no me sentía muy seguro, pero a Teresa no parecía importarle mucho y movió sus manos sobre mi pene, sin ningún cuidado.

Cuando mis dedos se pasearon por su rajita, apartando la mata de pelo rizado y suave de sus labios mayores, noté que el sudor no era la única razón de la cálida humedad que les envolvía, así que, con facilidad, pude introducir mi dedo anular en lo profundo de su vagina. En ese momento, Teresa dio un respingo y apretó fuerte mi pene, provocándome una abundante e incontrolada eyaculación.

Estaba un poco avergonzado, porque todo había sucedido muy deprisa y no había sido capaz de hacerla disfrutar más tiempo, así que comencé a disculparme:

-Teresa lo siento, yo….

Observé a Teresa con sus manos manchadas de semen, la falda del vestido estampado remangada por encima de sus muslos y su braguita descolocada dejando entrever la abundante pelambrera. Sin pensar, de un brinco, me arrodillé en el suelo delante de ella. Arranqué sus bragas, agarré bruscamente sus dos glúteos con las manos para acercar su adorable coñito a mi cara y después de percibir el tibio olor y observar las pulsaciones de sus labios menores, hundí mi cabeza entre sus piernas.

A Susana no le gustaba demasiado que le comiera el sexo, pero a mí siempre me había excitado imaginarme entre los muslos de una mujer, así que, sin pedir opinión a Teresa, dediqué todo el tiempo del mundo a lamer el suyo.

Como había perdido toda urgencia con la reciente eyaculación, mi lengua se paseó lentamente, de arriba abajo, por los laterales externos, intentando deshacer los rizos que se encontraba a su paso. Luego, al detectar que su sexo estaba entreabierto, la introduje repetidamente en su vagina mezclando mi saliva con sus fluidos en una sopa caliente y excitante.

Cuando Teresa se convulsionó y comenzó a emitir grititos entrecortados, pasé al punto final lamiendo repetidamente su clítoris e introduciendo sucesivamente, primero uno, luego dos, hasta tres dedos dentro de ella, aunque con cuidado de no moverlos demasiado por la estrechura de su canal.

Teresa se incorporó súbitamente y al contemplar la escena con mejor perspectiva se deshizo en espasmos de placer. Saqué mi mano, Teresa cayó exhausta sobre la cama y comentó:

—¡Joder con las disculpas!, ¡ha sido el mejor orgasmo de mi vida!

No obstante, a mí me quedó una espinita clavada y tardaría un tiempo en saldar la deuda que contraje con Teresa ese día. Luego, ya recompuestos, aunque todavía un poco agitados, Teresa comenzó la conversación:

—La verdad es que ha sido muy agradable, pero me siento un poco mal, Susana es mi mejor amiga y no está bien haberla traicionado.

—Yo también la quiero, estoy totalmente enamorado de ella y aunque me atraes muchísimo y ha sido fenomenal, me hubiera gustado haberlo podido evitar —mentí sin ningún rubor.

Nos miramos tiernamente a los ojos y Teresa propuso:

—Bueno, podemos darnos un último beso y sellar nuestro acuerdo de olvidar este momento, o si no lo podemos olvidar, recordarlo como un sueño húmedo más, el resto de nuestras vidas.

No contesté, la cogí suavemente de su cuello y acerqué mis labios a los suyos para disfrutar el máximo tiempo posible, porque pensaba, equivocadamente, que sería mi último beso a Teresa.

Capítulo VI

Juegos de niños

<table>
<tr><td>"We're changing day to day,
But tell me, where do the children play?"</td><td>"Estamos cambiando día a día
¿Pero dime, donde jugarán los niños?"</td></tr>
</table>

Cat Stevens. Where do the children play? 1970

En septiembre de ese año, 1980, comencé la carrera de económicas en Bilbao, mientras Teresa y Susana todavía continuaban en el colegio.

Teresa estaba en el último curso y, aunque hubiera preferido estudiar bellas artes, pues tenía una facilidad natural para la pintura, había decidido que, el curso siguiente, comenzaría la licenciatura de derecho. Para no contradecir a sus insistentes padres, que lo tenían todo decidido, estudiaría en Deusto y se quedaría en casa de unos familiares.

Susana no era muy buena alumna, sólo le interesaba el inglés, de hecho, tuvo que repetir segundo de BUP, así que no pensaba iniciar ningún estudio universitario y se quedaría definitivamente en Santander.

Los padres de Susana eran muy estrictos, sobre todo Don Luis, que había aprobado muy brillantemente sus oposiciones a notaría y pretendía que su hija fuera tan estudiosa como lo fue él, pero Susana le desilusionaba constantemente, según sus propias palabras. Así que, como castigo, le daban poco dinero en su asignación semanal y Susana siempre estaba intentando encontrar algún trabajo que le permitiera pagarse sus pequeños vicios, entre los que destacaban los cigarrillos Ducados que fumaba compulsivamente.

A veces, conseguía impartir algunas clases particulares de inglés, pero su trabajo más habitual era cuidar los hijos de unos vecinos de su familia. Susana, cuando éstos salían a cenar, se quedaba en su casa hasta que regresaban de madrugada, vigilando a sus dos traviesos retoños.

Actualmente los padres son muy comprensivos con sus hijos y les permiten estar en casa con los amigos, incluso con los del otro sexo y sin supervisión. Pero en aquella época era impensable que los adultos consintieran a una pareja de adolescentes estar juntos y solos, bajo un mismo techo. Para conseguirlo teníamos que recurrir a engaños y tratábamos de aprovechar las pocas oportunidades que se nos presentaban, así que los sábados en los que Susana trabajaba de canguro eran una posibilidad.

Por supuesto, había que procurar que no se enterara nadie porque, aunque los padres de los niños presumían de ser modernos, en realidad, eran bastante puritanos y, además, eran viejos amigos de la familia de Susana.

Aunque nos arriesgábamos a ser descubiertos, lo intentábamos una y otra vez, pero con poco éxito. Unas veces porque los niños se acostaban tarde y no había tiempo material para que yo pudiera colarme en la casa lo suficientemente temprano y otras, porque por miedo a ser descubiertos, Susana se arrepentía y ni siquiera me dejaba intentarlo.

Un fin de semana de diciembre, tras mis primeros exámenes, tuve unos días de tranquilidad después de haber estudiado mucho y decidí ir a visitar a Susana. Ese final de otoño de 1980 fue muy frío y Susana y Teresa, fueron a recogerme a la estación de autobuses abrigadas.

Teresa había roto con su último novio y como Susana era su mejor amiga, iba a pasar el fin de semana con nosotros, igual que sucedía siempre que estaba sola.

Teresa, seguía cambiando de pareja, cada dos por tres. Nunca entendí como era tan exigente en sus relaciones con los chicos. Todos parecían muy enamorados, algunos incluso me caían bien, pero Teresa rompía irremisiblemente con ellos, transcurridos un par de días.

Era una paradoja que la chica extrovertida, coqueta y un poco alocada mantuviera tanto tiempo una relación conmigo y la responsable, constante y reflexiva, fuera de flor en flor.

Algunas veces me molestaba la presencia permanente de Teresa porque rompía nuestra intimidad y, también, porque la complicidad que tenían al estar juntas, me hacía sentir distante de Susana. No obstante, lo consentía sin demasiados problemas porque Teresa me caía muy bien y también por pura presunción, ya que podía ir acompañado de dos chicas muy guapas y ser la envidia de todo Santander.

Mientras íbamos a mi casa desde la estación, noté el inesperado frio de otoño y pensé en un plan adecuado para ese fin de semana tan desapacible. Recordé que me habían invitado a una fiesta que organizaban unos conocidos, en la casa de uno de ellos. Cuando comenté el plan, Susana explicó con resignación, que, al día siguiente, el sábado por la noche, tenía que cuidar una vez más a los niños de sus vecinos. Era un fastidio para nosotros, pero más todavía para Teresa, que vio súbitamente perdida una oportunidad para encontrar una nueva pareja, así que se lamentó:

-¡Que fastidio, otro sábado chafado!

Susana respondió:

-La verdad, es que tampoco tenía mucho interés en ir a esa fiesta de listillos.

A Susana nunca le cayeron bien mis amigos del colegio y yo, después de tanta abstinencia, prefería estar a solas con ella, por lo que tampoco me parecía un plan maravilloso, así que sugerí a Teresa:

-De todas formas, puedes ir tu sola.

Teresa respondió:

-No, yo no conozco a nadie y sola no me apetece ir.

Susana propuso una solución:

-¿Por qué no venís a la casa de los niños y vemos una película en la televisión?

-Los padres de los niños no pondrán problema con Teresa, por ser chica, pero no creo que les haga gracia que vaya yo— advertí.

-Creo que si venís los dos no sospecharán nada raro y estoy segura que no les parecerá mal. ¡Gatito es la solución a nuestros problemas para pasar un buen rato, juntos! De todas formas, para salir de dudas, se lo puedo preguntar mañana y nos aseguramos -contestó Susana.

Mientras, Teresa meditaba la situación, supongo que todavía tentada de ir a la fiesta para ver si conocía algún chico que sustituyera a su anterior novio, pero como estaba siempre con nosotros, se sentía en deuda y quería ayudarnos.

-¿Seguro que vais a ver la televisión? -Preguntó Teresa con incredulidad- Empezareis a meteros mano y yo, como una boba, mirando la pantalla.

-¡Ja, ja, ja! Te juro que no te dejaremos colgada, ¡anda, anímate! -suplicó Susana.

Yo no prometí a Teresa contención porque la verdad es que estaba deseando entrar en una casa cómoda y con buena temperatura, para olvidarme inmediatamente de la película y de Teresa, y retozar con Susana.

Al día siguiente, pasamos toda la tarde-tomando unas cervezas en el Tetos, hasta que se hizo la hora de ir a cuidar de los niños. Los padres habían aceptado que fuéramos los tres, así que, a la hora acordada, nos dirigimos a su casa, charlando animadamente.

Cuando llegamos, la madre dio las últimas instrucciones a Susana y el padre nos saludó fríamente, sin prestarnos apenas atención. En cuanto se fueron, la pareja de monstruitos que deberían estar acostados ya, salieron en pijama a, literalmente, comer a besos a Susana. Teresa y yo nos acomodamos en el sofá, charlando y haciendo tiempo para que empezara la película, mientras Susana jugaba con los niños que no tenían sueño y se negaban a dormir.

Como la película era de aventuras y tolerada para menores, Susana les permitió quedarse con nosotros. Los niños se colocaron en la alfombra, a sólo un metro del televisor, como hipnotizados por la pantalla. Para tratar de hacerme el simpático, me levanté e intenté hablar con ellos, pero sólo me contestaban con monosílabos porque estaban mucho más interesados en la película que en mi conversación.

Susana y Teresa comenzaron a cuchichearse las confidencias de siempre, pero con más discreción por la presencia de los niños, supuse. Al hablar, acercaban la boca al oído de la otra y protegían con la mano sus palabras, pero me pareció que, disimuladamente, se estaban intercambiando caricias en las mejillas. Durante la conversación, me miraban, como si estuvieran hablando de mí, y luego se reían.

Al poco tiempo, intrigado, volví a mi puesto en el sofá y me coloqué a la derecha de Susana, la cual quedó rodeada por nosotros dos. Susana puso la mano en mi muslo izquierdo y se deslizó hacia abajo del respaldo quedando casi tumbada. Sonriendo, continuó hablando en voz baja para no llamar la atención de los niños que estaban tan absortos que ni se movían.

-No te preocupes Teresa, que como te prometí no te vamos a dejar sola viendo la tele con los niños.

Susana, sonriendo a Teresa, acabó de soltarme el botón de la cintura de mis pantalones e introdujo su mano hasta alcanzar mi pene.

-¡Eres una mentirosa!, ¿lo ves?, ya estás cachonda y haciendo cochinadas. ¡No han pasado ni cinco minutos!

Teresa protestó sin mucho convencimiento. Susana, para calmarla, comenzó a tocarle la teta izquierda, con la mano que tenía libre. Teresa parecía excitada y se dejaba manosear por encima del jersey de punto de algodón, blanco y holgado, que acababa de estrenar. Luego, guiada por Susana, introdujo la mano por debajo de su blusa blanca. Mientras se masajeaban mutuamente los pechos, Susana dijo:

-No soy mentirosa. Estoy cachonda, pero no te vamos a dejar sola.

Después de un rato, Susana dejó el pecho de Teresa y se giró hacia mí para ofrecerme sus labios húmedos y calientes. No dudé, aproveché a girar un poco mi cuerpo hacia Susana para besarla e introduje mi mano derecha debajo de su blusa, hacia su otro pecho que afortunadamente estaba libre.

Descubrí que no llevaba sujetador, se lo debía haber quitado minutos antes, cuando se había levantado para ir al baño. Entonces empecé a sospechar que la situación no había sido casualidad, pero ya me importaba muy poco, porque la escena me excitaba casi tanto, como la hábil mano de Susana subiendo y bajando por mi pene, cada vez más duro y excitado.

A partir de ese momento, Susana cerró los ojos mientras Teresa y yo acariciábamos sus pechos con movimientos coordinados. Estrujábamos cada uno, una de las rotundas tetas de Susana, o simultaneábamos las caricias sobre la misma. Yo aplastaba la base, en la parte más amplia y blanda, y Teresa pellizcaba el pezón, tratando de que se pusiera más excitado, todavía.

Intentamos besarnos los tres a la vez, pero nos resultó complicado y sólo conseguimos jugar con nuestras lenguas.

Susana continuaba masturbándome por debajo de mi vaquero y pensé que iba a mancharme los calzoncillos de un momento a otro, así que saqué mi mano del jersey y suspiré. Susana tomó mi mano, todavía caliente de su pecho y me hizo acercarme más, hasta quedar mi cara casi pegada a la suya y así permitirme llegar hasta las tetas de Teresa, que se dejó hacer, complacida. Aunque estábamos un poco retorcidos, cada uno se acomodó con su juguete. Yo disfrutaba por tercera vez de los pechos de Teresa, Teresa palpaba con decisión los de Susana y Susana, con su mano izquierda, apretaba y soltaba mi verga dentro del pantalón.

Entonces intentamos de nuevo besarnos, pero esta vez sucesivamente. Susana me besaba a mí y luego a Teresa, luego Teresa me besaba a mí y así todas las combinaciones posibles.

La música de la televisión indicaba que una escena de acción estaba sucediendo en la película, al mismo tiempo que la nuestra. Yo ya no aguantaba más y sugerí ansioso

-¿Por qué no les dejamos solos? Vamos juntos a la habitación de al lado ¿No hay ningún sitio donde los niños puedan jugar?

-Están cansados y no puedo dejarles solos —se disculpó Susana.

Parecía que había caído sobre nosotros una jarra de agua fría y nos separamos un poco. Recompusimos nuestra ropa y Teresa se acercó al balcón que daba a la calle, canturreando Where do the children play?, la canción de Cat Stevens. Susana se acercó a ella, intercambiaron algunas palabras y, luego, se dirigió a mí:

-Podemos ir al baño un momento nosotros dos. Teresa se ocupa de los niños.

Obedecí sin discusión y en unos pocos minutos, sentado en el borde de la bañera, mientras Susana chupaba mi verga, la pregunté:

-¿Le ha gustado a Teresa?

Susana contestó afirmativamente moviendo su cabeza arriba y abajo, sin dejar escapar el pene de su boca y, en ese preciso momento, me corrí. Cuando terminó de tragar todo mi semen, me reprochó.

-Hoy, te hubiera gustado que fuese ella. ¿Verdad?

Capítulo VII

Dulces mentiras

"If I could turn the page
In time then I'd rearrange
just a day or two
Close my, close my, close my eyes

But I couldn't find a way
So I'll settle for one day to believe in you

Tell me, tell me, tell me lies
Although I'm not making plans
I hope that you understand
there's a reason why
Close your, close your, close your eyes

No more broken hearts
We're better off apart let's give it a try

Tell me, tell me, tell me lies
Tell me lies
Tell me sweet little lies"

"Si pudiera pasar página
a tiempo, reorganizaría
sólo un día o dos
Cierra mis, cierra mis, cierra mis ojos

Pero no pude encontrar una manera
Así que me conformaré con un día
para creer en ti
Dime, dime, dime mentiras
Aunque no estoy haciendo planes
Espero que entiendas
Hay una razón por la que
Cierra tus, cierra tus, cierra tus ojos

No más corazones rotos
Estamos mejor separados
intentémoslo

Dime, dime, dime mentiras
Dime mentiras
Dime pequeñas mentiras"

Fleetwood Mac. Little lies. (McVie&Quintela). 1987

Un año después de comenzar mis estudios en la facultad de Sarriko, Teresa llegó a Bilbao para iniciar su licenciatura de derecho de la Universidad de Deusto.

Susana y yo todavía salíamos juntos, pero nos veíamos solamente los fines de semana que podía volver a Santander, por lo que lógicamente las cosas ya no funcionaban como antes. Ella tenía un grupo nuevo de amigos. Siempre había flirteado con otros chicos, pero ahora sospechaba que había algo más y me consumían los celos.

Estaba todavía muy enamorado de Susana y aunque vivíamos separados y era muy complicado mantener la relación, mientras estuve en Bilbao no salí con ninguna otra chica de forma seria. Además del amor, probablemente influyó la dureza de los estudios que me obligaban a llevar una vida mucho más austera que en Santander. Ella lejos y yo encerrado en mi habitación rodeado de libros, era el entorno ideal para el resurgir de mis celos.

A pesar de todas las dificultades, trataba de continuar con una relación imposible, intentando mantener unido, a través del teléfono, lo que la distancia física separaba irremediablemente. Los fines de semana que no podía ir a Santander, intentaba desesperadamente hablar por teléfono con Susana.

Ahora las comunicaciones son más personales, pero en esa época, si quería hablar con ella, tenía que llamar al teléfono fijo de su casa y acertar el momento en el que se encontraba allí, pero la mayor parte de las veces no lo conseguía. Cada vez lo llevaba peor y el teléfono fue convirtiéndose para mí, en una pesadilla.

Cuando llamaba, me ilusionaba con la esperanza de mantener una conversación con Susana y si no conseguía comunicar con ella, me hundía en una depresión que me duraba todo el fin de semana.

Otras veces esperaba inútilmente su llamada y si por fin conseguíamos hablar por teléfono, escuchaba su voz con mucha atención, intentando detectar incoherencias o pequeñas mentiras que justificaran mis sospechas. Cuando hablaba yo, recurría a contar bobadas para evitar decir lo único que pensaba: que deseaba estar con ella y la quería muchísimo, pero no se lo decía... Intentaba alargar la conversación, pero debía limitar su duración para no destrozar mi pobre economía. Sólo quería escucharle decir que todavía me quería, pero siempre se acababa la llamada antes.

Pero de todas las situaciones, la peor y la que más se repetía, era intentar la comunicación, una y otra vez, y recibir la contestación de siempre:

-Susana no está... ha salido.

Luego, la mayor parte de las veces, trataban de excusar su ausencia y yo disimulaba haciendo como que no tenía importancia.

Pero no todo en mi vida consistía en trabajo duro, melancolía y celos. Cuando no estaba estudiando, lo pasaba muy bien en los bares de moda con los amigos de la facultad. Bilbao tenía un ambiente muy animado y las calles estaban rebosantes de jóvenes con muchas ganas de divertirse.

Es verdad que Bilbao era una ciudad divertida, pero en esa época era muy fea. La ría siempre sucia, las casas con un color gris humo, fábricas y talleres con un aspecto destartalado y el mar, aunque estaba a poca distancia, parecía mucho más lejano porque no se veía desde el centro.

Lo sorprendente es que únicamente recuerdo lo bueno de esos años y tengo que hacer un esfuerzo por recordar la parte negativa. Supongo que la juventud tiene sus mecanismos de defensa, porque visto con la perspectiva actual, la situación era tremendamente conflictiva y sólo la inconsciencia propia de la edad, explica tanta despreocupación.

El momento histórico concreto era muy complicado y se caracterizaba por una difícil situación política y social, que mi generación tuvo que superar evolucionando desde la niñez en una sociedad reglada, con unas normas muy establecidas, dentro de una dictadura, a una adolescencia inmersa súbitamente en todo lo nuevo que venía de fuera: los cambios políticos, la libertad de prensa y opinión, la revolución sexual, etc.

Pero por si esto fuera poco, a nuestra generación, en particular, le tocó sufrir especialmente la popularización de las drogas. El consumo fue tan generalizado y se avanzó tan rápidamente en la espiral de la autodestrucción, que las consecuencias son bien sabidas: muertes por sobredosis, transmisión del SIDA y, al final, casi una generación perdida por el galope de una bestia incontrolable que venía de oriente.

En definitiva, nos tocó vivir lo que se ha denominado la Transición, pero en un delicado momento vital: entre la adolescencia y la juventud. Los que vivieron esta transformación con más edad que nosotros, tuvieron la suerte de ser más maduros para enfrentarse a algo tan nuevo y las siguientes generaciones, ya vieron los cambios consolidados y habían aprendido con nuestra experiencia.

En Bilbao, se vivía ese periodo, de forma especialmente convulsa. La inestabilidad política, por el nacionalismo, la crisis económica brutal, por el desmoronamiento de una industria obsoleta y las drogas, por su fácil acceso al ser una ciudad portuaria. Pero lo que se sufría mucho más intensamente que en el resto de España, era el terrorismo desatado de ETA que mostraba la más cruel y estúpida de sus caras, prácticamente todos los días.

Los controles salpicaban las calles y las furgonetas de la policía nacional circulaban, como si fuese una cosa normal, con un rifle asomando por la ventanilla. Realmente era una ciudad inhóspita comparada con la maravillosa bahía de Santander y la tranquilidad de los paseos por sus playas.

Pero los estudiantes como yo, poco brillantes, no teníamos tiempo para vivir el ambiente revolucionario, porque ni tan siquiera podíamos disfrutar mucho del ambiente universitario. Tenía que esforzarme para ir aprobando las asignaturas, así que todo se circunscribía a vinos después de clase, algunas fiestas y, el resto, horas de intenso estudio.

Aunque vivíamos en una burbuja y no podíamos salir mucho por las calles de Bilbao, lo increíble es que no fuéramos conscientes de esa realidad gris que nos rodeaba. Aparte de los estudios, nuestro mundo se limitaba en exclusiva a un par de cosas: las piernas, debajo de una falda plisada de algún uniforme femenino o los pechos que se ocultaban detrás de una carpeta con fotos de los artistas del momento. Como decía un buen amigo de entonces, para nosotros, sólo había tres cosas importantes en la vida: el sexo, el sexo y el sexo.

Pero quizá esta realidad, el sexo y los amores adolescentes, es más verdadera que la que los periódicos y los programas de televisión nos recuerdan. Desde luego es más imperecedera en la memoria, porque hoy, después de casi veinticinco años, no recuerdo ningún ministro de aquella época, pero si los nombres y el físico de alguna amiga.

Bilbao era una ciudad animada, pero no era muy fácil contactar con las chicas, la gente del norte era bastante cerrada y, además, salíamos poco por los estudios. A pesar de las dificultades, lo intentábamos una y otra vez, organizando fiestas en los pisos de estudiantes, con la esperanza de romper el muro de indiferencia de nuestras conocidas vascas.

Deseaba estar con Susana, pero no era posible, así que no me perdía ninguna de esas fiestas, con la esperanza de encontrar a alguien, que aliviara mi obligada abstinencia y me ayudara a superar los celos.

En el piso en el que vivía alquilado con tres compañeros de la facultad, organizamos una de ellas, con un grupo de amigos y amigas, entre los que se encontraba Teresa.

El piso era pequeño, pero estaba inteligentemente distribuido y tenía cuatro habitaciones, aunque diminutas. Además, estaba bastante destartalado, pero el alquiler era reducido, por lo que se adaptaba perfectamente a nuestras necesidades.

Como único lujo tenía una terraza, aunque no tenía otra utilidad que la de trastero, porque la vista era tan deprimente que preferíamos ver la televisión. El edificio situado enfrente estaba tan próximo, que para ver algo de naturaleza había que mirar hacia arriba, hacia un pedacito de cielo habitualmente gris, porque en cualquier otra dirección solamente había ladrillos y ventanas.

El único aliciente que tenía el exterior, era observar a la familia que vivía justo delante de nuestras ventanas, estaban tan cerca de nosotros, que contemplar su vida era como ver los documentales de animales o las visitas al zoológico cuando era niño.

Ese día, a pesar del poco espacio disponible, nos distribuimos todos en el salón, preparamos unas copas que habíamos pagado rigurosamente a escote y comenzamos a decir las mismas tonterías de siempre.

Casi todos los invitados de la fiesta eran parejas, por lo que la única posibilidad de pasar un buen rato, era charlar con Teresa. Por fortuna, la complicidad por nuestra vieja amistad y, seguramente, la imposibilidad de encontrar otro entretenimiento, nos facilitó el acercamiento.

Era ya de noche y habíamos estado hablando toda la tarde. Cada vez más sintonizados, la buena química entre nosotros se amplificaba con las miradas indiscretas a las partes más interesantes del cuerpo del otro.

-Roberto, el otro día me dijiste que tenías un libro, o una revista muy interesante que enseñarme ¿no?

Dudé, porque lo único que recordaba es haber comentado, a todos los amigos, que tenía una revista porno holandesa y, en aquel momento, Teresa no pareció muy impresionada. De hecho, comentó que nunca había visto ninguna revista "guarra" y que no tenía ningún interés, así que no quise dar muchas pistas por si metía la pata y contesté.

-No estoy seguro de a cuál te refieres, ¿a la holandesa?

Teresa asintió con una sonrisa. Un poco confundido por su descaro contesté.

-Sí, debo tenerla en mi desastre de habitación, enterrada entre apuntes y libros… supongo. Acompáñame y tratamos de encontrarla.

Los demás, apenas prestaron atención cuando abandonamos el salón camino de mi habitación. Una parejita se besaba en el sofá, un grupo se reía viendo un programa de televisión y el resto estaban enfrascados en una discusión deportiva. Mientras abría la puerta de mi habitación, pregunté a Teresa:

-¿Teresa, seguro que te refieres a la revista holandesa?

-Claro que sí, bobo. Sabes perfectamente que te estoy preguntando por la revista porno. Quiero ver una tranquilamente, en mi casa de Santander era imposible esconderlas y, aquí, en la casa de mis tíos, tampoco. Además, me gustaría que me la enseñaras tú.

Teresa se sentó en el borde de mi cama y yo en la silla giratoria que utilizaba para estudiar. Comencé a buscar por los cajones y entre los apuntes, pero la maldita revista se resistía a aparecer. Teresa se desabrochó la chaqueta blazer azul marino, mostrando una blusa blanca muy sencilla y se me resecó la boca. No pude evitar fijarme en sus muslos que se escapaban de su falda de corte recto y muy ajustada, ¡eran tan blancos como su blusa! Hasta que por fin la encontré.

-¡Aquí está! –para relajar un poco el ambiente bromeé-, como podrás imaginar todavía no tengo muy controlado el danés, aunque estoy tratando de aprenderlo, la buena noticia es que con las imágenes es fácil seguir la historia.

Teresa empezó a pasar las hojas lentamente, con mucha atención, pero tratando de no parecer escandalizada por las escenas y disimulando el ligero rubor que ascendía por sus mejillas. Yo me levanté de la silla y me senté muy próximo a ella. Excitado con la revista y con la incómoda posición que tenía tratando de verla al mismo tiempo que ella, empezaba a disimular mal mi inevitable erección.

En ese momento, Teresa rompió el hielo otra vez:

-¿Los chicos os excitáis mucho con esto? Nosotras hemos hecho correr el bulo de que no nos interesa el porno para parecer menos salidas, pero la verdad es que nos pone lo mismo que a vosotros. Contigo no tengo porque ocultarlo, a mí me encanta, y ahora mismo estoy notándome húmeda. Tú también estás cachondo, me he fijado en tu bulto, ¡estoy excitadísima!

Me acercó los labios y nos fundimos en un beso apasionado hasta que Teresa se separó súbitamente y continuó llevando la iniciativa.

-Siempre me he imaginado observando por la cerradura de una puerta mientras se masturbaba un chico. Me parece muy excitante. ¿Te gustaría ver cómo lo hace una chica?

-¡Claro!, ¡mucho!, sólo lo he visto en las revistas y me pone a cien —contesté.

-¿Sabes lo que me apetece? —continuó sin demostrar ninguna vergüenza-, hacernos una paja juntos. Tú con la revista, que seguro que lo has hecho hace bien poco, y mientras yo te enseño como lo hago.

Se levantó de la cama y se sentó en la silla que acababa de dejar vacía, la orientó hacia mí y comenzó a darme instrucciones.

-Túmbate de medio lado, mirándome. Coloca la revista sobre la parte libre de la cama, la más próxima a mí. No tengas vergüenza y bájate la ropa para estar más cómodo, que veo que estás muy oprimido.

Ella se subió la falda, apoyó sus pies sobre la cama, abriendo las piernas para dejarme contemplar sus bragas y me animó.

-No seas tímido, empieza que nos vamos a divertir mucho.

Teresa pasaba su dedo corazón, de arriba abajo, dibujando, más nítidamente en cada pasada, su rajita en la braga blanca. Estaba muy cachondo, acabé de liberar mi pene de su cárcel, lo así con mi mano derecha y comencé a agitarlo.

Alternaba mi mirada entre la escena de la revista, la mano de Teresa y, por último, sus ojos, para buscar su aprobación al cruzar nuestras miradas.

-Sigue —me pidió Teresa, apartando la braga hacia un lado, hacia la ingle, para mostrarme su coño, húmedo y abierto, entre el pelo rizado y de color un poco más oscuro que el rojizo de su cabello.

Yo seguía el juego a Teresa comentándole las escenas más guarras de la revista.

-Mira como el calvo se la mete a la rubia, mientras ella come el coño a la morena de las tetas grandes.

Teresa observó la foto y se introdujo los dedos corazón e índice de su mano izquierda en su túnel del amor, para con la derecha masajear el clítoris con movimientos circulares. Poco después, no pude aguantar más y avisé:

-¡Ahí va mi leche!, toda para ti.

Me corrí, dejando que el semen cayera sobre mis manos y entre los rizos de mi vello púbico, a la vez que Teresa observaba atentamente y aceleraba el ritmo de sus movimientos. Tras el éxtasis, respiramos profundamente para recuperar el aliento y Teresa se acercó a mí, todavía con una de sus manos en su entrepierna. Desde el borde de la cama, se agachó y comenzó a lamer mi cuerpo.

-Es todo para mí -dijo Teresa.

Mi miembro flácido estaba recostándose hacia un lado, pero antes se lo introdujo en su boca y lo limpió a conciencia. Agotados, nos quedamos dormidos un rato. Al alba, nos despertamos abrazados, medio desnudos, con la ropa arrugada y con un gusto ligeramente amargo.

Comencé a abrir los ojos, Teresa, suavemente los volvió a cerrar con sus dedos y casi susurrando me pidió.

-Miénteme, dime dulces mentirijillas.

Besé sus labios tiernamente y dije que la quería. Teresa contestó.

-Me conformo con creerte por un día. Cierra tus ojos.

Me dormí otra vez pensando que hubiera preferido no escribir esta página de mi vida. Imaginé a Susana en el mismo momento con otro chico en su cama y deseé que Teresa no estuviera allí. Supongo que no pude disimularlo y cuando nos levantamos por fin, intenté disculparme:

-Teresa, te quiero mucho, pero sabes que Susana y yo, tenemos una relación muy fuerte…

Sin dejarme continuar, Teresa intentó tranquilizarme:

-Ya lo sé, bobo. Estamos mejor separados, yo también te quiero, pero como amigo. Esta noche, ha sido una dulce mentirijilla. Además, salgo con un chico que se llama Aitor desde hace más de un mes.

-¡Qué buena noticia!, por fin has encontrado a tu media naranja.

-Sí, la verdad es que no sé si me gusta mucho, pero después de probar con tantos tíos complicados pienso que alguien más simple puede ser lo que necesito para el futuro.

Me alegré de no tener que inventar más pretextos, ni mentiras, para alejarme de Teresa, aunque costaba creer su desinterés en mí porque mientras se explicaba, seguía acariciando tiernamente mi pene reducido a la mínima expresión. Teresa continuó tranquilizando mi conciencia.

-Así que Susana no tiene que saber nada de esto, porque ni tiene importancia, ni quiero que se entere Aitor. Además, seguro que Susana también se habrá divertido a su manera en Santander, olvidémoslo.

Algo en la explicación de Teresa sonaba a falso y no encajaba bien, pero tampoco podía imaginar otra cosa. La verdad es que, aunque prometimos no volver a repetirlo, ocurrió un par de veces más, pero nunca fue una verdadera relación. Solamente sucedió, como comentábamos en broma, cuando coincidieron las cuatro eses: Solos, Salidos y Sin Susana.

En cuanto al comentario sobre Susana y sus "diversiones", no cayó en vacío y contribuyó a ir agrandando la brecha que había entre nosotros dos y que comenzó a abrirse cuando llegué a Bilbao.

Capítulo VIII

No me dejes solo esta noche

"Go away then, damn you, go on and
do as you please,
You ain't gonna see me getting down on
my knees.
I'm undecided, and your heart's been
divided, you've been turning my world
upside down.

Do me wrong, do me right, right now,
baby.
Go on and tell me lies but hold me
tight.
Save your good-byes for the morning
light, morning light,
But don't let me be lonely tonight.
I don't want to be lonely tonight, no, no,
I don't want to be lonely tonight."

"Vete entonces, maldita sea, sigue
adelante y haz lo que quieras,
No vas a ver ponerme de rodillas
Estoy indeciso y tu corazón se ha
dividido, has estado poniendo mi mundo
al revés.

Dime que estoy equivocado, dime que
tengo razón, ahora mismo, cariño
Sigue y dime mentiras, pero abrázame
fuerte
Esconde tus adioses de la luz de la
mañana, la luz del día,
pero no me dejes estar solo esta noche
No quiero estar solo esta noche, no, no,
No quiero estar solo esta noche"

James Taylor. Don't Let Me Be Lonely Tonight. 1972

Me dirigía a la estación de autobuses de Bilbao para recoger a Susana.

Esto era una novedad, porque viajaba habitualmente yo, de hecho, era la primera vez que venía Susana porque según me explicaba, su familia ponía muchas dificultades cuando les proponía venir a visitarme.

Tras cuatro años, había repetido el mismo viaje muchas veces, pero en sentido contrario. La actual autovía A8 no estaba terminada y el tramo Santander Bilbao era una carretera de doble sentido, con un tráfico muy intenso y con serpenteantes curvas que iban dibujando la costa cántabra. El trayecto en autobús era incomodísimo y, a pesar de eso, muchos viernes soportaba ilusionado el suplicio de viaje, únicamente por volver a ver a Susana. Pero desde hacía un tiempo los viajes eran un poco más tristes, Susana se comportaba de un modo diferente, era más fría conmigo, y yo tenía un mal presentimiento…

Mientras esperaba en el andén, iba pensando que, con la distancia, era inevitable que nuestra relación se fuera enfriando. Las llamadas telefónicas se iban distanciando cada vez más y, las pocas veces que conseguía hablar por teléfono con ella, parecía tener prisa por colgar. Esta vez, no eran mis celos los que me hacían desconfiar, incluso Teresa me lo había comentado en varias ocasiones.

-Susana es otra persona. Cuando voy a Santander, no me llama y, si nos encontramos, parece que le molesta mi presencia.

Susana había hecho nuevas amistades estos años, parecía lógico que tuviera nuevas compañías, pero no entendía que incluso se alejara de Teresa, porque habían sido siempre inseparables.

Ese viernes, por primera vez, era yo el que esperaba en la estación y ella la que sufría las incomodidades de los autobuses. Nada más apearse, se quejó del viaje que yo tantas veces había sufrido.

-¡El viaje es horroroso!, ¡qué coñazo!

A pesar del mal comienzo, creo que disfrutamos de los últimos momentos que fuimos felices juntos. Cuando nos reencontrábamos estábamos ansiosos, así que hicimos el amor nada más llegar. Pero el resto del fin de semana no tuvimos muchas oportunidades para retozar porque estuvimos fuera de casa la mayor parte del tiempo. Recorrimos todos los bares de moda con mis compañeros de carrera e incluso visitamos los alrededores de Bilbao.

La zona cercana a la calle Licenciado Poza, era el lugar de reunión habitual de los jóvenes de Bilbao. Los bares eran tascas con las barras plagadas de pinchos y ambiente muy animado. Susana disfrutó mucho "poteando" con mis colegas de la universidad. La observaba riendo con todos ellos y seduciéndoles con su desparpajo, y pensé que yo no conocía a ninguno de sus amigos, a pesar de que había ido muchos fines de semana a Santander.

El sábado fuimos de excursión con unos compañeros de clase y sus respectivas parejas. Antes de pasar la tarde en la zona de vinos de Bermeo, fuimos a visitar el islote de San Juan de Gaztelugatxe. Sobre la peña, unida a tierra por un puente de dos arcos, se encuentra la ermita de San Juan, a la que se accede después de recorrer un camino peatonal y ascender más de doscientos escalones.

En la subida hacia la ermita, el comportamiento de Susana fue muy extraño, estaba muy alegre, pero distante. Cantaba y repetía machaconamente el estribillo de la famosa canción popularizada por Marisol, "La vida es una tómbola". Seguramente intentando trasmitirme que ya había comprado boletos en otra rifa y había sido premiada. Pero yo sólo me fijaba en sus largas piernas y en las bragas blancas que podía contemplar de vez en cuando, gracias a la falda con mucho vuelo de color azul eléctrico, el viento y lo empinado de las escaleras.

Alcanzamos la cima de la roca los últimos y las demás parejas, que llevaban un buen rato soportando el fresco viento del Cantábrico, iniciaron el descenso casi coincidiendo con nuestra llegada. Estábamos solos y nos sobrecogimos al contemplar la belleza del mar, apoyados sobre el murete de piedra.

Abracé por la espalda a Susana y excitado por la visión de sus piernas durante la subida, puse mis manos sobre sus pechos agarrándolos con fuerza.

Me pareció que estaba menos receptiva que de costumbre, pero se dejó hacer sin protestar y aunque, por un instante, pensé en detenerme y preguntarle si pasaba algo, ya era demasiado tarde para parar. Subí su falda, bajé sus bragas blancas y en un momento la tenía ensartada por detrás, mientras contemplábamos el mar.

Fui más torpe y brusco que de costumbre y, además, bastante más rápido, así que, pasados unos pocos minutos, estaba a punto de correrme. Susana parecía sorprendida por la brusquedad, pero no dijo nada, supongo que aliviada por acabar cuanto antes y se giró arrodillándose para recibir en su boca mi descarga.

Después de correrme, pensé que quizá ésta fuera la última vez que haría el amor con Susana y que no podríamos haber elegido un sitio mejor para despedirnos, pero me lamenté porque recordaríamos el increíble lugar, pero no el polvo, que había sido uno de los peores.

Al acabar, descendimos las escaleras en silencio y no dejaba de preguntarme por qué, si nuestro encuentro en la ermita de San Juan había sido un desastre, ella no había demostrado ningún disgusto. Pensando en ello ahora, estoy seguro de que me hizo una especie de regalo para compensarme por lo que vendría después.

Volvimos a Bilbao en el coche de mis amigos, sin dirigirnos la palabra. Dormimos en mi casa abrazados, pero sin hacer el amor y al día siguiente, con algún pretexto tonto, regresó a Santander bastante temprano.

Tardé un par de semanas en volver a ver a Susana. En esos días había llegado a la conclusión de que todo se había acabado, y cuando me iba acercando a la estación de autobuses de Santander, se me iba encogiendo el corazón.

No podía dilatar más la conversación con Susana, así que traté de quedar con ella esa misma noche, pero no lo conseguí hasta el sábado. Nos citamos en el Tatos y en cuanto apareció, la asalté sin demora.

-¿Susana, me tienes que contar algo?, te noto desde hace un tiempo, distante y fría.

Ella suspiró y me miró a los ojos durante un instante para después apartar la mirada.

-No estoy segura de nada, ¡estás tan lejos! Tienes tu vida, mucho futuro por delante…Yo no tengo estudios, soy tan poca cosa para ti.

Sonaba tan falso y tan esclarecedor a la vez. Estaba tratando de justificarse convenciéndome de las ventajas, para mí, de su decisión. Era muy previsible y muy desolador. Sabía lo que vendría después y no tenía nada con que defenderme, a pesar de mis estudios, mi brillante futuro y la madre que lo parió.

-Estoy enamorada de otro chico. Él todavía tiene novia, pero la va a dejar y yo quiero estar con él. No quiero hacerte más daño

-¿Más daño?, -me pregunté a mi mismo, sintiendo que se me rompía el alma como si fuera la vela de un barco pirata, cuando el héroe desciende por ella rasgándola con un afilado cuchillo, pero no dije nada.

Por suerte mis padres se habían ido el fin de semana y estaba solo, así que, aunque seguramente Susana quería zanjar el tema, la insistí para continuar la conversación en mi casa, hasta que finalmente aceptó venir, sin muchas ganas.

No recuerdo nada de la conversación, sólo el dolor, la incredulidad y la música de James Taylor: "abrázame fuerte... no me dejes solo esta noche". Estuvimos hablando y escuchando música y yo seguía sin entender nada.

Cigarro tras cigarro, esperamos al amanecer y nos recostamos abrazados en el sofá.

Poco a poco nos fuimos desnudando, mientras fundíamos nuestras bocas en un beso que me hubiera gustado que fuera para siempre. Esta vez hicimos el amor de manera muy diferente. Sin dejar de abrazarnos, nos enlazamos con mi sexo dentro del suyo, pero quietos durante mucho tiempo. Por fin, me decidí y comencé a mover mis caderas de forma casi violenta, clavando mi ariete en su vagina sin atender a su ritmo, ni a sus reacciones. Era una mezcla de pasión y venganza, nunca había hecho el amor así, era excitante, pero en cada envite sentía más amargura.

Me situé encima de ella y me esforcé para no cargar mi peso sobre su cuerpo, apoyando mis brazos extendidos en el respaldo del sofá. Susana, supongo que, para excitarse, comenzó a tocar su clítoris intensamente. No la había visto casi nunca dándose placer, ni solía necesitar masturbarse al hacer el amor, así que me encendí cuando sus dedos, al auto estimularse, rozaban mi pene que entraba y salía con el mismo ritmo que sus manos.

Esta vez, no intenté controlarme y me dejé llevar. De repente me quedé paralizado, mientras ella aceleraba el ritmo de su masaje y se deshacía entre gritos de placer. Me había corrido por primera vez en el interior de su vagina. La humedad cálida envolvía mi pene como un nido protector. Sentí que se iba haciendo más pequeño, lo que hizo más fácil sacarlo físicamente, pero como sabía que era la última vez, se me hizo muy difícil abandonar su cuerpo.

Me separé del todo, Susana estaba inmóvil y ausente, tenía los muslos separados y la pierna derecha cruzada apoyando su pantorrilla sobre la otra. En esa postura pude contemplar los labios de su vulva, que estaban muy abiertos y parecían una boca que intentaba decir algo que no podía entender. Después de unos instantes, un fluido blanquecino comenzó a salir por la comisura inferior. Al principio, con rapidez, pero después, pareció descolgarse en un mundo ingrávido en el que las gotas se deformaban hasta el infinito, sin llegar a romperse y caer. Como si aquel líquido de amor que expulsaba con contracciones musculares de su cuerpo, tampoco quisiera separarse de ella.

No pensé en ningún momento, las consecuencias que podía haber tenido hacer el amor sin ninguna protección, ni intenté hacerla cambiar de idea. Solamente repetía en mi cabeza, una y otra vez, las mismas escenas, como si fuera una película estropeada. Sus piernas abiertas, un zoom hacía el líquido blanco y un fundido con la espuma de las olas golpeando en la roca de la ermita de San Juan, en Bermeo.

PARTE 2: EL REENCUENTRO

"Ah! Como hemos cambiado
qué lejos ha quedado
aquella amistad.
…
Así con los años unidos a la distancia,
fue así como tú y yo perdimos la confianza;
cada paso que se dio, algo más nos alejó.
…
¡Ah! Como hemos cambiado
qué lejos ha quedado
aquella amistad."

Presuntos Implicados. Como hemos cambiado. 1991

Capítulo IX

Contra el viento

<table>
<tr><td>

"It seems like yesterday
but it was long ago

….

Against the wind
we were runnin' against the wind
we were young and strong; we were
runnin' against the wind

…

The years rolled slowly past
and I found myself alone

…

Against the wind
a little something against the wind
I found myself seeking shelter against
the wind"

</td><td>

"Parece que fue ayer
Pero fue hace mucho tiempo

….

Contra el viento
Estábamos corriendo contra el viento
Éramos jóvenes y fuertes; Estábamos
corriendo contra el viento

..

Los años pasaron despacio
y me encontré solo

…

Contra el viento
una poca cosa contra el viento
Me encontré buscando refugio contra el
viento"

</td></tr>
</table>

Bob Seger. Against the wind. 1980

Nunca me han gustado mucho los aviones, quizás debido a sus ruidos y movimientos. Pero no tengo miedo y aunque son muy incómodos, no consiguen inquietarme y normalmente caigo dormida a los pocos minutos.

La razón por la que no me gustan los vaivenes y los crujidos del fuselaje es que son incomprensibles para mí. Viajando en automóvil o en autobús, puedo entender que la carretera tenga imperfecciones, baches y cambios de rasante. Pero en un vuelo suspendido en el aire no lo entiendo, lo normal sería que el avión se deslizara como una gaviota surcando el cielo, por encima de la playa…

La playa, ¡qué recuerdos!, ha pasado tanto tiempo y todavía hoy, cuando quiero evadirme de algún problema, rememoro imágenes que siempre suceden durante las horas que pasábamos, las dos inseparables amigas, plácidamente adormecidas por el calor del sol, en el Sardinero. Son recuerdos tan precisos como fotografías, todavía más reales, porque incluso puedo evocar la interminable conversación de Susana y otras sensaciones como el olor fresco y salado del mar y, también, el dulce y limón, de su protector solar.

¡Qué guapa era Susana!, las mujeres siempre estamos observándonos para encontrar defectos en las demás que nos hagan sentir menos incómodas con los nuestros. Dice Aitor, que somos capaces de encontrar pegas hasta en Jennifer Aniston y es cierto, tampoco me parece tan guapa y siempre me ha resultado un poco insulsa. Pero para mí y para todos los chicos de Santander, Susana era perfecta. Te seducía con sus movimientos, su sonrisa y su forma de hablar. Tenía una forma de ser tan fascinante que creaba una especie de halo que ocultaba cualquier imperfección.

A pesar de su éxito con los chicos, Susana siempre decía que envidiaba mi cuerpo. Sobre todo mi cabello rizado, ligeramente pelirrojo y… mi culo. No sé si yo tenía atractivo físico o no, pero los moscones siempre revoloteaban alrededor de Susana, aunque ella no solía interesarse seriamente por ninguno.

Yo era muy tímida y me costaba dar los primeros pasos para conocer nuevas parejas, así que la situación me resultaba muy cómoda. Nos entendíamos perfectamente y si los moscones eran demasiado cargantes para Susana, yo me encargaba de desviar su atención hacia mí y hacerles más llevadero el desengaño.

Creo que me estoy poniendo cachonda recordando algunas de nuestras aventuras. Cuando viajo en avión siempre pido una manta a la azafata porque me gusta envolverme en ella y simular que duermo, para evitar las conversaciones de compromiso con viajeros desconocidos.

Pero la manta tiene otras utilidades, me abriga del frío y, si estoy excitada, me puedo divertir un rato sin que nadie sospeche.

Es la hora de la siesta y estoy adormilada, el avión está casi vacío y en total silencio, en este estado semiconsciente puedo controlar mis sueños a voluntad. Hoy me llevan, otra vez, hacia Cantabria, siento el olor a mar y el calor del sol, ¡parece todo tan real! En la comodidad del asiento, mi mano se desliza por debajo de mi falda, agradecida de que en verano no sean necesarias las horribles medias que tan incómodas me resultan. En el sueño, estoy viendo la mamada que Susana hizo a Roberto en las praderas de la Maruca, hace más de veinticinco años. Es todo igual que entonces, la muy indecente parece disfrutar exhibiendo el pene erecto de Roberto para que yo pueda contemplarlo con facilidad.

Aquel día, solamente con mirar, conseguí un orgasmo increíble apretando mis muslos rítmicamente. Ahora, en la tranquilidad del avión, con mi braguita bajada hasta las rodillas y mis dedos deslizándose arriba y abajo, sobre los húmedos labios abiertos, estoy a punto de conseguir otro momento memorable.

Justo en el mismo instante, cuando en el sueño la verga de Roberto se dispone a descargar su presión y Susana introduce en su boca el glande sonrojado, meto mis dedos en el palpitante túnel de mi vagina y los tres llegamos al mismo estado. Yo, en el avión, tapada con la manta, repito el placer de aquel lejano día y, en el sueño, Roberto con los ojos entrecerrados emite unos gemidos sordos, mientras Susana apenas puede retener en su boca el licor del placer, abundante y caliente.

Comienzo a recuperar el ritmo normal de mi respiración, me sosiego un poco y recuerdo que Susana decía que las corridas de Roberto tenían el sabor del café con leche. Antes de abrir los ojos, me deleito con la última escena: Susana sonriéndome traga con complacencia hasta la última gota del café con leche que acaba de servirle Roberto.

Después de abandonar Cantabria, mi vida cambió muchísimo. Primero los estudios, siempre tuve claro que quería ser independiente económicamente y me esforcé para aprobar mi licenciatura en derecho, que es lo que mi padre me aconsejó, aunque a mí, la verdad, no me gustaba demasiado. Los años de Deusto no fueron tan excitantes como los de Santander, por los estudios y, también, por mi prolongado noviazgo con Aitor. Pero al final, obtuve lo que andaba buscando: una vida tranquila y previsible.

Aitor y yo terminamos las carreras y encontramos trabajo en Barcelona. En realidad, Aitor encontró una plaza de médico residente en el Vall d´Hebron y yo, para seguir sus pasos, tuve que aceptar un trabajo de becaria en la Caixa. Antes de trasladarnos a Barcelona, nos casamos. Como regalo de boda, la familia de Aitor nos regaló un magnífico piso en l´Eixample y poco después llegaron nuestros dos hijos: Edurne y Juan.

Trabajo, cuidar de los niños y, el resto del tiempo, dedicarme a mi marido, esa era toda mi vida. Pero no me importaba porque, aunque me casé sin mucha convicción, estaba decidida a hacer de mi familia otro éxito de los míos: planificado y trabajado a conciencia.

Nuestra única diversión en estos años, ha consistido en pasar los fines de semana en los Pirineos, donde Aitor dice que recarga las pilas para toda la semana. Yo hubiera preferido ir a la playa, pero, cuando los niños eran pequeños, Aitor decía que el aire puro de las montañas era mucho más sano para ellos y yo estaba dispuesta a ceder en todo para mantener la familia. Además, nunca se me ocurriría desobedecer una recomendación facultativa…

He sido relativamente feliz y lo más importante es que todo ha salido tal y como lo soñé el primer día que me senté en el aula de la universidad. Pero entonces ¿por qué al mirarme en el reflejo de la ventanilla del avión, veo un semblante triste?

Últimamente me siento melancólica muy a menudo. No sé cuándo empezó a ocurrir, no fue un apagón, ha sido como el lento agonizar de la llama de una vela cuando se va agotando la cera. He pasado de estar permanentemente angustiada organizando la casa, cuidando a mis hijos, mimando a mi marido y esforzándome en el trabajo, a sentirme vacía por dentro.

El tiempo ha pasado inexorablemente y nuestros hijos hacen ya su vida, Edurne encontró un empleo y se ha ido a vivir con su novio, Juan sólo necesita dinero y habla conmigo en muy contadas ocasiones. Aitor también parece ausente, cada vez está menos en casa, según él, absorbido por su trabajo día y noche, pero yo sospechó que está liado con alguna de las enfermeras. En el hospital, es obvio que casi todas tratan más que solícitamente al jefe de servicio y cuando voy por allí me miran a mí, a su mujer, con desdén.

Las infidelidades de Aitor no son nuevas, pero nunca me han molestado. Cuando los niños eran pequeños, estaba muy dedicada a ellos y no prestaba atención a otras cosas, y ahora, desde que una promoción inesperada en mi trabajo me dio la oportunidad de viajar algunas veces a Madrid, la libertad de los viajes me ha servido de evasión. Al principio, la novedad me consolaba, pero últimamente estoy empezando a sentirme triste y a preguntarme si soy feliz.

Afortunadamente, en uno de esos viajes, mientras hacía tiempo en la sección de bañadores del Corte Inglés, esperando a coger el puente aéreo para regresar a Barcelona, una preciosa mujer se dirigió a mi muy decidida. Llevaba un vestido azul con un bolso que, incluso yo, que no estoy muy enterada de las marcas, sabía que era un inconfundible Chanel, ¡tenía un estilo impecable!

-¿Teresa, eres tú?

En aquel momento reconocí la sonrisa de Susana. Estaba tan guapa como hace años, pero con un porte más seguro y decidido si cabe. Arrolladora, captó al instante la atención de todo el departamento, las dependientas la observaban hipnotizadas cuando me plantó un beso sin casi dejarme contestar.

-Susana, ¡qué alegría verte!

En las dos horas que me quedaban para tomar el vuelo de regreso a Barcelona, en la misma cafetería del Corte Inglés, nos pusimos al corriente de nuestras respectivas vidas en estos años. Yo, descubrí que Susana había vivido en el extranjero y en las Islas Baleares, y que ahora estaba casada con un millonario americano que le permitía llevar el tren de vida que siempre soñó. Cuando comenzamos la charla, Susana parecía interesada en la situación de mis hijos y de mi marido, pero, poco a poco, fue llevando la conversación por donde realmente quería, hasta que me hizo confesar la melancolía que me invadía últimamente.

-¡Teresa tu siempre tan sensible!, tienes una familia maravillosa, no te agobies. Yo tengo un marido insoportable, extranjero, celoso obsesivo y me aburro un montón en mi jaula de oro, pero ¡aquí me ves!, ¡me importa un bledo!

-Obsesivo —contesté-, mucho has tenido que cambiar para que sus "obsesiones" no estén fundadas…

-¡Ja, ja, ja! -Susana se rió con ganas de la ocurrencia y continuó intentando animarme- Tus dudas y mi aburrimiento se arreglan con una reunión de chicas como las de hace años, con confidencias, copas y recuerdos.

-Sí, quizá es lo que necesito. Desconectar por un momento de mi monótona vida —respondí, pensando que era una magnífica idea.

-¿Qué te parece un fin de semana en Madrid? Te invito a mi casa, tengo espacio de sobra, una magnífica piscina y nadie, nadie que nos dé el coñazo. Elige tú la fecha, me adapto con la única condición de que sea pronto y no me des largas.

-Bueno, tú también podrías ir a Barcelona –propuse sin mucho convencimiento, para darme tiempo a pensar.

-La verdad es que no puedo estar fuera un fin de semana. Erín, mi "querido" marido, me llama todas las noches para saber si estoy. Tiene que controlar sus posesiones y no puedo estar un día fuera de casa...

Mientras Susana explicaba sus razones para no venir a Barcelona, eché a volar mi imaginación, pensé en un fin de semana libre de la rutina y, sobre todo, de las malditas montañas, dibujé en mi cara una amplia sonrisa y respondí:

-¡Susana, siempre te sales con la tuya!, vale te confirmo en pocos días la fecha y nos vemos.

El avión tomaba tierra. Comenzaba nuestro "fin de semana de chicas" y me invadió la misma sensación de tristeza de siempre, pero algo había cambiado desde que compartí confidencias con Susana. Mis angustias parecían, por un lado, amplificarse al removerlas, pero, por otro lado, se hacían más llevaderas al conocer los problemas de Susana. Era como una escena de película surrealista, en la que la jaula de oro de Susana y mis excursiones a los Pirineos parecían fundirse en una toma imposible.

Pasar este fin de semana juntas, había sido una idea genial. Compartir nuestros sentimientos nos haría ver las cosas de otra forma y, además, seguro que nos íbamos a divertir muchísimo.

Después de revisar cuidadosamente el contrato que había firmado yo mismo, Roberto García, en Múnich, y convencerme de que en mi empresa estarían muy satisfecho con el éxito de mis negociaciones. Después de dos días de agotadoras reuniones y quinientos kilómetros recorridos por las autopistas alemanas, comienzo a adormilarme sin importarme que estoy en un vuelo de Lufthansa. La costumbre hace que las cosas se realicen de forma automática y sin prestar ninguna atención, así que podré descansar un buen rato durante otro viaje más, de los muchos que hago cada año.

Mi trabajo de comercial implica estar fuera de España más días que los que paso en mi añorado Bilbao. Este tipo de vida tiene sus ventajas y sus inconvenientes. Visitar otros países te obliga a tener un carácter abierto y, además, permite disfrutar de buenos restaurantes, hoteles caros y vivir sin ningún control, ni horario fijo, te hace convertirte en una especie de nómada.

Este trabajo parecía perfecto para mí, porque después de unas cuantas relaciones fallidas por la desconfianza y los celos hacia mis parejas, exactamente la misma razón que provocó mi ruptura con Susana, decidí no sujetarme a ninguna mujer, para evitar hacer más daño.

Tener tantos viajes de trabajo, era ideal para escapar de los compromisos, porque me facilitaba tener un pretexto perfecto para huir. Además, me daba muchas oportunidades para establecer contactos esporádicos.

Con este tipo de vida, se aprende rápido a aprovechar los tiempos muertos de los viajes para descansar, a seleccionar los sitios a donde ir: un restaurante tranquilo, un hotel poco ruidoso, un bar nocturno con buen ambiente. Pero, sobre todo, se aprende a conseguir de los demás lo que quieres en cada momento, sin pérdidas de tiempo. No suele haber una segunda oportunidad y se necesita una habilidad especial que debe parecer natural e inconsciente.

Por esa razón seguramente, tenía delante a una preciosa azafata rubia, con unos maravillosos ojos azules, sonriendo y ofreciéndome una botellita de whisky sin que yo recordara haber pedido nada. Parecía que había adivinado mis deseos y esto era siempre un buen comienzo. Mi instinto de cazador nómada se estaba excitando y sabía muy bien como acababan estas situaciones.

Por supuesto, mi decisión de estar solo no implica abstinencia. Desde que me inicié con Susana, tengo una dependencia del sexo que no puedo evitar, así que estoy buscando continuamente nuevas conquistas. Pero no puedo ni pagar por el sexo, porque me parece alienante, ni hacer el amor con una mujer de la que ni siquiera conozco su nombre. Me gusta acostarme con alguien después de interesarme mínimamente por su vida. Aunque hace más arriesgadas las conquistas, me gusta escuchar a las mujeres, me gusta comprenderlas, conocer sus frustraciones, sus problemas y, por fin, me gusta acostarme con ellas.

El problema es que después de compartir intimidades parece que hay un acuerdo tácito de pertenencia, parece que hubieras firmado un papel invisible que te ata más y más en cada nueva cita, y eso no me gusta nada.

El interés por la vida de cada nueva conquista es apasionante, pero es igualmente divertido observar cómo es su cuerpo y, a partir de sus características físicas, adivinar su comportamiento en la cama. Tiene las tetas pequeñas, será tranquila y seguramente preferirá unos prolegómenos sosegados y una penetración lenta con palabras cariñosas. Se trata de un cuerpo rotundo, con un culo muy apretado, seguramente deseará unos decididos empellones desde atrás. Lo apasionante de este juego es que nunca se acierta. En ocasiones, el cuerpo delicado y aparentemente débil que parece sacado de una novela romántica, prefiere que le pellizquen y azoten, simulando una posesión casi forzada. Por el contrario, algunos cuerpos con formas voluptuosas necesitan delicadeza y susurros cariñosos. En eso consiste el juego: prever, adivinar y adaptarse.

También me gusta mucho intentar adivinar las formas de los sexos femeninos. Los diferentes tonos de la piel, si estará afeitado o tendrá el vello natural, con aspecto de muñeca o con los labios prominentes, etc.

Acababa de decidir que la solícita azafata, tendría el vello púbico afeitado cuidadosamente, con un dibujo en forma de triángulo que apuntaría hacia abajo, hacia su tesoro secreto. Tendría ocultos los labios, excepto una pequeña porción de los mismos, de color rosado como un pequeño chicle que asomaría hacia la mitad de su rajita.

No cabe duda de que este tipo de vida tiene muchas cosas positivas, especialmente si eres joven. Pero la parte negativa de ser un nómada, es precisamente eso, no tener estabilidad. Pasa el tiempo y no tienes puntos de amarre con la realidad, te sientes vacío. En muchas ocasiones, cuando paseaba de noche por cualquier ciudad, mi atención se dirigía a la ventana iluminada de algún hogar y contemplaba a una familia de absolutos desconocidos para mí, alrededor de la mesa. Sentía el calor que faltaba en mi frio corazón y, seguramente por esta sensación, pensé que necesitaba estabilidad, y decidí casarme con Maite.

Maite parecía la mujer ideal para mí, era bella, era buena, no tenía malicia y era un poco simple, supuse que con ella tendría controlados mis celos. Además, Maite comprendía mi trabajo y era consciente de sus "exigencias".

Nos casamos y continué con mis viajes y mis aventuras con otras mujeres. A pesar de ello, al poco tiempo, comencé a sentir sospechas, aunque en el fondo estaba seguro de que no me engañaba. Con mi estúpido comportamiento, que nuestra relación durara casi cuatro años parece un auténtico milagro. Pero los viajes espaciaban las discusiones y gracias a la infinita paciencia de Maite y, sobre todo, a la inesperada llegada de nuestra hija Lola, pudimos conseguirlo.

Lola, es triste como se puede querer tanto a una personita tan pequeña y, a la vez, se le puede hacer tanto daño. La recuerdo contemplándome con sus preciosos ojitos y me invade toda la felicidad que no he conseguido ni sumando todos los buenos momentos del resto de mi existencia.

Pero la vida es muy cruel a veces y, otras, nos empeñamos en que lo sea sin ayuda externa. Primero el divorcio y el alejamiento de Maite, después mi estúpido trabajo, el destino y la falta de atención. Al final, perdí todo lo que más quería...

 No puedo reprochar nada a nadie, es todo consecuencia de mi forma de ser y ellas sufrieron las consecuencias. ¡Intenté cambiar tantas veces! Seguramente no he tenido elección, soy como el escorpión: hiero a mis seres queridos porque es mi naturaleza.

Con estos pensamientos han transcurrido las tres horas del vuelo a Madrid en un suspiro. Me dispongo a ajustarme el cinturón de seguridad siguiendo las amables instrucciones de la azafata. He decidido ni siquiera intentar descubrir si mis suposiciones sobre la forma de su sexo son acertadas o no, porque estoy muy cansado y quiero tomar cuanto antes mi vuelo de conexión a Bilbao. En ese momento, el comandante del Airbus A330 se dirige al pasaje y vuelvo súbitamente a la realidad.

-Les habla el comandante... la huelga de controladores franceses está afectando a la programación de algunos vuelos... los pasajeros con conexión... comprueben...

Esto es lo que me faltaba, un fin de semana que se prometía tranquilo en mi casa, se puede convertir en una pesadilla en Madrid. En cuanto el avión tome tierra tendré que comprobar si han cancelado el vuelo o hay algún otro medio de trasporte hacia Bilbao, ¡maldita huelga!

Cada vez me resulta más incómodo conducir por Madrid. A pesar de que el Mercedes es un vehículo grande y me hace sentir segura, las prisas, las nuevas autovías y las complicadas señalizaciones me hacen añorar el chofer que tuvimos.

-Doña Susana, no hace falta que conduzca usted, yo la llevo a donde quiera.

Era muy cómodo, pero me tengo que conformar, porque este es el precio que tengo que pagar por la poca libertad que puedo mantener, si no quiero espías a mi alrededor. Aunque mi casa está menos presentable que antes y tenga que conducir yo misma, por fin despedí al matrimonio que teníamos como servicio, con el pretexto de ahorrar gastos. Ambos vivían con nosotros desde que nos instalamos y, por órdenes de Erín, me mantenían más vigilada que mi madre cuando era adolescente. Así que en cuanto pude, los sustituí por un par de chicas que contraté yo misma y que vienen solamente unas horas, una para limpiar por las mañanas y otra para cocinar.

Erín, mi marido, es terriblemente celoso y por eso estoy convencida de que parte del trabajo de nuestro anterior servicio era informarle de todos mis movimientos. No estoy segura de que el nuevo sea de total confianza, pero al menos no están todo el día a mi alrededor.

Erín y yo nos conocimos en Mallorca, tenía 32 años y estaba bastante colgada. Me acababa de dejar mi última pareja y no tenía ni un duro, mis padres habían muerto y no podía esperar ayuda del resto de mi familia porque no nos hablábamos desde hacía años. Aunque había comenzado muy bien, mi aventura isleña había pasado de ser una película bohemia, a todo color, a convertirse en una película del realismo italiano, en blanco y negro. Me sentía totalmente fracasada, como si hubiera desperdiciado toda mi vida.

Erín apareció mi último día de trabajo en una terraza de moda, cerca de la playa del Arenal. Mi jefe acababa de decirme que, al día siguiente, iba a ser sustituida por una chica alemana mucho más joven que yo. Al pagar la copa que acababa de servirle me dijo alguna tontería y me fijé en su elegante cartera de piel de cocodrilo llena de billetes, inmediatamente comprendí que era la última oportunidad que se me ofrecía para resolver mi vida. Al principio tuve algunas dudas porque no era demasiado atractivo y parecía muy prepotente, pero cuando me llevó a su yate de 20 metros, olvidé los inconvenientes.

Nos casamos a los dos meses y fuimos a vivir a la aburrida sociedad del este norteamericano, a Boston. La vida era monótona, pero Erín todavía me prestaba alguna atención y podía tener todos los caprichos que había soñado, me sentía como una reina. Pero al descubrir que no íbamos a poder tener hijos todo cambió, me culpó como si fuese la única responsable sin preocuparse por averiguar los verdaderos motivos. A partir de entonces, empezó a ignorarme.

Yo continúe indagando la verdadera razón de nuestra esterilidad y, por fin, los médicos confirmaron que realmente él era el problema. Esto sólo hizo empeorar la situación, cada vez era más desagradable, de los desprecios pasó a los insultos y, poco a poco, sus constantes desaires iban haciendo mella en mí, hasta que me fui vaciando por dentro. Empecé a pensar que Erín tenía razón, que era un fracaso total y que me merecía todo lo que me ocurría.

Mi vida sólo tenía sentido cuando salía de compras. Era lo único que hacía bien, sabía apreciar los artículos de lujo, tenía gusto para elegirlos y los lucía con elegancia. Por una razón al menos, era conocida y valorada, era la reina en las boutiques de moda. Sólo estaba satisfecha cada vez que usaba la tarjeta de crédito, cuanto más elevado era el gasto, más fuerte era la patada imaginaria que creía dar a Erín. En realidad, mis absurdos gastos no eran patadas, eran más bien pequeños azotes, porque Erín era "filthy rich" como decían por aquellos lugares.

Sabía que tenía que hacer algo para cambiar mi vida o enloquecería sin remedio, me armé de valor, le propuse irnos a vivir a Madrid y después de unas rocambolescas situaciones, Erín no puso inconvenientes a mi propuesta. Desde luego no aceptó el traslado por complacerme, admitió vivir fuera de Estados Unidos porque me mantenía separada de sus amistades y, según él, de esta manera no le avergonzaba con mi ignorancia. Además, sus negocios le daban el pretexto perfecto para viajar frecuentemente y así pasaba el mínimo tiempo conmigo

Aunque me molestaban las razones por las que Erín había aceptado vivir en Madrid, no me importaron demasiado porque me encontraba mucho mejor que en Estados Unidos. Afortunadamente, compartíamos muy poco tiempo juntos, pero, en las pocas ocasiones que Erín visitaba Madrid, la situación era cada vez peor. Para no tener más conflictos, intenté pactar con Erín un matrimonio ficticio, mantener vidas independientes y discretas. Pero Erín no lo aceptó, me consideraba una más de sus posesiones y no iba a permitir que alguien extraño la disfrutara. Lo explicó muy gráficamente:

-Eres mía y sólo mía. También mi yate está casi siempre atracado en el puerto y no por esa razón se lo dejó utilizar a cualquiera. Si quieres, tienes la puerta abierta, pero no me pidas ni un centavo.

Por supuesto que había pensado en la separación, pero él tenía todos sus negocios en diversos países, con sociedades opacas y aparentemente no tenía a su nombre, ni un miserable dólar. Conclusión, tenía que elegir entre libertad y miseria o lujo y sumisión. Los años de penuria en Mallorca me facilitaron la decisión en un segundo.

Respecto a los otros hombres, en un par de ocasiones, quizá alguna vez más, tuve pequeñas aventuras. Pero tenía miedo de que lo descubriera Erín y era muy complicado tratar de ocultarlo porque, aunque se comporta como un tipo callado y aparentemente ausente, siempre está alerta y detecta los más mínimos detalles que pasarían desapercibidos a una persona normal, así que tenía que evitar repetir cita y dejar pistas sobre mi identidad, recurrir a hoteles poco conocidos, etc.

Decidí optar por la solución más sencilla, olvidar a los hombres y gastar mucho en los momentos de bajón, con la única compañía de un grupo de amigas de Madrid, que eran capaces de seguir mi ritmo de vida, es decir gastar en artículos de lujo cantidades ingentes. Amigas, bastante sosas y que sólo servían para una tarde de compras, pues su insulsa conversación no se prestaba a confidencias que, por otra parte, tampoco estarían bien custodiadas.

Como utilizo lo mínimo el Mercedes, cada vez que lo conduzco de nuevo tengo que volver a recordar la situación de todos los mandos. Por ejemplo, no tengo ni idea de cómo funciona la radio y por esa razón está sintonizada esta horrible emisora de noticias que no sé cómo cambiar.

-El PIB ha subido este año un tres con ocho por ciento… Noticia de última hora, la huelga de controladores aéreos franceses que comienza esta tarde, puede afectar al tráfico de Barajas…

Vaya, sólo falta que Teresa no pueda llegar después de lo que nos ha costado quedar este fin de semana. Es curioso, después de casi veinte años sin vernos, coincidimos en el Corte Inglés hace unos meses y desde entonces, gracias al teléfono, hemos ido acercándonos cada vez más, y aunque nuestras actuales vidas no tienen nada en común, parecemos las mismas adolescentes de aquellos veranos cántabros en los que compartíamos todos nuestros secretos.

La verdad, es que si el viaje en avión de Teresa fuese cancelado me llevaría una gran desilusión. Necesitaba nuestro fin de semana para compartir confidencias y además deseaba tenerla cerca. Me parece que siento cierta atracción por ella, el día que nos cruzamos en la sección de bañadores, Teresa me pareció incluso más guapa que cuando disfrutábamos con dieciocho años en la playa.

Había conseguido entrar en el parking del aeropuerto y únicamente tenía que aparcar y localizar las llegadas en este mastodóntico edificio. En poco tiempo saldría de dudas y sabría si el avión de Teresa había conseguido llegar.

Ascensores, cintas transportadoras de pasajeros, señales luminosas, avisos por megafonía, justo el tipo de entorno que odio y que, además, me produce confusión y desasosiego. Como siempre que me encuentro en estas situaciones, comencé a andar sin saber bien a donde iba. Intenté adivinar donde dirigirme entre una multitud indignada por los retrasos y las cancelaciones, hasta que me di de bruces con un hombre que, al contrario que yo, parecía estar muy seguro de lo que hacer. Arrastraba una pequeña maleta con ruedas que yo me tragué literalmente, y al incorporarme del suelo con su ayuda, pude ver su cara que tenía la misma expresión de sorpresa que supongo tenía yo en ese momento.

-¡¡Roberto!! -Exclamé con incredulidad, abrazándole y comiéndole a besos.

-Susana, ¡qué alegría! -contestó Roberto, riéndose sorprendido por las caras de curiosidad de las personas que nos observaban alrededor.

-Me vas a manchar de carmín la única camisa limpia que tengo después de mi viaje. Pero no obstante continúa Susana, es muy agradable -me dijo con guasa y me separé bruscamente, sonrojada por la situación.

Habían pasado veintitantos años desde la última vez que nos vimos y Roberto seguía siendo tan natural y mantenía su mirada inocente. Todavía hoy, seguía sin saber porque nos habíamos separado, nos queríamos mucho y nunca había hecho el amor de forma tan intensa como con Roberto. Pero cuando se fue a estudiar a Bilbao, nos fuimos distanciando poco a poco, yo comencé a salir con otros amigos y se puso muy pesado con sus celos, nos enfadamos y perdimos el contacto definitivamente.

Mientras le observaba atentamente en el aeropuerto, pensé en nuestra adolescencia, cuando quedábamos por la tarde y al salir del portal de mi casa lo veía venir sonriendo y con paso seguro. Poco después nos fundíamos en un beso apasionado en la calle y al recordar el sabor de su boca sentí humedecerse mi vagina, tal y como me sucedía entonces cada vez que nos besábamos.

boca sentí humedecerse mi vagina, tal y como me sucedía entonces cada vez que nos besábamos.

Capítulo X

El Shamrock

"Un momento en una agenda
una décima de segundo más, vuela...
Va saltando de hoja en hoja
mil millones de instantes de que hablar

......

Miré el ángulo formado por ti y por mi
es la solución a algo muy común aquí

.....

Es que no hay nada mejor
que revolver el tiempo con el café

.....

paralelas vienen siguiéndome
espacio y tiempo juegan al ajedrez
ahora tú... no dejes de hablar."

Antonio Vega. Una décima de segundo. 1988

Los ojos de Susana brillaban y parecían estar a punto de salir de sus órbitas mientras se explicaba con una pasión irresistible, pero involuntariamente dejé de prestar atención y mi mirada de hombre en celo se dirigió hacia su pecho. La blusa de lino era blanca, como las que utilizaba en Santander, no tenía mucho escote porque estaba limitado por un lazo, que se enhebraba en cuatro arandelas doradas, como si fueran los cordones de una zapatilla de deporte. Tampoco era ajustada, pero sus dos magníficas tetas se adivinaban apretadas por un sujetador blanco de encaje, que se asomaba tímidamente por el triángulo, que dejaba libre el cordón.

Para evitar que me descubriera con mis ojos clavados en su pecho, de vez en cuando disimulaba contemplando el techo de la terminal cuatro del aeropuerto de Madrid. La espectacular estructura metálica ondulada y revestida con tiras de bambú, me recordaba a las olas incansables de mi querido mar Cantábrico. En ese momento, escuché la pregunta que me lanzaba Susana:

-¿Y tú, Roberto?

Gracias a Dios, no había descubierto donde estaban mis pensamientos, ni mi vista, así que improvisé y en unas cuantas frases, resumí mi vida. Básicamente le hablé de mi trabajo, mi divorcio y mis continuos viajes. También le expliqué como, por la huelga de controladores, me había quedado sin vuelo de vuelta a Bilbao y, por lo tanto, sin posibilidad de regresar a mi casa esa noche.

-¿En serio?, ¡que faena!, —me compadeció Susana-. Pero todavía no te he contado lo mejor Roberto, ¿a que no sabes por qué estoy aquí hoy?

Como siempre, la imprevisible Susana intentó sorprenderme con su cambio de conversación, pero como estaba muy entretenido con mi vista clavada en su escote, casi no lo consiguió.

-Estoy esperando a... ¡Teresa!

Intentaba imaginarme sus pechos desnudos y casi no prestaba atención, pero cuando escuché el nombre de Teresa, otra vez la conversación de Susana captó todo mi interés. En un instante pasaron por mi mente, un sinfín de momentos de nuestra adolescencia que compartimos con Teresa. Recordaba perfectamente su pelo rizado, su presencia casi permanente entre nosotros dos, las confidencias con Susana y, sobre todo, su magnífico culo respingón y magnético.

-¿Teresa León? -pregunté estúpidamente, para ganar tiempo.

-¡Pues claro!, ¿qué Teresa iba a ser? -contestó Susana-, llega de Barcelona en poco tiempo y vamos a pasar juntas el fin de semana en mi casa.

¿Os seguís viendo después de tanto tiempo? -pregunté intrigado-, ¡qué bien!

No había sabido nada de las dos durante estos años, al terminar la carrera, me casé con Maite y perdí totalmente el contacto con ambas. Pero la verdad es que sospechaba que habían discutido de forma definitiva, entre otras cosas, porque Susana había descubierto nuestros pequeños devaneos en Bilbao.

-No, ¡qué va! Teresa se fue a vivir a Barcelona y no habíamos vuelto a vernos, ni tan siquiera habíamos intercambiado alguna carta o llamada —me aclaró Susana divertida-. Pero hace unos meses nos vimos por casualidad, como acabamos de encontrarnos tu y yo ahora, y quedamos, precisamente este fin de semana, para intentar recuperar el tiempo perdido.

-¡Es increíble! -contesté a Susana, sabiendo que estaba sintiendo un gran placer sorprendiéndome.

-Pues sí, he quedado con Teresa, pero todavía queda media hora hasta que llegué su avión.

-¡Me encantaría volver a verla!, podemos tomar algo y la esperamos juntos. Prometo no estorbaros en vuestro fin de semana, pero me gustaría darle un beso.

Mientras proponía a Susana un café en el primer bar que encontramos, pensé que la vida era inesperada y que todo puede cambiar en una décima de segundo. Coincidir con una vieja amiga es una suerte, pero con dos a la vez, es un milagro.

Todas las cosas relacionadas con el mundo de la aviación, parecen normales al principio, pero en realidad son una abstracción, una copia ligera de su original. Esto es obvio, en la comida en vuelo, las pequeñas bandejas, vasos y cubiertos, parecen de juguete. Pero hay multitud de ejemplos más, la iglesia en el aeropuerto se trasforma en una sala multi-confesional y las cafeterías en la terminal en espacios recreativos poco diferenciados.

La decoración de los bares de aeropuerto es fría y muy funcional. Normalmente consiste en una barra abierta y unas mesas dispuestas a su alrededor, encima de un suelo que se diferencia del diseño del resto, para intentar delimitar el área de su propiedad. Sobre esta idea básica, se decora el motivo central del bar, como una abstracción del tipo de establecimiento al que imita: fotos de pinchos de tortilla y cañas sobre un fondo de la bandera española, si se trata de imitar una tasca; asientos de colores vivos y de tejidos plásticos para las hamburgueserías americanas; aspecto minimalista, con sillas y decoración de madera sin tratar, para los más modernos; etc.

Por casualidad, nos sentamos en un bar de inspiración irlandesa. Habitualmente los pubs irlandeses, o sus imitaciones en toda Europa, tienen una decoración abigarrada y una iluminación tenue. Un bar irlandés en un aeropuerto, no sólo es una abstracción complicada, es una imitación imposible. El bar Shamrock, de la T4 de Barajas, resolvía de forma sencilla su aspecto irlandés, pero con un resultado bastante digno. Unas mesas y taburetes torneados color nogal, una barra recubierta de madera del mismo tono y sujeta por un mueble, adornado con unos bajorrelieves de columnas labradas y arcos apuntados decorados con tracerías góticas. Finalmente, presidiendo el establecimiento y por encima de la barra, una imitación de vidriera emplomada con un dibujo del símbolo irlandés más famoso: el Shamrock.

La memoria te sorprende a veces con recuerdos que parecen imposibles. Por ejemplo, el nombre de los tréboles irlandeses: Shamrock. También recordé sus connotaciones mágicas provenientes de la tradición celta y sospeché de su influencia en el capricho del destino que, en cuanto llegase Teresa, nos haría compartir la misma mesa, a los tres.

Pedí un par de cafés y escuché la pequeña radio que la camarera tenía en la esquina de la barra. Aunque entre el jaleo del aeropuerto apenas se oía la música, pude distinguir la inconfundible voz de Antonio Vega. La Chica de ayer debe ser una de las canciones más reproducidas en la radio y todos los clientes españoles tarareaban inconscientemente la canción. Susana no era mi chica de ayer, era mi chica de hace muchos años, pero parecía una casualidad oír la canción contemplándola sentada en la mesa, esperándome con una maravillosa sonrisa.

Mientras me atendía la guapa camarera, se me vino a la cabeza una de mis canciones favoritas del genio madrileño: Una décima de segundo, rectas paralelas, mil millones de instantes de qué hablar. Estar con Susana era una casualidad o la canción me estaba confirmando que era un guiño del destino, un capricho de los dioses que manejan nuestras vidas para divertirse.

Siempre había pensado en cómo sería encontrarme a una de ellas, sobre todo a Susana, y alrededor de un café comentar nuestras vidas, lo había pensado y lo había deseado algunas veces. Pero, ¡las dos a la vez! Un momento en una agenda… ahora tu no dejes de hablar…

La media hora transcurrió sin darnos cuenta, removiendo nuestros cafés y charlando. Al principio, la conversación fue más formal y un poco distante, pero a medida que fuimos recuperando la confianza, nos encontrábamos más y más a gusto. Nos reímos con las anécdotas más divertidas de nuestra adolescencia y recordamos a los viejos amigos, parecía que estábamos tumbados en la playa de Santander, muchos años atrás.

La verdad, es que la belleza serena de Susana, sentada en la mesa de la cafetería del aeropuerto, con la ropa elegante que lucía, era tan atractiva como la de la adolescente que yo recordaba, probablemente más, o quizá mi edad también contribuía a valorar mejor los encantos de una mujer madura. Entonces, Susana miró el reloj y dijo:

-¿Vamos a buscar a Teresa a la puerta de llegada? Su avión ha tenido que aterrizar hace un momento.

-¡Claro! —contesté yo tratando de adivinar si Teresa se conservaría tan estupenda como Susana.

No tuve mucho tiempo para imaginarla, porque en unos pocos minutos estábamos los tres en el mismo bar, el Shamrock, como presagiaba el motivo del trébol que nos rodeaba. Como era una especie de bar irlandés, decidimos pasar a las cervezas para continuar la reunión. Aunque las que nos sirvieron en el bar Shamrock se parecían poco a las pintas de Guinness, ni por el volumen, ni por el sabor, estaban muy frías y bien "tiradas", como suele ser en Madrid, y la conversación se fue animando. Estábamos tan unidos como entonces, como si no hubiera pasado el tiempo y estuviéramos sentados en el Tatos.

Algunas cañas después, las chicas decidieron, como en los viejos tiempos, ir al servicio juntas. Me quedé solo en la mesa disfrutando de la mía, dejando volar a mi imaginación sin distracciones y recordé algunos momentos excitantes con las dos.

Mientras jugueteaba con la espuma de la cerveza, evoqué las suaves caricias de mis dedos en el pubis de Susana y mi lengua jugueteando con los labios íntimos de Teresa, hasta conseguir rememorar la forma de sus sexos. Mi secreta afición aprovechaba cualquier ocasión para imaginar o recordar que, por ejemplo, los labios internos de Susana sobresalían ostensiblemente y que el monte de venus de Teresa era carnoso y blando.

Me estaba poniendo cachondo y observé a lo lejos, casi intuyendo la conversación, como, al salir del servicio, Susana se dirigía a Teresa:

-¿Qué te ha parecido Roberto?, está igual de atractivo que hace años, ¿verdad?

-Y parece que el tiempo no haya pasado por él. Lo hubiera reconocido entre mil personas -respondió Teresa, justo antes de preguntar con cierta prevención.

-¿Te enfadaste mucho cuando supiste de lo nuestro en Bilbao?

-Bueno... Entonces sí. Pero, la verdad es que después de unos pocos meses, me di cuenta de que era una tontería. Mucho antes, nuestra relación había hecho aguas, yo había tenido también mis líos y, en el fondo, era mejor que me engañara con mi mejor amiga que con una gilipollas cualquiera.

Mientras ambas se fundían en un abrazo, Teresa zanjó la cuestión:

-La verdad es que ocurrió solamente un par de veces, nunca fue algo serio. Nos teníamos mucho cariño y disfrutamos juntos, pero nunca iniciamos una verdadera relación de pareja. En aquel momento ya conocía a Aitor y Roberto siempre estuvo enamorado de ti, Susana.

Susana aprovechó que yo estaba lejos y no podía oír bien, y lanzó a Teresa la proposición que venía rumiando desde que se levantó de la mesa del Shamrock.

-¿Por qué no invitamos a Roberto a pasar con nosotras el fin de semana? El pobre, va a tener que viajar esta noche en autobús o buscar hotel en Madrid. Aunque la idea inicial era estar nosotras solas, Roberto es como si fuera "una de las nuestras"...

Teresa sonrió y dejando pasar un instante sin contestar para mantener la tensión, respondió.

-Te lo iba a proponer yo, pero me parecía feo tomar la iniciativa porque no es mi casa. Estoy totalmente de acuerdo, me siento tan a gusto con él como contigo y así nos aportará un poco de simpleza masculina en las conversaciones. ¡Ja, ja, ja!

-¡Perfecto! —contestó Susana-, la única pega es que, como te comenté en el Corte Inglés, Erín es super-celoso y meter un hombre en casa sin que esté presente es muy arriesgado. Pero hay una posibilidad que se me acaba de ocurrir...

Susana dejó que Teresa imaginara la posible solución, pero sin darle tiempo a reaccionar.

-¡Será tu pareja! —antes de que Teresa saliera de su asombro, Susana continuó-, Erín no sabe nada de tu vida, ni es probable que coincidamos jamás, así que la versión para el servicio y, sobre todo, para cuando Erín llame por la noche para controlar si estoy en casa, es que he invitado a pasar un fin de semana en Madrid, a mi mejor amiga Teresa y a su pareja, Aitor.

-Únicamente tendremos que tener cuidado las pocas veces que tengamos al servicio cerca -advirtió Susana-. No confundáis su nombre, Roberto será Aitor en Madrid.

-¿Pero tú crees que Erín puede enterarse desde Estados Unidos, a más de cinco mil kilómetros de distancia, quien está en su casa?

Susana, misteriosa, dirigió su vista hacia el techo del aeropuerto y susurró:

-¡Chis! Nos puede estar escuchando... ¡Ja, ja, ja! —Susana rompió el suspense insinuando que me estaba tomando el pelo. Aunque me pareció que algo real la preocupaba…

Las dos llegaron a la mesa, me hicieron la propuesta y no pude negarme.

-Roberto, una vez debatida la cuestión en el sitio más íntimo y sagrado para las chicas, el baño, hemos decidido que, en lugar de pasar la noche solo en un hotel, aburrido y cabreado con los huelguistas, vengas con nosotras. Al menos, te puedes quedar esta noche y luego, si te apetece, te vas mañana.

Sorprendido, respondí:

-¿No os estropearé vuestro fin de semana? Además, yo estoy libre como un pájaro, pero vosotras tenéis unos "dueños" —apliqué toda la ironía que pude al término-, que seguro os tienen controladas y vigiladas. ¿No os pondré en un aprieto con mi presencia?

-El tema está bajo control —respondió Susana-. Tú serás el marido de Teresa, Aitor, de modo que pasaréis por una pareja feliz de viejos amigos de visita en Madrid. Erín estará satisfecho cuando llame por la noche y mi versión coincida con la del servicio actual de la casa, que seguramente sean, como los anteriores, su servicio de espionaje.

-En cuanto a mi marido, el de verdad, Aitor, ni se va a enterar —explicó Teresa con ironía-. Primero porque no se lo vamos a contar, pero, aunque lo intentáramos no prestaría mucha atención porque estaría pensando en la excursión del fin de semana a sus queridos valles pirenaicos, incluso, si ya estuviera pescando no cogería el teléfono cerca del río porque alerta a los peces.

Ambas rieron, mientras aplaudían y balanceaban la cabeza con un movimiento afirmativo esperando mi respuesta.

-De acuerdo, pero a condición de que os invite a cenar como compensación.

-¡Trato hecho¡-contestó Susana-, hoy es un poco tarde para que nos preparen cena en casa, así que vamos a un restaurante de Pozuelo que está de camino.

Nos dirigimos los tres juntos al coche de Susana muy alegres y haciendo bromas sin parar, como si fuese nuestra primera excursión adolescente.

-Teresa, si soy tu marido Aitor, tendré que dormir contigo y tendrás que cumplir con el sagrado vínculo, -bromeé con picardía.

-¿Sagrado vínculo?, tú no me duras ni medio vínculo —contestó Teresa y rieron ambas muy divertidas con la contestación-. ¡Ja, ja, ja!

La noche era muy agradable y decidimos aprovechar una de las pocas mesas libres de las terrazas que florecen en Pozuelo de Alarcón durante el verano. Susana sugirió un restaurante andaluz que estaba muy de moda en la Avenida de Europa. Cenamos los típicos platos del sur: fritos y langostinos, los regamos con un par de botellas de Barbadillo bien frío.

A medida que íbamos dando buena cuenta de la cena, la conversación se puso más interesante. En un momento concreto, Teresa y Susana estaban discutiendo sobre quien era más atrevida en su juventud. Yo me quedé pensativo y un poco ausente, mientras observaba la botella de vino. Su diseño tan particular me sugirió el ruido de las olas y el olor a mar de la playa de Santander, que era el único detalle que faltaba para hacer perfecta la velada.

Era verdad que faltaba la playa, pero contemplar a Susana y Teresa conversando en perfecta sintonía, terminando una las frases que la otra había comenzado, complementándose a la perfección, era un placer inigualable. Seguramente sin ser conscientes, mantenían un permanente duelo de seducción para captar la atención del oyente, en este caso yo. Los gestos aparentemente casuales tenían un poder magnético y la competición no tenía una clara ganadora. Eran tal y como fueron veinticinco años atrás, guapas, interesantes y muy atractivas.

Susana había madurado bien y tenía un aspecto muy cuidado. Ella misma confesó que había invertido más tiempo en los salones de belleza y gimnasios, que en disfrutar de su casa. Las ligeras ojeras que tenía de adolescente habían desaparecido completamente. A pesar de la edad, no se apreciaba ninguna arruga, ni marca en la piel. El cabello, mantenía el color que recordaba, castaño oscuro, pero ahora, estaba decorado con mechas color miel y doradas. El peinado en media melena y elegantemente descuidado. Las horas de gimnasio habían conseguido mantener su figura, en la que todavía destacaban sus magníficos pechos. Susana nos insistió varias veces, que era de las pocas partes de su cuerpo que no había tenido "ayuda" de la ciencia. En conclusión, parecía tener bastantes años menos de los que tenía realmente y era muy atractiva.

-¿Entonces has estado dedicada a tus hijos totalmente? —preguntó Susana a Teresa.

-Hasta hace un par de años, en cuerpo y alma —contestó Teresa.

-A mí me hubiera gustado tanto tener hijos...-comentó Susana pensativa.

-Bueno... yo tuve una hija y después de mi divorcio... he tenido que olvidarla. Hubiera preferido no tener hijos —intenté consolar a Susana.

-En mi caso, a pesar de haberles dedicado todo mi tiempo durante años, un día, cuando llegó la adolescencia, parecía que no habían formado parte de mi vida y que solamente eran huéspedes en mi casa —añadió Teresa.

-Es posible que al final sean unos egoístas y que no merezca la pena, pero siento que me ha faltado algo como mujer.

Susana se estaba poniendo melancólica, así que tomé la botella de vino de la cubitera y sirviendo unas generosas copas a ambas, zanjé la cuestión.

-Pues hay que rellenar ese vacío, ¡Barbadillo para las penas!

Reímos con ganas y después de tomar un café abandonamos el restaurante en dirección a la casa de Susana.

En el camino, Susana nos explicó las innumerables zonas y urbanizaciones de Pozuelo y me sumí en mis pensamientos

El tema de los hijos en nuestra conversación, me había producido bastante tristeza y pensé que esas amarguras son más perjudiciales para el estado físico que el paso de los años.

Por esta razón, Teresa que había sido muy feliz con su familia, aunque se quejara ahora, realizándose como madre y manteniendo un hogar, mantenía una frescura y una naturalidad que competía con la perfecta belleza de Susana, a pesar de que había dedicado mucho menos esfuerzo al cuidado de su cuerpo.

Teresa seguía teniendo el cabello pelirrojo, quizá más oscuro que en los años ochenta, con un corte juvenil y menos largo que lo que recordaba. A pesar de haber tenido dos hijos y de vestir unos vaqueros que no resaltaban demasiado su figura, mantenía un tipo envidiable. Teresa vestía una moda no muy apropiada para su edad, seguramente por desinterés porque nunca había sido coqueta. En Santander, siempre era Susana quien realmente decidía su ropero y supuse que, desde entonces, no había tenido una asistente como ella. No obstante, era muy guapa y, lo que afortunadamente no había cambiado en estos años, era su magnífico trasero. Al principio de la velada, cuando entramos en la terraza, tuve la suerte de situarme detrás de ella y pude contemplar con discreción, el perfecto balanceo de sus nalgas embutidas en el vaquero lavado a la piedra. La sutil danza, evitando las mesas y sillas situadas aleatoriamente, me recordó los movimientos del orgasmo que disfrutó veinte años atrás, mientras nos contemplaba en la Playa de la Maruca

Por fin llegamos a nuestro destino y Susana abrió la verja de entrada a su impresionante chalé.

-Las once y media, ¡justo a tiempo! Iros acomodando y esperad un momento.

Susana, prácticamente nos abandonó en el coche y se dirigió apresuradamente al interior de la casa. Teresa y yo, un poco confundidos, cogimos nuestros equipajes del maletero y fuimos acercándonos a la entrada por un sendero de losas de pizarra. Al llegar al recibidor, pudimos ver a Susana hablando por teléfono, apoyada sobre un mueble lacado en blanco que estaba decorado con unos jarrones y plantas secas.

-Yes darling, Teresa, Teresa my old friend. I´ve told you about her hundreds of times... -comencé a traducir mentalmente para mí mismo-Si cariño, que estudió conmigo en Santander… Ha venido con su marido, Aitor... No, no le conocía personalmente... Si es una pena que no puedas estar con nosotros, pero como estás siempre tan ocupado... Lo entiendo cariño, pues mañana hablamos y te cuento lo que hemos hecho.

Susana colgó súbitamente y nos observó con un gesto de resignación. Casi sin que pudiéramos oírlo exclamó:

-¡Pesado!

Capítulo XI

Esta noche

<table>
<tr><td>

"Darlin' if, if we fall in love tonight
you're gonna be alright
your heart is in good hands
Darlin' if, if we fell in love again
on me you can depend, if you can
take a chance
and open your heart and let love,
love again

</td><td>

"Cariño si, si nos enamoramos esta noche
estarás bien
tu corazón está en buenas manos
Cariño si nos enamoramos otra vez
puedes confiar en mí, si quieres probar
suerte
y abre tu corazón y déjale amar, amar de
nuevo"

</td></tr>
</table>

Rod Stewart. If We Fall in Love Tonight. (Jam&Lewis). 1996.

Mientras colgaba el teléfono con rabia, fui consciente de que Roberto y Teresa, observándome atentamente, sujetaban sus dos maletas sin atreverse a entrar en la casa.

-Perdonadme chicos por haberos dejado abandonados, pero tenía que llegar a tiempo para la llamada de control o mañana tendría bronca telefónica. ¡Qué maleducada!, os he dejado en la puerta como si no existierais.

Roberto dijo alguna gracia y Teresa hizo como que no había escuchado mi conversación con Erín, agradecí que trataran de quitar importancia al tema.

Mientras les observaba, me di cuenta de lo que habían cambiado desde que dejamos de vernos.

Teresa seguía siendo tan guapa como la recordaba hace más de veinte años, aunque su forma de vestir no era la más adecuada para explotar sus posibilidades. Con poco esfuerzo podría mejorar mucho su aspecto, pero estoy segura de que sigue sin tener interés en las modas, ya que en Santander era igual de despreocupada.

Sin duda, necesitaba mi ayuda para mejorar su imagen, no le gustaba llamar la atención, pero aun así tenía un atractivo natural que desplegaba de forma inconsciente, que cautivaba mucho más que la exagerada sofisticación de algunas de mis amigas.

Parece que Teresa es muy segura de sí misma y como no necesita envoltorios inútiles, tiene poco interés por su aspecto físico, sin embargo, en su propia vida está llena de dudas y de concesiones a los demás.

De todas formas, da igual como vista, podría ir desnuda, recién salida de la ducha, y estaría maravillosa.

Por el contrario, Roberto si había cambiado físicamente en estos años. El adolescente inseguro y con la cara llena de acné que me tuvo loca, había dejado paso a un hombre maduro y decidido.

Conservaba el cabello, pero el color negro se había convertido en blanco grisáceo por las canas que cubrían, sobre todo, la zona de las sienes. Seguía tan moreno como siempre, pero su rostro se había endurecido con arrugas que, eran debidas a la vida estresante y llena de conflictos, imaginé con acierto, como pude comprobar posteriormente.

Al mismo tiempo que hacía estas reflexiones y de forma casi automática, les había ido enseñando las habitaciones de invitados que les correspondían.

Había escogido las más próximas a mi suite dormitorio, en la planta superior, para no tener que recorrer las incómodas distancias de mi casa, que parecía haber sido diseñada más como un hotel que como un hogar.

-Tenéis toallas en el baño de la habitación y un albornoz por si queréis poneros cómodos. Yo en cuanto llego a casa, si no tengo invitados, me gusta quitarme la ropa y sentirme libre. Sé que no es muy elegante, pero como tenemos confianza...

Mientras ambos se acomodaban en sus respectivas habitaciones, yo continué pensando en mi primer novio, en Roberto.

Físicamente parecía otra persona, excepto cuando desplegaba la sonrisa amplia y franca que no había perdido nada de su encanto. Era distinto, pero tan atractivo como entonces. Vestido de forma casual, pero elegante. El cuerpo bien moldeado en el gimnasio y aunque no era muy alto, todavía atraía todas las miradas femeninas, como pude comprobar en el aeropuerto y en el restaurante.

Al poco rato, estábamos los tres recién duchados, enfundados en los albornoces blancos y desperdigados por el enorme salón con vistas al jardín iluminado.

Como siempre, Roberto se encargó de la música, había escogido un disco de Rod Stewart, con una balada preciosa que me era muy familiar, pero que no supe reconocer. Era una música suave y sugerente, ideal para una charla nocturna sin prisas.

-Teresa, ¿cómo nos veías a Susana y a mí en Santander, cuando éramos pareja? -pregunté con curiosidad.

-Siempre me disteis mucha envidia. Yo no conseguía encontrar a alguien con quien tener la misma complicidad que vosotros. Sentíais una atracción que saltaba a la vista, erais un volcán en erupción y, además, os entendíais maravillosamente. Vuestro único defecto es que ambos teníais hiperdesarrollado el deseo sexual —Teresa concluyó con sorna-, esto era bueno cuando estabais juntos, pero malo cuando estabais separados.

-¡Quién habló! Teresa, tú tampoco eras una monjita de clausura, siempre cambiando de chico. Sospecho que te tiraste a todo Santander, incluido a Roberto, por supuesto.

Mientras apuraba la copa de champán observando a Roberto, recordaba que Susana había comentado que era la única bebida que le ponía cachonda, que el resto -ginebra, ron, vodka…- le producían somnolencia y ganas irremediables de dormir. Sería por esa razón por la que mostraba, a través de la abertura del albornoz, sus muslos, despreocupada de Roberto que los observaba muy atento. Estaba segura de que, además de mirar, se estaba excitando preguntándose si Susana llevaría bragas o no. Pero ella, indiferente a nuestra curiosidad, continúo la conversación.

-Podíais contarme como fueron vuestros rollitos en Bilbao, ¡cochinos!

Iba a contestar con alguna evasiva, pero Roberto salió a mi rescate cambiando el tema de conversación.

-A mi Teresa, lo que más me sorprende de tu vida, es como pasaste de ser una adolescente con montones de chicos a tu alrededor, a convertirte en una esposa entregada y fiel.

-Supongo que estudié fríamente la cuestión -contesté misteriosa-, me di cuenta de que no encontraba ningún chico que me atrajera lo suficiente, por lo que mis gustos debían ser muy complicados. Una vez que descubrí el problema, decidí buscar a alguien más sencillo, con menos atractivo y encontré a Aitor. ¡Era perfecto! Deportista, muy estudioso, de familia acomodada vasca. Había tenido sólo una novia al principio de la carrera, pero lo dejaron porque la familia de ella se mudó a Madrid. No tenía doblez y estaba totalmente enamorado de mí.

Mientras tanto y aparentemente al azar, la distancia física que había entre nosotros al principio de la conversación, se había ido reduciendo. Susana estaba mostrando un álbum con viejas fotografías veraniegas de Santander. Roberto y yo, nos colocamos cada uno a un lado de Susana, pasando los brazos por detrás de su cuello y apoyándolos en la parte superior del confortable sofá.

-Seguro que se enamoró después de que le hicieras algún trabajito especial.

Bromeó Susana, que había recompuesto su albornoz por la parte de abajo, provocando que se abriera un poco el escote, mostrando el nacimiento de sus tetas, que mantenía perfectas y que tanto envidiaba.

-Pues sí, tuve que enseñarle unas cuantas cosas al principio y, aunque me esforcé mucho, la verdad es que nunca ha sido un Tarzán en la cama.

Había dicho la más pura verdad y conocía los efectos del champán en mi timidez, pero me sorprendí a mí misma confesando nuestros secretos de alcoba. No reflexionaba muy a menudo sobre ello, pero seguramente había podido superar mi insatisfacción sexual por la entrega total a mi familia. No había hablado con nadie de este tema. En todos estos años, había estado tranquila y conforme, hasta que han aparecido Susana y Roberto, al estar con ellos, algo se ha despertado en mí.

La foto que más nos llamó la atención del álbum estaba tomada el día de la merienda en La Maruca. En ella, se veía como entraba en el agua, abriéndome paso entre las olas con el bikini negro, mi favorito, para acercarme a Susana y Roberto que, abrazados, saltaban las olas con una cara de felicidad irrepetible.

-Ese bikini negro era muy sugerente -comentó Roberto.

-A ti lo que te sugería de verdad era el culo de Teresa, no su bikini —corrigió Susana-. Es que mi chico era un salido y ¡cómo me gustaba!

Aunque Roberto se hacía el despistado y el álbum de fotos no me dejaba ver lo que sucedía debajo, me pareció que la mano de Susana había comenzado a avanzar por su muslo.

-Ese día lo pasamos muy bien -comenté yo, mientras comenzaba a excitarme-, me disteis un espectáculo que no esperaba.

-Me acuerdo perfectamente que no estabas incómoda para nada y que observabas todo con mucha atención –intervino Roberto.

En ese momento, recordé el pene de Roberto saliendo del bañador y entrando en la boca de Susana y me vinieron, amontonados, los recuerdos de aquellos veranos. El champán, la visión de los senos de Susana, la sonrisa de Roberto y los años de abstinencia me nublaron la mente y con decisión me lancé hacia Roberto fundiéndonos en un cálido y apasionado beso.

Con la sorpresa, Susana dejó caer al suelo el álbum de fotografías y ahora sí que confirmé mis sospechas, porque volví a contemplar el pene de Roberto después de tantos años, pero esta vez firmemente sujeto con la mano de Susana y asomando de su albornoz.

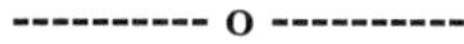

Se lo acababa de comentar a Teresa y a Roberto: no puedo tomar más de dos copas de champán. Soy consciente de lo mucho que me costó controlar en mi juventud, que la visión de un buen culo masculino no rompiera todos mis compromisos y anulara mi voluntad. La experiencia y la madurez me han hecho fuerte para resistir esas tentaciones, pero tengo todavía un punto débil: el champán.

Esa noche estaba con mis queridos amigos y me apetecía hartarme a beber. Cómoda y relajada, vestida únicamente con el albornoz, desnuda por dentro y por fuera, sin fingir, sin cuidado, sin ningún "filtro".

Aunque tuve un momento de duda cuando pensé que Teresa podría sorprendernos, mi mano había comenzado a reptar por la pierna de Roberto debajo de su albornoz. Para evitar ser descubierta, coloqué encima el álbum de fotografías que tan interesados contemplábamos y continué con la exploración. Roberto parecía estar cómodo y aparentaba no darse cuenta.

Por fin, he llegado al pene de Roberto. Nada más asirlo con mi mano, lo he reconocido y he recordado todos los detalles, perfectamente circuncidado, con el glande suave y rojizo, la abertura bien centrada, rodeado en su parte inferior por un anillo que me encantaba sentir con mi lengua.

El tronco, tenía unas venas de gran calibre y sus testículos colgando graciosamente, el derecho un poco más vencido que el izquierdo.

A diferencia de cuando era joven, el vello púbico estaba perfectamente rasurado, seguramente para facilitar los trabajos bucales.

Respecto al tamaño, es proporcionado, pero más bien pequeño. Nunca me han atraído mucho los penes grandes. Ante uno de ellos, me siento atemorizada, pero, la verdad, un poco intrigada a la vez. El pene de Roberto no atemoriza, todo lo contrario, es un pene que da confianza.

Recuerdo que, cuando me lo introducía en la vagina, mi clítoris rozaba fácilmente con su pubis y el placer era total. Si utilizaba la boca no tenía miedo de ahogarme y, lo mejor de todo, podía confiar siempre en él porque controlaba la eyaculación increíblemente y estaba dispuesto para la acción en cualquier circunstancia, cansado, con alcohol o en escenarios arriesgados.

Si no hubiera recordado todos estos detalles, seguramente no hubiera sucumbido a la tentación de asaltar a Roberto. Pero lo que nunca hubiera imaginado, fue encontrarme a Teresa jugueteando con la lengua de Roberto en un apasionado beso.

La verdad es que me gustó contemplar a Teresa excitada, mientras la mano de Roberto cogía con fuerza uno de sus pechos. Sin pensármelo, aproximé mi boca a la de Teresa y nos fundimos en un beso las dos.

A mí siempre me han gustado los chicos, pero tengo que reconocer que en Mallorca tuve alguna experiencia gratificante, pero no muy duradera, con alguna que otra chica. Por esa razón, no me sorprendió estar con una mujer, lo que me parecía alucinante, es que esa mujer fuera Teresa.

En realidad, soy mucho más selectiva con las mujeres que con los hombres. Me han atraído muy pocas, pero Teresa siempre ha sido una de ellas. Cuando éramos muy jóvenes probé acercarme a ella un par de veces, utilizando a Roberto como pretexto. Una vez en la playa y, otra, la que casi lo conseguí, en la casa de los niños que cuidaba en Santander. Aquel día, me fascinó besarla y, sobre todo, me hubiera gustado verla gritando de placer con la verga de Roberto en su cuerpo.

Pero en esa época, nunca tuvimos valor para dar un paso más. Con los años, había olvidado el tema y pensé que sólo eran calentones de juventud sin importancia, pero al besarla hoy, mi pasión por Teresa ha despertado otra vez, ¡bendito champán!

---------- o ----------

Cuando he despertado estaba muy avergonzada. Con mis tetas apoyadas en la espalda de Susana, he oído levantarse a Roberto muy temprano y he fingido estar todavía dormida. Observé sus movimientos, sentí un beso en mi mejilla, pero no me moví.

Aunque no recordaba muy en detalle lo que habíamos hecho, estaba bastante arrepentida y no quería hablar con Roberto. Hubiera deseado que todo lo sucedido la noche anterior hubiera sido un sueño. No podía entender como había sido tan atrevida, estaba segura de haber besado a Susana y, a partir de entonces, todo se mezclaba en escenas sin orden, como de una orgía en la que los tres nos comportábamos en la cama como animales en celo.

Sin poder evitarlo, me veía masturbándome de rodillas ante Roberto, ofreciéndole mi sexo a centímetros de sus ojos, mientras Susana cabalgaba con su pene insertado. O cuando decidí lamer una de las tetas de Susana, y Roberto, que imitándome y sin dejar de follarla, se incorporó para alcanzar con su boca el pezón que quedaba libre, hasta que, agotado, se tumbó hacia atrás sobre el suelo. Entonces, me senté sobre su cabeza para facilitar que su lengua se paseara por mi vagina a su antojo, mientras enfrentada a Susana veía nítidamente entrar y salir de su cuerpo, el pene de Roberto.

Estaba abochornada por lo sucedido, pero los detalles iban humedeciendo los labios de mi sexo. Después de unas rítmicas contracciones de mis muslos, me volvió a inundar el placer que tantas veces experimenté con Roberto y Susana. Un placer que recorría mi cuerpo, desde lo más profundo de mi sexo hasta mi cerebro. En pleno orgasmo abracé a Susana con fuerza y se despertó.

Susana se giró y dijo:

-No te hagas la dormida, ni la inocente. He notado como te restregabas hace un momento, ¿todavía te quedan ganas de jugar?

-Estaba dormida -mentí con poca convicción.

-Lo he pasado de miedo —exclamó Susana y con toda naturalidad, se levantó para ir al baño-. Ahora vuelvo Teresita.

Contemplé su cuerpo desnudo al abandonar la habitación. Sus tetas bien firmes, el sexo completamente depilado. Aproveché que Susana estaba en el baño para mover con decisión los dedos sobre mi vagina húmeda y completar el orgasmo que había interrumpido.

Quise convencerme de que todo había sido un sueño húmedo, que no había ocurrido lo que recordaba y que después de mi masturbación todo desaparecería. Al poco tiempo regresó Susana y me sorprendió en plena faena. Sonrió y me dijo:

- ¿Que estás haciendo golfa?, ¡aparta, aparta!, que tanta familia, tanto hijo, tanto marido, te han hecho olvidar como disfrutar de verdad.

Sin darme tiempo a reaccionar, hundió su cara entre mis muslos. Sus dedos y su lengua jugaban en todo mi sexo con la maestría que sólo una mujer es capaz de tener. Me corrí, no sé cuántas veces más, y volvimos a quedarnos dormidas hasta la hora de comer.

Al despertar, estaba por fin convencida de que no había sido un sueño. Nos levantamos, y no volvimos a hablar del asunto. Susana bajó a la planta inferior y escuché como daba instrucciones al servicio. Tenía la cabeza a punto de estallar porque no bebía habitualmente y me acordé de las supuestas bondades del champán, que Susana estuvo pregonando toda la noche. La ducha me ayudó a superar la resaca, me vestí y descendí por las escaleras. Susana me recibió con una amplia sonrisa y me invitó a sentarme a la mesa cuidadosamente preparada.

-¿Qué tal Teresa?, ¿estamos en el mismo barco?, porque en el mío hay fuerte marejada de poniente.

-¡No me hables tan alto! —contesté sin abrir del todo los ojos.

-El plan es el siguiente: una comida rápida, ensalada suave con aspirinas, café a discreción y tarde de siesta en la piscina -propuso Susana, sabiendo que no estaba en condiciones para oponerme a nada.

Al poco rato, apareció una camarera uniformada con una maravillosa ensalada repleta de frutas y la caja de aspirinas. Al terminar de servirnos, Susana se dirigió a ella.

-Esta es mi buena amiga Teresa, de Santander, que ha venido a pasar el fin de semana conmigo aprovechando que su marido, "Aitor", que estuvo anoche en casa también, tenía un viaje de trabajo este fin de semana y se quedaba sola en Madrid.

-Encantada, encantada -nos intercambiamos los saludos sin prestarnos demasiada atención.

-Cuando termines de recoger la cocina te puedes ir que ya nos encargamos nosotras de todo -indicó Susana a la solícita camarera.

Me sorprendió tanta explicación, pero como las aspirinas no habían hecho efecto todavía, no le di más vueltas. En cuanto la chica uniformada abandonó la habitación, Susana, en voz baja, me aclaró la razón.

-Todos los empleados del servicio son unos cotillas y creo que informan de mis movimientos a Erín, pero la coartada que tenemos es perfecta y en media hora nos dejarán en paz.

Terminamos de comer y pasamos al salón a tomar dos tazas de café. Pensé que todo el lujo que rodeaba a Susana, podía no ser tan maravilloso como aparentaba, porque, a veces, me daba la impresión de estar en la jaula de oro que comentó en el Corte Inglés, cuando nos reencontramos. Eso sí, podía ser una auténtica jaula, pero tenía mucho oro por todos los lados.

Cuando el servicio se fue de la casa, Susana, recuperada, volvió a su hiperactividad habitual.

-¡Teresa, estamos solas!, ya podemos estar tranquilas y tomar el sol, toda la tarde.

-¡Estupendo!, me apetece mucho sestear al sol. Pero Susana, me tendrás que dejar un bañador porque no contaba con este plan para hoy —contesté más animada.

-Pero, ¿estás tonta Teresa? Estamos solas en mi piscina privada, vamos a tomar el sol, ¡en pelotas!

Ante mi sorpresa, Susana se debió de sentir obligada a aclararme:

-Tranquila Teresa, que no me he cambiado de acera. Lo de esta mañana estuvo bien, pero yo sigo necesitando una buena verga en mis juegos. No suelo acostarme con mujeres. En mis tiempos bohemios era bastante habitual, yo diría que obligado, ser bisexual. No me importaba hacerlo, pero sólo disfrutaba con contadas mujeres y ésta ha sido la mejor de todas esas excepciones… ¡tú eres muy especial!

Me sonrojé, pero, a la vez, me tranquilicé bastante, aunque todavía no sabía muy bien como tomármelo, si debía alegrarme o entristecerme.

-Bueno para mí, Susana, anoche ha sido la primera vez de muchas cosas y …

-Olvídate de todo. Si lo pasaste bien aprovecha el momento -zanjó Susana.

La tarde fue muy relajada y agradable. Me gustaba contemplar el cuerpo desnudo de Susana, pero, para mi tranquilidad, ya no sentí la misma excitación. Estuvimos hablando de lo ocurrido con Roberto. Al principio, con rodeos y sin entrar en el tema directamente, pero, poco a poco, nos fuimos sincerando. Susana, como siempre, fue tajante.

-Mi posición es clara Teresa. No me voy a enrollar con nadie y menos con Roberto. No puedo permitirme abandonar a Erín, tiene todo bien organizado y me dejaría en la calle sin un duro. Aunque me gustaría mucho disfrutar, porque me siento muy joven todavía, es imposible, nada de rollos, no quiero compromisos ni ataduras.

A mí me costó un poco más centrarme y por eso intenté continuar evitando aclarar mi posición, para ganar algo de tiempo, pregunté a Susana si me estaba empleando como pretexto para llegar a Roberto.

-Ya te he dicho que no, quiero vivir con la mayor libertad posible. En conclusión, me atrae muchísimo Roberto, pero no voy a enrollarme con él, de ninguna manera.

Entonces, no me quedó más remedio que abrir mi corazón y, a la vez que se lo iba contando a Susana, ir descubriendo yo misma lo que había dentro de él.

-Yo adoró a mi familia. Me ha costado mucho esfuerzo y he dejado en el camino demasiadas cosas como para perder todo por un calentón. Pero la verdad es que me aburro, me aburro mucho y añoro los momentos de locura de nuestra juventud. Además, me gusta Roberto y he descubierto que tú también me gustas un poquito. ¡Ja, ja, ja!

Después de romper la tensión interior que me supuso tanta sinceridad, con la carcajada que compartí con Susana, continúe mi discurso.

-Creo que tenemos que darnos unos días y después charlar tranquilamente. Podemos olvidar el tema y continuar recuperando nuestra amistad como si fuésemos dos viejas –remarqué mucho la palabra vieja con sorna- amigas.

Esta propuesta pareció complacer a Susana y empleamos el resto del sábado en disfrutar y relajarnos. Charlamos, me enseñó su casa y los alrededores, aunque tuvimos que volver pronto para esperar la llamada habitual de Erín. Esa noche dormimos cada una en nuestra habitación y, al día siguiente, el domingo, Susana me llevó al aeropuerto y regresé a Barcelona.

---------- o ----------

Como advertí la tarde anterior a Teresa y Susana, tuve que regresar a Bilbao el sábado por la mañana, para tener tiempo suficiente y estudiar concienzudamente los temas, que tenía que resolver en el siguiente viaje de trabajo que tenía planificado. Los alemanes son muy perfeccionistas y si quería estar preparado el lunes, en la reunión que iba a tener lugar en Múnich, a primera hora, necesitaba, al menos, una mañana de trabajo en Bilbao antes de partir el domingo.

Tener que abandonar la casa de Susana tan temprano me había producido un poco desasosiego. Por un lado, huir de las situaciones complicadas era mi especialidad y me tranquilizaba haber abandonado Madrid sin dar explicaciones. Pero, mientras volaba hacia Bilbao, reflexioné tranquilamente sobre lo ocurrido el día anterior, puesto que, hasta ese momento, las prisas y el cansancio no me habían dejado enfrentarme a la situación.

Recordé que, al levantarme, Teresa y Susana dormían profundamente, así que traté de hacerlo con cuidado, procurando no despertarlas, pero no pude contenerme y les di un beso en la mejilla a cada una, como cuando me despedía de mi hija Lola antes de partir en un nuevo viaje. Me duché rápidamente en el baño de la habitación que me asignó Susana y, media hora después, abandonaba la casa en un taxi, sintiendo cierto alivio porque si se hubieran despertado no hubiera sabido que decir.

La verdad, es que mi forma de vida me había permitido tener muchas experiencias sexuales y con diferentes mujeres. Por eso, algunos detalles de la noche me resultaban familiares: encuentros casuales en lugares insospechados, miradas, vino, conversación y, otra vez, desnudo en una cama ajena. Al principio de mis correrías, no seleccionaba las parejas más que por su atractivo físico, pero, a menudo, surgían los problemas, en cuanto aparecía la palabra compromiso. Como no estaba preparado para dar ni recibir amor, aprendí a seleccionar chicas que solamente querían experimentar una noche de desenfreno y que nunca volvería a ver. Las cortejaba, me interesaba por su vida, sus problemas, sus ambiciones, llegaba a conocerlas superficialmente y me acostaba con ellas. A la mañana siguiente huía apresurado para no volver a coincidir jamás.

Pero tengo que reconocer que esta noche había sido diferente. No era normal estar con dos mujeres al mismo tiempo, desde que lo intenté por primera vez en la casa de los niños que cuidaba Susana, había tenido alguna experiencia parecida, pero las pocas veces que lo conseguí no fueron tan placenteras como imaginaba.

La resistencia física del hombre en la cama es menor y normalmente terminamos asumiendo el papel de observadores, mientras la pareja de mujeres se comporta como si el "macho" hubiera desaparecido. Entonces, sólo podemos admirar con incredulidad la ilimitada capacidad de la mujer para el placer y nos sentimos un poco débiles ante ellas. Todas las leyendas que circulan de superhombres satisfaciendo a más de una hembra son por lo general falsas.

Pero la noche con Susana y Teresa, había sido una excepción. Todo fluía fácilmente, estábamos excitadísimos y deseábamos obtener el máximo placer, pero, a la vez, queríamos hacer disfrutar a los demás tanto como a nosotros mismos, con curiosidad, pero sin esperar recompensa. No percibí ni posesión, ni complejos, ni miedos, no me sentí en ningún momento fuera de la escena, éramos un único organismo con la única función de provocarnos placer.

Era consciente de que me había saltado una de las reglas de oro que me había autoimpuesto hace tiempo: para evitar consecuencias desagradables nunca con conocidas o cercanas, pero me encontraba tranquilo sin pensar en mañana o en las consecuencias.

Desde los primeros tiempos de mi relación con Susana no sentía la sensación de paz que tuve anoche, cuando exhausto y antes de dormirme observé con sosiego como continuaban besándose y acariciando sus cuerpos cariñosamente, después de la pasión que se había desatado antes. Amanecimos abrazados, el sol entraba por el ventanal de la habitación y los cabellos rojizos, dorados y castaños de ambas brillaban enredados sobre la almohada, haciéndome cosquillas en la mejilla. Dormían plácidamente y estaban bellísimas.

Otra vez el sexo puro y sin compromisos, una olla a punto de estallar en cada encuentro y una oleada de cariño en cada caricia, ¡nada más!

Lo extraño es que fuéramos tres personas, estaba confundido, no quería compromisos, no sabía que había ocurrido, deseaba huir, pero dentro de mi corazón, latía algo que me hacía desear otro encuentro.

Capítulo XII

No quiero pensar

"Pienso y no quiero pensar,
que no tengo en quien confiar,
yo perdí contigo aquella fe,
que no puedo recobrar,"

Solera. Noche tras noche. (Rodrigo&Guzmán). 1974

Hoy, después de una jornada agotadora más, tomando el sol en la piscina, ejercitándome en el gimnasio, comprando sin medida en las tiendas de moda y, para finalizar, compartiendo un café con mis amigas de la Casa de Campo, respondo con desgana a la llamada de control de Erín mientras trato de ver una película en la televisión, antes de irme a dormir. Este plan, que durante todos estos años me ha mantenido tranquila y relativamente feliz, ahora no me funciona como antes, me siento inquieta y desdichada y, además, me resulta casi imposible conciliar el sueño.

Aunque intento olvidarlo, las últimas noches, despierta en la cama, sólo pienso en el lío con mis viejos amigos de Santander. Estoy segura que no mentí a Teresa y que lo que siento no es la atracción por Roberto como la que tenía hace años. Sólo pienso en estar los tres juntos y no siento añoranza por los viejos tiempos en pareja.

Me tranquiliza no estar encaprichada de Roberto, porque me he autoimpuesto no iniciar ningún rollo estable por miedo a Erín. Pero esto que me pasa es muy diferente, me obsesionan mis dos amigos por igual. Es absurdo, si ya sería bastante complicado tener una aventura con una persona, con dos es una locura imposible.

Aunque me atraen ambos juntos, en mis noches de insomnio, pienso en cada uno por separado y en como ha cambiado su forma de ser desde que se fueron de Santander.

Roberto es mucho más frío que cuando le conocí. Es como si le rodeara una capa invisible de cristal, que no permite acercarse a nadie. En cambio, en la cama ha mejorado, sigue siendo un excelente amante, pero con mucha más experiencia y menos timidez. Continúo teniéndole muchísimo cariño, pero me parece que él siente todavía algún rencor hacia mí.

Teresa también ha cambiado mucho. Siempre fue muy responsable y formal, solamente cuando estaba conmigo aparecía la chica divertida que seguía todas mis locuras sonriendo continuamente. En estos años, Teresa, se ha convertido en una especie de monja o, peor aún, en una mujer casada, ama de casa perfecta y madre aburrida.

Afortunadamente, el otro fin de semana, cuando nos reunimos los tres, reconocí a la Teresa divertida que recordaba y también descubrí a una que no conocía, que se comportaba en la cama sin miedos ni prejuicios.

Aunque me consta que se lo pasó fenomenal, supongo que la experiencia le estará causando ahora muchos conflictos morales: he engañado a mi marido, qué pensarían mis hijos, etc.

Es divertido, me siento como una diablesa que ha incitado al pecado a unas almas cándidas. Seguramente, querrán repetirlo y estarán esperando que vuelva a ser yo quien llame primero, como siempre. Pero esta vez se equivocan, aunque me apetece muchísimo volver a verlos, no voy a ponerme en contacto con ninguno de los dos. Fue fenomenal, pero creo que lo mejor es que sigamos nuestro camino por separado.

Cuando comprueben que no me pongo en contacto con ellos, supongo que Roberto lo intentará. Al fin y al cabo, es el hombre, y se supone que son ellos los que tienen que llevar siempre la iniciativa. Teresa estará avergonzadísima, querrá olvidar todo y pasar página. Sí, estoy segura que será él quien intente volver a reunirnos.

Bueno, cuando llame Roberto, tengo que ser fuerte y poner unas disculpas creíbles, para evitar una nueva cita. Amables y cariñosas palabras de despedida y ¡punto! Esta vez no habrá champán de por medio.

Estas últimas semanas han sido menos ajetreadas que lo normal, apenas he viajado, y desde mi casa en Bilbao, los recuerdos no me dejan pensar fríamente sobre lo que pasó en Madrid. Es imposible sacar conclusiones serenas mientras se me viene a la cabeza el sexo de Susana completamente depilado o el abundante vello pelirrojo del de Teresa. Pero a pesar de las insistentes imágenes eróticas, en algún momento de lucidez, he conseguido obtener algunas conclusiones coherentes.

En primer lugar, no puedo romper mi regla de oro: "nunca sexo con conocidas". No me puedo engañar pensando que sólo ha sido un buen revolcón sin consecuencias, en cada movimiento, en cada jadeo, se percibía entre nosotros una corriente que parecía cariño o amor o lo que fuera, que ha encendido todas mis alarmas.

También es verdad que esta experiencia ha sido positiva para mí, al menos hasta ahora. No deseaba volver a encontrarme con Susana, nuestra ruptura me hizo daño y temía sentir algo por ella todavía y lo último que quería, era caer rendido en sus brazos.

Al final nos hemos vuelto a encontrar, pero ha sido muy diferente de lo que imaginaba. He estado con Susana hablando tranquilamente, nos hemos besado, hemos hecho el amor desnudos y no he sentido lo mismo que compartimos hace unos años. Me atrae mucho, pero no me absorbe totalmente como me ocurría entonces. De hecho, Teresa me atrae tanto como Susana, Teresa ha ganado con el paso de los años, su naturalidad me gusta tanto como el refinamiento de Susana.

Lo que está claro es que me atraen mucho las dos, pero ¿me atrae lo suficiente, alguna de ellas, como para poner en peligro mi forma de vida? La verdad es que creo que ninguna de las dos por separado supone un riesgo para mi independencia y mi buscada soledad.

¿Pero será un problema que me fascinen las dos? Juntas son perfectas y esto empieza a preocuparme, se complementan a la perfección: el atrevimiento y la sensatez, el lujo y la naturalidad, la espontaneidad y la responsabilidad… ¿podía ser esto un peligro para mí?

¿Tenía sentido aplicar mi regla de oro a un trio? Que idea más loca, un trio, seguro que no funcionaría, pero, en cualquier caso, ante la mera posibilidad de un lío tan complicado, aplicaré la lógica de máxima prudencia y cumpliré mi regla sin excepción.

Conclusión, guardaré esos recuerdos de Madrid en lo profundo de mi memoria y no volveré a contactar con ellas. Afortunadamente, estoy seguro que tampoco se atreverán a dar el primer paso y confiarán en que sea yo el que lleve la iniciativa. Pero está decidido, nuestra relación es un tema zanjado para mí.

---------- o ----------

Afortunadamente, Aitor ha ido de pesca una vez más. Estoy sola en mi casa de Barcelona y puedo pensar tranquilamente en el fin de semana que pasé con Susana y Roberto, en Madrid. La verdad es que cuando me desperté en casa de Susana, sentí mucha vergüenza por lo que habíamos hecho durante la noche.

Desde que decidí compartir mi vida con Aitor, no había tenido ninguna experiencia sexual fuera del matrimonio. Había tenido muchas fantasías, con chicos de todo tipo, pero desde luego, ni siquiera en sueños había imaginado tener una experiencia a tres y mucho menos con una chica en el juego. Antes de nuestra noche loca, pensaba que el tipo de cosas que hicimos eran prácticas de gente pervertida.

Cuando tomé el avión de regreso a Barcelona, decidí olvidar el tema y concentrarme en mis ocupaciones. Al llegar a casa, el domingo por la tarde, Aitor estaba en el salón, descansando de su fin de semana de pesca. Intenté comportarme con normalidad, pero creo que me sonrojé un poco cuando inicié la conversación.

-¿Qué tal la pesca Aitor?

-Bien —me respondió lacónicamente, y al ver mi maleta continuó—. Por cierto, lo había olvidado, ¿qué tal en Madrid?

Le di muchos detalles de la vida de Susana, de su aspecto físico, de su casa y de su alto nivel de vida, pero me pareció que no me prestaba ninguna atención, así que decidí ordenar mi equipaje y el de Aitor que, como siempre, había dejado esparcido por nuestra habitación.

Al recoger su chaleco de pescador, se cayó del bolsillo un sobre bastante llamativo, lo abrí, y me encontré una factura de un hotel rural en Pubol. Se suponía que la jornada de pesca de Aitor, iba a desarrollarse en la cuenca del Ter, cerca de Olot, así que guardé de nuevo el sobre en el bolso del chaleco y decidí buscar información del hotel en Internet. Hotel romántico, paraíso para los sentidos, todas mis dudas se resolvieron en un instante, hubo pesca, pero seguramente con alguna enfermera.

El descubrimiento no me sorprendió nada y, sinceramente, ni siquiera me hizo daño, incluso me sirvió para evitar el poco cargo de conciencia que había comenzado a sentir por mi loco fin de semana.

Durante la cena, seguramente para fastidiar a Aitor, le pregunté con malicia por detalles de su fin de semana de pesca… en Olot. Como era previsible, me mintió con descaro y comentó algunas obviedades del hotel "de siempre": lo bien que se comía y lo amables que eran los dueños, etc.

La semana siguiente transcurrió como habitualmente, Aitor y yo, nos cruzábamos en la casa como los fantasmas de la película de Amenábar -Los Otros- sin vernos y sin prestarnos ninguna atención.

En la comida del domingo siguiente, Aitor y mi hijo Juan, me tenían reservada una sorpresa que no esperaba.

Juan había sacado una nota bastante buena en selectividad, pero no era suficiente para ingresar en ninguna facultad de medicina. Aunque también tenía muchas dotes artísticas, Juan parecía decidido a iniciar la carrera de su padre porque, como en mi caso, la insistencia paterna era más fuerte que su vocación. La cuestión es que, sin la nota necesaria en España era imposible y habían decidido, sobre todo el padre, matricular el curso siguiente a Juan, en una prestigiosísima universidad sueca que gracias a los contactos de Aitor había aceptado a nuestro hijo.

Se me cayó el alma al suelo porque tenía la esperanza que la selectividad sirviera de último empujón para que Juan estudiara en Barcelona alguna carrera relacionada con las artes. Como mi otra hija, Edurne, estaba viviendo con su novio, lo único que me mantenía atada a esa casa, mi hijo, también se iba a ir.

Las dos semanas siguientes, bastante deprimida, no lograba encontrar una solución para mi estado de ánimo. Pensé seriamente en separarme de Aitor, pero no me veía con fuerzas para iniciar una batalla legal y, en realidad, la vida que llevábamos era agradable y cómoda, aunque suponía compartir la casa con un desconocido.

Quizá estaría bien tener un poco más de libertad y para comprobarlo improvisé y le pregunté a Aitor

-Me ha llamado Susana y me propone que vaya más a menudo a Madrid. Lo pasamos muy bien y quiere llevarme de compras. Ya sabes... cosas de mujeres.

Como había previsto, a Aitor se le iluminó la cara al imaginarse los fines de semana sin mi presencia y con la libertad de estar a su antojo con la enfermera.

-Pues claro, Teresa, vete cuando quieras. Seguramente necesitas entretenimiento ahora que nuestros dos hijos casi han abandonado el hogar. Por mí no te preocupes, ya sabes que me entusiasma ir de pesca y podré apañarme yo solito.

Tan considerado… ¡el muy cabrón! No le importaba nada si me iba a Fátima o a bailar desnuda al Moulin Rouge, sólo deseaba perderme de vista.

Con el mal humor que me había provocado la situación, si había tenido algún pequeño cargo de conciencia por el fin de semana en Madrid, éste desapareció totalmente y, poco a poco, me empezó a rondar la idea de repetir la experiencia que podría rellenar de ilusión mi aburrida vida.

Una mañana, decidí llamar a Roberto a su oficina en Bilbao.

-Roberto, soy Teresa León tu amiga de juventud en Santander, ¿te acuerdas?

-Hola Teresa, ¿qué tal estás? -Roberto respondió dubitativo y muy sorprendido.

-Mira Roberto, estoy segura que no te imaginabas que te iba a llamar, pero he estado pensando mucho en lo que ocurrió entre nosotros y creo que nos debemos una explicación.

Sin darle tiempo para reaccionar, aclaré que no pretendía una cita a dos.

-No me malentiendas no pretendo ligar contigo, mi idea es llamar inmediatamente después a Susana y, si os parece bien, vernos los tres.

-Quiero agradeceros que, en un momento difícil de mí vida, me he sentido querida y, además, creo que es un último tren que no podemos dejar escapar.

Roberto tardó unos segundos en responder, seguramente necesitaba un tiempo para entender lo que estaba escuchando, pero por educación y tratando de ganar tiempo balbuceó.

-Teresa…, yo…, si…, pero no me veo iniciando una relación después de las malas experiencias que he tenido y de la libertad que disfruto ahora…

Le interrumpí, sin darle tiempo a terminar.

-Eso es, Roberto. Estamos de acuerdo, nada de líos, ni de compromisos... De eso se trata, ¿vendrás entonces?

Roberto, aunque con muchas dudas, aceptó seguramente sorprendido por ser yo quien llamaba. A continuación, telefoneé a Susana y me costó menos convencerla, así que acordamos la fecha.

Susana, días después, se puso en contacto conmigo para acordar la hora a la que llegaría a Barajas y me confirmó que había hablado también con Roberto.

-Roberto, soy Susana Cantizano... ¿qué tal te va la vida?

Después de unas frases hechas para iniciar la conversación, Susana entró en materia.

-Te llamó Teresa, ¿verdad?

-Sí -contestó Roberto.

Susana continúo sin pausa

-Bueno, yo había decidido que era mejor olvidar todo esto y continuar cada uno con nuestra vida sin mirar hacia atrás, los líos extraconyugales me pueden poner en una situación muy difícil con Erín, pero Teresa fue tan convincente que... Además, para mí la sorpresa fue mayúscula, pues yo no me esperaba que Teresa tomara la iniciativa.

-Sí, la esposa perfecta y madre amantísima —Roberto estuvo totalmente de acuerdo con Susana-, yo tampoco quería complicaciones, ni ataduras en mi vida que lo único bueno que tiene es la libertad. Pero la verdad es que a mí también me quedó muy buen sabor de boca esa noche…

-Bueno, ¿entonces nos vemos en el aeropuerto de Madrid, otra vez, el próximo sábado por la mañana? —preguntó Susana.

-Si, en el Shamrock a la una. Mi avión llega a las doce y media de Bilbao. ¡Nos vemos allí!

Capítulo XIII

El acuerdo

"I'm not in love, so don't forget it
it's just a silly phase I'm going
through
and just because I call you up
don't get me wrong,
don't think you've got it made
I'm not in love, no, no.

"No estoy enamorado, no lo olvides,
esto es sólo una etapa tonta que estoy
pasando
y sólo porque te llamo
no me mal interpretes
no creas que está todo hecho
no estoy enamorado de ti, no, no."

10 cc. I'm not in love. (Stewart&Stewart). 1975

He cogido el único avión que despegaba de Bilbao esta mañana y he llegado una hora antes de la hora que acordamos para encontrarnos en el aeropuerto. Mientras esperaba solo, contemplando distraído el culo de la camarera y tomando una cerveza en el bar Shamrock, el bar del aeropuerto donde me reencontré con Teresa y Susana, y donde también nos habíamos citado hoy, me distraía pensando en el trébol irlandés que parecía marcar nuestro destino.

Poco después llegó Susana y, como siempre, su aparición fue arrolladora, se iba abriendo paso entre la multitud de personas que vagaban por el aeropuerto como cuando Moisés separó las aguas del mar Rojo.

-Hola Roberto.

Nos dimos dos besos en las mejillas, como cualquier pareja de viejos conocidos, y comenzamos una conversación, al principio intrascendente, pero, poco a poco, más interesante.

-Nunca hubiera imaginado que Teresa tuviera valor suficiente para llamar — comentó Susana.

-Yo tampoco -contesté, mientras observaba el escote de la blusa veraniega y semitransparente, blanca por supuesto, que llevaba Susana. Se podía adivinar, por el movimiento libre de sus senos, que el tejido de la lencería, también blanco, era muy ligero.

-No me creo mucho lo que me dijo por teléfono. Parecía encantada con la situación, pero estoy segura de que, en el fondo, estará arrepentida. Pues yo no tengo ningún cargo de conciencia y sólo me presto a tomar una copa como celebración de los mejores polvos de mi vida —bromeó Susana.

-Estoy de acuerdo que no tenemos nada de qué avergonzarnos.

En ese momento, apareció Teresa arrastrando su trolley y disculpándose por el retraso del vuelo.

-Hemos estado parados en El Prat, dentro del avión, media hora por congestión de tráfico aéreo, ¡qué lata!

Estuvimos más de una hora bebiendo cerveza y poniendo encima de la mesa nuestra postura sobre el fin de semana de desenfreno, como lo describió Teresa. Pero, para sorpresa de Susana y mía, Teresa no tenía ningún arrepentimiento y lo que pretendía es convencernos de algo que insinuaba, pero no terminaba de aclarar.

-Yo no quiero renunciar a la última oportunidad para divertirme y gozar. La otra noche fue genial, desde que me fui de Santander, no había tenido una situación tan excitante Pero no estoy dispuesta a destruir mi modo de vida, ni perder a mis hijos, ni atarme a una nueva pareja. Las parejas fueron una pesadilla en mi adolescencia y no pienso repetir los mismos errores.

-Tienes razón Teresa -contesté interrumpiendo su discurso-. Yo he tratado muchas veces de encontrar la pareja perfecta y siempre he terminado chocando con los celos, la posesión, el egoísmo. No estoy dispuesto a iniciar ninguna relación de pareja, aunque encuentre a la mujer perfecta.

Dije muy seguro de lo que decía, pero mirando el muslo de Susana con descaro, para poner un poco de humor en la situación.

Susana halagada por la referencia a la mujer perfecta, sonrió y estuvo de acuerdo en que una pareja era impensable, en su caso, porque si era descubierta, Erín la pondría de patitas en la calle. Pero con su forma práctica de resolver las cosas, zanjó la cuestión.

-Bueno, pero al menos los tres estamos de acuerdo en que lo pasamos fenomenal, que fue una experiencia inolvidable y que no sabemos como manejar la situación. Pues disfrutemos un poco mientras buscamos una solución. Aunque nos guste y le tengamos cariño, este bar es una vulgar cafetería de aeropuerto, ¿qué hacemos perdiendo el tiempo? Hace un día de calor infernal y la piscina de mi casa nos espera.

-De acuerdo —asintieron Teresa y Roberto.

Teresa, al entrar en el coche de Susana, nos dejó intrigados con su sugerencia.

-De todas formas, esta noche, más tranquilamente, os comento mi idea para manejar nuestra relación.

Una hora después, tras un baño refrescante los tres desnudos, reposando en las hamacas de la piscina del chalé de Susana, hablábamos de tonterías. Yo estaba en la hamaca del medio, entre ambas, y ellas se entretenían jugando con mi pene que se apoyaba flácido sobre mi muslo, balanceándolo de un lado a otro hasta que, poco a poco, se fue animando.

Una vez firme y erecto, las dos, satisfechas con su éxito, aplaudieron su cambio de aspecto. Después, por turnos, se lanzaron a lamerlo sin dejar ningún pliegue de piel sin chupar. Eran unas maestras en estos juegos y se dedicaron a la faena, sin ninguna prisa, mirándome descaradamente y estableciendo una especie de competición para ver cuál era más atrevida y se introducía el pene más profundamente en su boca.

Después de un buen rato, hicieron caso a mis suplicas y se giraron, colocadas de rodillas con el tronco paralelo al suelo y apoyadas con las manos en sus respectivas hamacas, para dejarme a la vista sus traseros.

En esa posición, entre sus glúteos, quedaron a mi disposición sus dos adorables coñitos. Comencé a jugar con mis manos, la derecha dedicada a Susana y la izquierda a Teresa, mis dedos se desplazaban de arriba abajo, luego los introduje en sus vaginas y, finalmente, los saqué y volví a meter rítmicamente, hasta que conseguí que, entre gemidos, se deshicieran de placer.

Cuando estaban seguras de que las iba a penetrar, me levanté con mi verga enhiesta y me zambullí en la piscina, ellas, decepcionadas por mí huida, se lanzaron detrás de mí intentando alcanzarme, entre risas y gritos de protesta.

Cuando alguna me conseguía arrinconar en una esquina de la piscina, yo me sujetaba con los brazos apoyados en el borde y la ganadora se mantenía a flote sujeta con sus piernas alrededor de mi cintura, en ese momento le introducía mi pene y, con la ayuda del agua, la desplazaba fácilmente, de arriba abajo.

Luego volvía a huir nadando e iba a buscar a la otra, para volver a realizar la misma operación con ella. Repetimos el juego varias veces, hasta que, cuando ya no pude más, me senté en el primer escalón de la escalera de acceso a la piscina. Situado ligeramente por encima del nivel del agua, comencé a masturbarme a la vista de ambas. Muertas de curiosidad se acercaron para observar mejor, sabiendo que se ponían en la línea de tiro de mi esperma.

Poco después me había derramado sobre sus pechos y ellas se entretenían haciendo desaparecer las gotas de placer con lametones, mientras me sonreían agradecidas por el "regalo".

Estoy agotada y he decidido prepara un zumo natural que nos ayude a recuperar fuerzas. Le he pedido a Teresa que me acompañe a la cocina y aunque siempre me ha gustado moverme desnuda por mi casa cuando estoy sola, esta vez es un poco diferente, hay más personas desnudas y tengo que reconocer que, al principio, me he sentido un poco extraña. No sentía vergüenza, estaba francamente a gusto con mis amigos, pero en algún momento, cuando observaba el culo de Teresa o el pene de Roberto, me volvía a excitar y temí que se dieran cuenta.

A solas con Teresa, en la cocina, comenzamos una conversación banal, en la que ella trató de halagarme, supongo.

-Susana, tu casa es espectacular y envidio tanto tu tren de vida. Aitor y yo, nunca hemos pasado grandes dificultades económicas porque tenemos dos buenos trabajos, pero siempre he pensado como sería gastar sin medida, ser verdaderamente rica, vamos, ¡cómo tú!

Erín me había llamado hacía un rato y, afortunadamente, nadie había escuchado la conversación. Como siempre, empezó lanzándome sus estúpidas sospechas. Que si había salido con algún amigo, que si le estaba engañando otra vez…

En general, estas conversaciones me ponían de mal humor, pero, en esta ocasión, estar tomándole el pelo tan descaradamente me produjo felicidad.

Si supiera que en ese mismo momento y en su casa, le ponía los cuernos, no con uno, sino con mis dos mejores amigos.

Algo debió intuir en mis contestaciones, porque comenzó a insultarme y amenazarme muy agresivo, como cuando estaba enfadado o frustrado.

No había contado a nadie mi situación con Erín, pero la confianza con mi amiga me dio fuerza para empezar a desnudarme también emocionalmente.

-Teresa, si tú supieras como es mi vida en realidad, no me tendrías envidia. De joven era autosuficiente, aventurera y muy alocada. No tenía problemas y disfrutaba de la vida todo lo que podía. Pero al ir haciéndome mayor, a los pocos años de llegar a Mallorca, empecé a ver que no iba a ser todo tan fácil en el futuro.

Una vez que había empezado a confesarme ya no podía detenerme, y sin mirar a Teresa a la cara para no sentir vergüenza, continué:

-Con veintiséis años y sin estudios, conseguir trabajo era cada vez más difícil. La única posibilidad de ganar algo de dinero eran bares o pubs que sólo escogían a las camareras por el físico. Al principio nunca tuve problemas, pero al pasar los años, aunque en las entrevistas de trabajo todavía me decían que no estaba mal, siempre preferían a chicas "más jóvenes".

-Pero si siempre has sido una tía cañón.

Teresa intentó consolarme mientras servía un zumo a Roberto que se había sumado a la conversación. Me sonrojé cuando me di cuenta que él estaba escuchando y pensé en cambiar de tema, pero ambos me demostraban tanto apoyo y comprensión, únicamente con sus gestos, que saqué toda mi amargura.

-Pronto descubres que chicas guapas, hay muchas, pero que siempre hay otras, más jóvenes y más dispuestas... Al principio trabajé en locales caros y famosos, pero al final tuve que conformarme con una terraza bastante pasada de moda, cerca de un puerto deportivo que cerraba de madrugada.

-Allí, encontré a Erín. Primero observé su reloj y su ropa de marca, después, al pagar la copa que había pedido muy amablemente, su cartera llena de billetes, entonces me dije: esta oportunidad no se me puede escapar. Así fue, pasamos esa misma noche en el camarote principal de su yate, camarote del armador según me explicó, y en unos días, le seduje con mis mejores artes.

- ¿Seguro que tu única motivación era el dinero, el miedo a no tener nada, no estabas ni un poco enamorada? -preguntó Roberto.

-Créeme Roberto, estaba en un momento límite. Mis padres habían muerto años atrás, mis hermanos no me hablaban desde que me fui al extranjero sin dar pistas. Nadie podía ayudarme y mi "crédito físico" se acababa como para seguir viviendo de él.

-No estaba enamorada y no me gustaba mucho, desde el primer momento detecté que Erín tenía un carácter poco recomendable. Desde luego físicamente no me atraía demasiado, pero eso era lo de menos, buscaba a alguien para compartir la vida, no para un polvo pasajero. Además, su carácter posesivo, caprichoso y egoísta, propio de una persona que durante toda su vida ha hecho lo que ha querido y los demás han bailado a su antojo, se adivinaba en cada conversación.

-No quería verlo, me ocultaba la realidad porque era mi tabla de salvación. Decidida a no dejarle escapar, utilicé mis años de experiencia tratando con cientos de personas de toda raza y condición y le seduje fácilmente. Utilicé un viejo truco, le convencí de que era un capricho imposible para él y, justo eso, le cegó para conseguirme a cualquier precio. En unos meses, en la misma isla, con la única presencia de mis compañeros de trabajo del bar, estábamos casados. Casi inmediatamente nos fuimos a vivir a Estados Unidos.

-Pareces insinuar que no eres feliz, pero la historia con un millonario tiene algo de cuento de hadas -interrumpió Teresa.

-Un cuento de hadas que pronto se convirtió en una película de terror. No podíamos tener hijos y Erín se cansó de mí al poco tiempo. Pretendía que le sirviera de azafata de compañía, siguiéndole por todo el mundo, siendo amable y servicial con sus clientes, esperándole en casa siempre que sus ocupaciones le impedían llegar a dormir. Parecía tener todos los derechos sobre mí porque me pagaba dándome todos los caprichos que se pudieran comprar.

-Seguramente, hubiera tragado con todo esto, pero, con el paso del tiempo, su carácter colérico y posesivo hacía la convivencia imposible. Me insultaba a menudo, me acusaba de acostarme con todos sus amigos o clientes, a pesar de que él mismo me sugería que me pusiera ropa atractiva cuando venían a casa. Pensé que lo mejor era divorciarnos y decidí que se lo plantearía a Erín aprovechando una visita a la mansión familiar.

-Había visto al padre de Erín un par de veces antes. El viejo era un descendiente de inmigrantes irlandeses muy enamorado de su tierra de origen. Viudo desde hacía varios años, su mujer murió bastante joven por una enfermedad que nunca llegué a saber, porque la conversación sobre la madre de Erín era un tema prohibido en la familia, pero que siempre sospeché que se trataba del cáncer. El señor Brennan, era un hombre hecho a sí mismo, un tiburón de los negocios, según decía la prensa económica americana, y bastante frio. Conmigo siempre fue un poco distante, pero correcto.

-Esa noche nos alojamos en la inmensa mansión propiedad de la familia en Boston. Durante la cena que compartimos únicamente los tres, lo que era bastante inhabitual en la casa que estaba siempre llena de invitados, fuimos atendidos por un pelotón de sirvientes perfectamente uniformados.

-Erín, como en muchas otras ocasiones, me deslizó un sutil desprecio. Habituada a sus salidas de tono, yo ni siquiera le presté atención, pero su padre le cortó súbitamente, echándole en cara que solamente los perdedores y los inútiles eran incapaces de tratar a su mujer.

-Al principio, pensé que me estaba defendiendo, pero cuando comprendí que yo le importaba un bledo, que realmente estaba riñendo a Erín por no saber educar a su "mascota", me sentí mucho más humillada, pero no me atreví a replicar por el terror que me inspiraba el viejo, que continuó menospreciando a Erín.

Traté de imitar la voz autoritaria y gélida del viejo americano.

-Hijo, tus insultos y desprecios son patéticos. Tu mujer se ríe de ti y tu sólo sabes ponerte en evidencia. ¿Qué vas a hacer ahora?, ¿vas a pegarla?, así pretendes llevar tu matrimonio, eres un inútil. ¿Cómo vas a controlar nuestros negocios si no sabes ni mantener en orden tu casa?

Continué contándoles la historia más negra de mi vida.

-Erín abandonó el comedor indignado y, el viejo y yo, terminamos la cena sin dirigirnos la palabra. A la mañana siguiente, lo primero que hice fue proponerle a Erín un divorcio pactado de la forma que más le conviniera.

-Seguramente, también con una buena indemnización para ti, imagino -el economista habló por Roberto.

-No, no hubo ninguna negociación -respondí a Roberto-, Erín, entre gritos e insultos, se negó a concederme el divorcio y me amenazó con arruinar mi vida y dejarme sin un centavo.

-Parecía todo absurdo y, al principio, no entendía nada, pero mientras continuaban sus desprecios e insultos, comprendí por fin la situación. El padre de Erín, el dueño de todo el dinero, era un viejo halcón de los negocios que, en el fondo, despreciaba a su hijo. Le consideraba un inútil y, por supuesto, nunca estuvo de acuerdo con nuestra boda. Según me explicó entre gritos Erín, el viejo decía literalmente: "precipitada boda con una puta española".

-Además, me aclaró que por más que le "jodiera" dar la razón a su padre, estaba de acuerdo con él. En definitiva, Erín no iba a dar el gusto a su padre de admitir que se había equivocado conmigo y su padre no iba a consentir otro fracaso de su hijo delante de la alta sociedad de Boston. Desconcertada me fui a mi habitación, cerré con llave la puerta y me eché en la cama para llorar sin testigos.

Continué la narración sin dejar que me interrumpieran.

-Instantes después, Erín golpeaba como un loco la puerta, exigiéndome que la abriera. Llegué a temer por mi vida, así que, como un autómata y supongo que, bajo el influjo de la adrenalina, empecé a tomar decisiones rápidas. Lo primero que hice es grabar, con un radiocasete que tenía en la habitación, todos los gritos e insultos de Erín, protegida por la puerta cerrada, mientras le intentaba calmar.

-Al día siguiente, me levanté muy temprano, hice una maleta sólo con lo esencial, llamé a una agencia de viajes y reservé una plaza en el vuelo de esa misma noche hacia España.

-En el desayuno, Erín parecía más tranquilo, así que le volví a plantear nuestro divorcio. Cuando iba a empezar otra vez a enfurecerse, le amenacé con enseñar a su padre la grabación que había hecho la noche anterior.

-Su cara palideció y aproveché el momento de debilidad para hacerle la propuesta que había improvisado la noche anterior: nada de divorcio, pero yo me iba a vivir a nuestra casa de España y Erín continuaría en Estados

Unidos. A su padre le diríamos que me encontraba mal por alguna enfermedad y que me convenía el clima de España, pero que seguíamos siendo muy felices.

-Yo actuaría las veces que fuera necesario delante de su padre y Erín seguiría manteniendo mi forma de vida. Erín estuvo de acuerdo y sólo me puso una condición: tenía que seguir siéndole fiel. Aunque no me amaba, me consideraba una de sus posesiones y no estaba dispuesto a compartirla con nadie. Para certificarlo me amenazó de forma solemne: "si me eres infiel una sola vez te acordaras toda tu vida de Erín Brennan"

Teresa no había parpadeado durante toda la narración y parecía que le faltaban las fuerzas para pronunciar alguna palabra, cuando titubeando dijo:

-¡Pero es horrible vivir así!, ¿porque no huyes y te olvidas de él?

-Teresa, te he dicho que no tengo donde caerme muerta, que nadie puede ayudarme y, que estoy acostumbrada a vivir bien. Además, Erín apenas viene a España y sólo tengo que estar pendiente de sus malditas llamadas de control.

Roberto, hasta entonces estaba pensativo. Pero, en ese momento, intervino misterioso:

-Quizá tenga yo una posible solución. Por tu forma de vida, sospecho que no te controla cuando gastas dinero en tus caprichos, ¿es así?

-Sí, gasto lo que quiero sin ningún límite. Erín es un impresentable pero no es un maldito tacaño como su padre.

-¿Susana, confiarías en mí como asesor económico?

-Por supuesto que me fío de ti. Si te he confiado mi cuerpo, como no te voy a confiar lo que no tengo -contestó Susana intentando, con la pequeña broma, romper el mal ambiente que se estaba creando-, mi dinero.

-Lo ideal sería que iniciaras tu propio negocio. En el presente sería una forma muy fácil de desviar el dinero para ti, simulando pérdidas, y en el futuro te garantizaría ingresos.

-¿Un negocio?, siempre he pensado que me gustaría vender las cosas que me encanta comprar: vestidos, bolsos, zapatos, complementos... -

respondió Susana pensativa como si estuviera soñando-, conozco las marcas, los precios, sé lo que gusta a cada mujer.

-Me has dejado dos "trapitos" estos días y parezco otra —confirmó Teresa-, en mi caso era difícil convencerme de que podía cambiar de aspecto, pasaba de la moda y la verdad es que con tus recomendaciones me siento a gusto y guapa, ¡está claro que vales para eso!

Roberto continuó exponiendo su plan de negocio.

-Tengo un buen amigo que tiene un par de tiendas de moda en Bilbao. No le importará tener competencia tan lejos, en Madrid, y me debe muchos favores. En cuanto al tema contable y financiero, yo te ayudaría sin problemas. Ahora que se habla del comienzo de una crisis económica, es más fácil conseguir locales a un precio razonable y las crisis no afectan a los negocios relacionados con el lujo. Yo me encargo de todo, ¿crees que podrías convencer a tu americano? En un año, a lo sumo dos, podrías acumular una cantidad suficiente para vivir dignamente.

Teresa quiso contribuir al éxito del proyecto.

-Yo os ayudo en los contratos y creo que os puedo facilitar desde mi banco las cuentas, préstamos, etc. Estoy a tu disposición Roberto.

Susana, ilusionada, continuaba pensando en alto.

-Mañana le escribiré a Erín. No creo que me ponga problemas, no conoce el valor del dinero y nunca ha mirado mis gastos. Pensará que si estoy entretenida con algo no le molestaré y, sobre todo, que como soy una inútil, no conseguiré llevar ningún proyecto a buen término. Estará feliz imaginando el día en que quiebre el negocio para poder echarme en cara el fracaso. Sólo este nuevo desprecio le compensará con creces todos los gastos.

-Es ideal, si no le importa que pierdas dinero, vas a "perder" —Roberto guiñó el ojo para resaltar la ironía- dinero a carretillas. Propónselo cuanto antes, yo buscaré el local y te iré informando con detalle de la propuesta completa y si te convence podemos llevarla a cabo...

Aunque muy agradecida por el interés de Teresa y Roberto por mi situación, estaba cansada de remover mis sentimientos, así que les supliqué que, por este fin de semana, olvidáramos el asunto. Estuvieron de acuerdo y tumbados cómodamente en nuestras hamacas, disfrutando del zumo de naranja, refrescante y vigorizante, Teresa empezó una nueva conversación, que sin duda tenía bien meditada.

- Oye que polvo más salvaje en la piscina ¿eh?, ¿veis a lo que me refería?, ¡lo pasamos genial juntos! Yo no voy a renunciar a estos momentos. Pensaba que mí aburrida existencia no tenía solución. Tenemos que buscar la manera de compaginar nuestras vidas con momentos de evasión como los de este fin de semana. ¡No tenemos por qué renunciar a nada!

-A mí lo que más me frena de las relaciones estables -explicó Roberto-, incluso las que no suponen convivencia y sólo se mantienen con encuentros periódicos, como la que propone Teresa, es que siempre suele haber algún compromiso oculto. Es lo que yo llamo, las facturas no firmadas. Por eso tuve tantas dudas al venir. La verdad es que estoy aquí porque Teresa tomó la iniciativa y no supe decir que no

-Os lo he explicado antes, necesitó mantener una total discreción -comenté, mientras movía los hielos de la copa de zumo-, si Erín se llegara a enterar... Pero desde luego yo también soy de la opinión de Teresa, todavía me gusta quitarme las bragas y disfrutar como cuando éramos jóvenes, así que sería fenomenal encontrar la manera de compaginar todo: mi "confortable" matrimonio, las increíbles experiencias sexuales con mis amigos y, como dice Roberto, la libertad sin complicaciones que las relaciones estables suelen traer incluidas en el lote.

-Pues por eso os llamé -respondió Teresa-, estuve pensando mucho en el tema y recordé que ambos me convencisteis de que no teníais interés en volver a liaros. Luego si no había parejas encubiertas, es que no estamos enamorados, pero los tres queremos estar juntos.

Pensé en la cantidad de experiencias que me fueron mal y llegué a la siguiente conclusión: es la pareja la que siempre implica complicaciones, pertenencia, posesión, celos.

Teresa continuó su bien meditado discurso.

-La atracción entre nosotros es innegable. Entre Susana y tú, Roberto, sigue habiendo una fascinación que no se puede ocultar. En mi caso, tengo que confesar que siempre me has gustado Roberto y que ahora también me gusta Susana.

Roberto arqueó sus cejas con incredulidad.

-Sí, es cierto. Me atraes muchísimo desde siempre, pero ya entonces me excitaba mucho ver como mi mejor amiga gemía de placer, cuando te la tirabas cerca de mí y yo os escuchaba.

Roberto y yo no podíamos creer el discurso de Teresa, tanto que casi dejo caer mi copa al suelo. Siempre estuvo enamorada de Roberto y ahora quería que nos liásemos los tres. Lo tenía bien meditado, era muy rocambolesco, pero podía ser una solución, así que la dejamos continuar sin interrumpir.

-Entonces, la solución es simple, el trio podía ser más abierto que la pareja. Pensad en un trio, como una relación tipo matrimonio a tres que incluyera un proyecto de vida, ¡sería imposible! Mucho más complicado de gestionar que una pareja, porque poner de acuerdo a tres personas durante un periodo largo de tiempo es prácticamente imposible. Pero si se trata justo de lo contrario, de tener, cada uno de nosotros, vidas independientes y paralelas, sin estar enamorados y sin interferir entre ellas, ni con nuestra relación a tres.

-Una relación que se basaría únicamente en el sexo y que se encendería y apagaría periódicamente, sólo cuando nos viéramos juntos. Podríamos compartir únicamente el placer y comportarnos con respeto y comprensión hacia las diferentes formas de entender y vivir la vida de los otros dos. Sería una relación que, cuando nos despidiéramos hasta la siguiente vez, se quedaría en stand-by, como las televisiones, hasta que volviéramos a encenderla.

Roberto continuó la conversación.

-No suena mal, no sé si es demasiado moderno para mí, pero quizá tengas razón, Teresa. Cuando salía con Susana, años atrás, te veía a ti, como una competencia y tenía celos, no me gustaba que tuvierais tanta complicidad. En cambio, el otro sábado, cuando salí sigilosamente para no despertaros y os vi abrazadas en la cama, no sólo no sentí celos, sino que me invadió una sensación de cariño, o llamarlo como queráis, que me sumió en un estado de paz y de tranquilidad que hacía años que no había sentido.

-¿La solución es el trio? -interrumpí a Roberto-, no puede ser tan simple. Yo creo que estamos excitados por la novedad, por lo bien que lo hemos pasado "revolcándonos" juntos y estamos improvisando una solución. Pero no sé...

-Susana —contestó Teresa-, lo tengo muy meditado, no es improvisación. En cualquier caso, no tenemos mucho que perder, cuando no funcione lo dejamos y punto. Únicamente tenemos que cumplir unas pequeñas reglas.

Roberto interrumpió a Teresa.

-¡Shamrock!, nuestro trio se llamará Shamrock, el trébol irlandés que preside nuestros encuentros en el bar del aeropuerto. Desde el primer momento pensé que tenía un significado.

-Bueno -contesté meditando la propuesta de Teresa-, olvidar a la pareja que sólo nos ha dado problemas, e iniciar un trio, es decir, "tres por dos". Puede ser, pero mi única imposición es que debe ser un secreto entre nosotros, nadie debe saber nada de esto, nunca.

Tardamos muy poco tiempo y, justo antes de haber acabado el delicioso zumo de naranja, estábamos todos de acuerdo en lo básico de nuestro acuerdo… "tres por dos", nuestro acuerdo Shamrock.

Sería una relación libre, con la única obligación de disfrutar del sexo al máximo, y que podríamos abandonar cualquiera de nosotros sin dar ninguna explicación a los demás.

Una relación a tres, que no permitiría las relaciones de pareja entre nosotros y que exigiría la presencia simultánea de todos en nuestros encuentros. Obviamente, puesto que vivíamos en ciudades diferentes, no tendríamos convivencia permanente y solamente nos veríamos en unas reuniones de fin de semana que se repetirían aproximadamente cada mes.

Shamrock sería nuestro secreto y no debíamos hablar a nadie de ello. Incluso cuando se terminara la relación, deberíamos mantenerlo en lo más profundo de nuestro corazón. En caso contrario, alguna maldición celta que ninguno conocíamos, pero que, seguro que sería terrible, caería sobre la cabeza del delator o delatora.

Cuando terminamos, Teresa se dirigió a la cocina para traer más zumo y Roberto se ofreció a ayudarla. Al levantarse se le cayó accidentalmente la toalla que llevaba enrollada en la cintura. Cuando se agachó para recogerla me plantó delante de mis ojos su magnífico culo y no pude evitar admirar su coño regordete.

Me estaba excitando contemplando por detrás, la mata de vello que lo adornaba, cuando Teresa sospechó que le había estado observando y se giró precipitadamente, a la vez que su mano intentaba cubrir su retaguardia.

Al girarse me interrogó con la mirada por si me había dado cuenta de su descuido. Yo le contesté pasándome la lengua por el labio superior, imitando el gesto de los niños cuando ven un pastel. Se echó a reír y dijo sin dejar de mirarme:

-¡Susana contrólate que pareces una gata en celo! Vamos a tener que añadir una regla para poner límites, una especie de sexto mandamiento light para salidas. ¡Ja, ja, ja!

Poco después, cuando volvían juntos de la cocina, charlando entre ellos y riéndose del zumo que acababan de derramar en el jardín pues la jarra estaba prácticamente llena, observé el pene de Roberto balanceándose al ritmo de sus pasos.

Tuve que contenerme para no levantarme y chuparlo allí mismo. Siempre me ha gustado la sensación de control que tengo cuando provoco una erección con los movimientos de mi boca. Me excita notar como crece de tamaño y se levanta a mi antojo, sin que su propietario pueda hacer nada por evitarlo. Así que pensé:

-Es probable que Teresa tenga razón, seré una mujer demasiado descocada, ¿necesitaré contención y autocontrol? … ¡Y una mierda!

Capítulo XIV

Dieciséis toneladas

<table>
<tr><td>

"A poor man's made outta muscle and
blood
Muscle and blood and skin and bones
A mind that's a-weak and a back that's
strong

{Refrain}:
You load sixteen tons, what do you get?

</td><td>

"Un hombre pobre está hecho de
músculo y sangre
Músculo y sangre y piel y huesos
Una mente que es débil y una
espalda que es fuerte

{Estribillo}
¿Para qué cargas dieciséis
toneladas?"

</td></tr>
</table>

Eric Burdon. Sixteen Tons. (Merle Travis). 1993

Por fin hemos podido quedar de nuevo. Ha sido complicado buscar la fecha en la que todos tuviéramos disponibilidad para desplazarnos. Estoy ansiosa por aterrizar en Barajas y reencontrarme con Susana y Roberto. No me importa volar, aunque para mí es un poco latoso venir a Madrid porque si tuviera que volver con urgencia a Barcelona podría ser complicado encontrar plaza en el puente aéreo. Pero comprendo que es el sitio ideal, Madrid es una ciudad totalmente anónima y la "mansión" de Susana es cómoda y discreta.

Durante este mes y pico, he pensado cientos de veces en nuestras dos reuniones. Todas las noches Aitor veía en la televisión de nuestro salón los programas deportivos sin prestarme la menor atención, algunas veces me excitaba recordando algunas escenas o imaginando las que podrían ocurrir en el futuro. Otras, mientras estaba entretenido con el futbol, me gustaba disfrutar de un baño relajante.

Me encanta preparar el ambiente con todo detalle: sales, música suave, alguna vela y luz tenue. Luego, en el agua caliente me deleito con los recuerdos de los encuentros con Susana y Roberto, y me masturbo con la ayuda de mis dedos. La espuma y el vapor son los únicos testigos de los increíbles orgasmos que alcanzo con mi imaginación.

Creo que el mejor estimulante sexual es nuestra imaginación y, aunque Susana me insiste que los vibradores son una maravilla, me parece superfluo cualquier aparato, cuando la mía es tan detallista que puede incluso superar a la realidad.

Susana siempre dice que los juguetes eróticos son un complemento perfecto para el sexo, que existen modelos de todos los tamaños, que pueden tener diseños muy discretos, que son sumergibles, etc. Pero yo siento desconfianza, en primer lugar por tener que introducir un aparato eléctrico dentro de mí y, segundo y más importante, porque temo que mis hijos o Aitor lo descubran accidentalmente en algún cajón. En definitiva, nunca he probado la experiencia del sexo mecánico.

Ya estábamos aterrizando. Pensé en Aitor por un instante y no sentí ningún remordimiento por engañarle. Como decía Roberto, nuestra amistad no era una relación con otra persona, era una reunión de amigos con "algún" contacto físico, y eso me parecía mucho más disculpable que la historia entre mi marido y su enfermera. Además, nos esperaba un fin de semana precioso de agosto, con un sol radiante y unas temperaturas altísimas, y el recuerdo de Aitor se difuminó en mis pensamientos.

En Barcelona la humedad hace insoportable el verano, en Madrid, aunque las temperaturas son muy altas, es más fácil sobrevivir estos días, pero más aún si estás en una magnífica casa, con aire acondicionado y piscina privada.

Me había vestido pensando en el clima y la ocasión, una blusa muy vaporosa beige, una falda corta negra y un conjunto de lencería también beige, que destacaba por la braga tanga, tan diminuta que apenas conseguía cubrir mi pubis.

No solía usar bragas tanga, me parecían incómodas y un poco inapropiadas, pero una tarde de compras en Barcelona, en una tienda especializada en lencería, encontré este conjunto y tuve un flechazo irresistible. Lo compré pensando en nuestra siguiente reunión, así que esta mañana he estrenado la atrevida ropa interior.

Al salir de mi casa rumbo a Madrid, noté que el tirante que atravesaba mi trasero me rozaba un poco, pero rápidamente me he acostumbrado y me ha invadido una sensación agradable y morbosa de ir casi desnuda debajo de mi falda. Al principio, me daba vergüenza pensar que la gente que se cruzaba en mi camino podía darse cuenta, pero cuando obviamente he comprobado que nadie sospechaba nada, me he tranquilizado y he podido disfrutar de mi pequeño placer secreto.

Habíamos quedado en el bar Shamrock, como siempre. La primera vez no presté ninguna atención a su decoración, pero cuando Roberto nos explicó que, ese trébol era el símbolo irlandés más famoso y que tenía la sospecha de que era un capricho del destino, comencé a apreciar más el lugar. Roberto dice que salvo en el bar Shamrock es imposible tener una conversación íntima en una cafetería de aeropuerto. Los pubs irlandeses normales tienen la iluminación y el ambiente propicio para la intimidad, pero en la Terminal 4 de Barajas, a la vista de cientos de personas que te observan desde todos los ángulos, parece increíble. A pesar de eso, en el bar Shamrock conseguimos una inexplicable sensación de privacidad que seguramente nos transmite la imagen protectora del gran trébol verde sobre la barra. Cuando nos sentamos los tres, alrededor de una de sus mesas, es como si nos encerráramos en una burbuja y estuviéramos solos en el mundo.

Cuando llegué al Shamrock, Roberto estaba esperando. Después de besarnos nos confesamos estar muy ansiosos por disfrutar del fin de semana.

Después, Roberto me contó un resumen de los últimos avances en los negocios de Susana. Había constituido una sociedad cuya propietaria era mi querida amiga y en la que él actuaba de administrador. Habían encontrado un local disponible y muy apropiado, a un precio más que razonable en la zona más cotizada de Madrid, en el barrio del Marqués de Salamanca, en plena milla de oro de la capital.

El antiguo negocio que se ubicaba allí, era una tienda de confección muy famosa en Madrid en los años cincuenta, pero que en los últimos tiempos estaba pasada de moda y en declive, como sus ancianos propietarios. Sus hijos no querían complicaciones y decidieron alquilar el establecimiento y olvidarse del negocio familiar.

Roberto había encargado las obras a un contratista que le habían recomendado y Susana había diseñado y supervisado la reforma. El amigo de Roberto había ayudado con la selección de proveedores, posteriormente, Roberto y Susana, acordaron los primeros pedidos. En conclusión, la tienda podía inaugurarse en unos pocos días.

Estaba impresionada con la eficiencia de Roberto, la tienda se iba a poner en marcha en un tiempo récord. Además, tenía mucha curiosidad y quería verla cuanto antes porque si Susana había dirigido el diseño sería preciosa, ¡sin duda!

Pero, aunque tenía verdadero interés por los negocios de Susana, me empezaron a aburrir los tecnicismos de Roberto que interpretaba el papel de un economista experimentado, frío y profesional, por lo que me pareció divertido cambiar el tono de la conversación.

No me anduve con rodeos y le comenté como me había ayudado a superar el aburrimiento del vuelo, mi masturbación protegida por la manta. Mientras relataba todos los pormenores, recordé lo bonitas que eran mis diminutas braguitas y me apeteció mostrárselas a Roberto. Como estaba situada enfrente, sólo tuve que girar mis piernas apuntando hacia él y abrirlas generosamente.

El miedo a ser descubierta por el resto de la gente era una sensación muy agradable y me excitaba mucho. La tanga me había trasformado, antes de ponérmela ni en sueños hubiera hecho algo así, ahora no sólo me exhibía sin pudor, sino que provoqué a Roberto por si no se había dado cuenta de mi maniobra.

-Todavía tengo mi braguita húmeda.

Pero no hubiera hecho falta, puesto que casi al mismo tiempo y para seguirme el juego, me describió todos los detalles que veía.

-¡Me encantan! El color beige es como el color de la carne, parece que estás desnuda, y al ser tan pequeñas dejan ver tus ricitos pelirrojos asomando por los lados.

No me sorprendió que se fijara en mi vello púbico. Siempre lo había dejado crecer de forma espontánea, únicamente lo recortaba un poco en verano, precisamente para evitar que asomara por el bikini. No me parecía natural depilarme intentando parecer una niña y a Aitor creo que no le hubiera gustado o, más probablemente, ni siquiera habría prestado atención al cambio de aspecto, así que, como yo pensaba que era una desagradable experiencia, me la ahorré.

Pero desde que me he fijado en la depilación de Susana estoy comenzando a dudar. A Roberto parece que le excita mucho y a mí también me gusta. Además, aunque solamente he tenido la experiencia con el conejito bien rasurado de Susana, imagino que tiene que ser más agradable de besar que el mío, así que últimamente me están entrando dudas y quise saber la opinión de Roberto.

-¿Roberto te gustan mis pelitos pelirrojos?, ¿te gustaría que me afeitara entera, cómo Susana?, nunca lo he llevado así, pero estoy dispuesta a dejarme depilar por vosotros... si os apetece.

Roberto nos había comentado varias veces que se consideraba un experto en los sexos femeninos. Decía conocer todas las formas y los distintos aspectos de nuestra íntima anatomía. Por eso entró en la cuestión sin necesidad de pensárselo mucho.

-La verdad es que me gustan de todas formas. Me gustan las mujeres, mujeres y me encanta jugar con mis dedos entre sus rizos naturales. Pero también tiene mucho morbo, bajar por primera vez la braga de una nueva conquista, descubrir que está perfectamente afeitada y pensar que mientras su propietaria se depilaba en casa, horas antes, estaba ya pensando en este preciso momento.

-Y no te da...

Roberto me interrumpió antes de terminar porque adivinó mi pregunta.

-No te preocupes Teresita, adoro comerte y tus pelos pelirrojos son una delicia.

Entonces llegó Susana, nos saludamos y Roberto se levantó para pedir una nueva ronda de bebidas.

Estaba deseando contarme todo sobre su nueva boutique, pero yo ya conocía de sobra los detalles gracias a las explicaciones de Roberto. Decidí tomar el pelo a Susana y le pregunté por mi zona púbica, para que no comenzara a hablarme de su tienda. La guasa hizo efecto porque Susana se enfadó mucho.

-Tu preocupada por los pelos de tu coño y no me escuchas. Teresa ¡tengo ya mi propia tienda!

Ya no podía contener la risa y estallé.

-Lo sé todo, ¡boba!, Roberto me ha contado los detalles, estaba tan orgulloso que ni siquiera se fijaba en mis nuevas bragas por más que lo he intentado.

En ese momento apareció Roberto y escuchó mis últimas palabras.

-¡No seas mentirosa, Teresa!, me fijé desde el principio en tus braguitas nuevas.

Como una revancha por mi broma, Susana me lanzó una pregunta sin dejarme tiempo para pensar la respuesta.

-¿A que no sabes, mi pequeña zorrita, cómo se llama mi boutique?... ¡Shamrock!, ¡Shamrock!, ¿cómo se iba a llamar?

¿Cómo no lo había pensado?, ¡claro!, era el nombre lógico y tenía que haberlo imaginado. Doble victoria, me había impresionado y había despertado mi curiosidad.

-Me muero de ganas por ver la tienda, ¿podemos ir?

Antes que Roberto aclarara que era imposible visitarla porque estaba secándose el barniz del suelo de madera, Susana se negó a satisfacer mi curiosidad y continuó triunfante.

-No, no quiero que la veas a medias. En pocos días será la inauguración y podrás ver el resultado de mi reforma.

Estaba un poco molesta porque me sentía excluida de los asuntos entre Roberto y Susana, pero ésta, indiferente, continuó su pequeña venganza llevando la conversación a su antojo.

-Teresa la solución a tus dudas estéticas es muy sencilla. A mí también me gustan tus rizos pelirrojos, pero podemos hacer un trabajo parcial. Dejamos el monte de Venus con vello, lo damos un poco de forma y depilamos bien las ingles. ¿Qué te parece?

Roberto rio con ganas el cambio de conversación y, cuando se recompuso, también estuvo de acuerdo en la propuesta de Susana. Estaba feliz, desde que me puse la tanga esta mañana estaba deseando que mis dos amigos me afeitaran el coño, así que cuando comprobé que iban a complacerme se me pasó el enfado inmediatamente.

Abandonamos el aeropuerto y, gracias al poco tráfico del mes de agosto, llegamos a casa de Susana en poco más de media hora. Dejamos nuestros equipajes y decidimos pasar un buen rato en la enorme bañera de la suite de Susana, por supuesto los tres juntos.

Esta vez, decidimos tomarnos las cosas con calma. Roberto se sentó en uno de los puestos de hidromasaje y nosotras nos pusimos en los contiguos. Necesitábamos tener contacto con su miembro como si un magnetismo invisible nos atrajera hacia él y comenzamos a jugar, moviéndolo suavemente con las manos porque no queríamos excitarlo demasiado.

Luego, Susana se puso en pie y abandonó la bañera tan rápidamente que sus tetas se balancearon graciosamente intentando seguirla.

-Bueno vamos a trabajar. A ver Teresa, siéntate en el borde de la bañera y abre las piernas.

Susana había vuelto con una pequeña palangana, una cuchilla de depilación femenina y espuma de afeitar. Se situaron de rodillas, justo enfrente de mí, de forma que tenían mi conejito perfectamente situado, pero por si tenían dudas les animé.

-Venga chicos, es todo vuestro. Dejadlo como más os guste que sois vosotros los que vais a disfrutarlo después.

Susana dirigió la operación:

-Roberto aparta con cuidado el labio de la derecha que voy a pasar la cuchilla.

Me preocupó el comentario de Susana, pero al notar como Roberto, con mucho cuidado, desplazaba hacia un lado la pequeña parte de mis labios menores que sobresale de la rajita, me tranquilicé. Instantes después, olvidé mis aprensiones cuando Roberto aprovechó sus cuidados para acariciar mi clítoris. Entonces Susana nos reprendió.

-Roberto no seas salido. Deja esa mano quieta que esto es delicado.

Mientras utilizaba la cuchilla con maestría, Susana fue describiendo la forma de mi vulva.

-Teresa, eres como una muñequita que espera que alguien descubra su tesoro, ¡me parece tan sexi!

Yo le devolví el cumplido sin mucho esfuerzo.

-A mí me gusta más el tuyo. Me encanta cuando te excitas porque se abre y tu agujerito queda rodeado como por unas alas de mariposa, no puedes ocultar que estás dispuesta para la acción.

En ese momento sentí curiosidad por la opinión de Roberto.

-Y a ti, Roberto, ¿cuál te gusta más de los dos?

-Esto es como la típica pregunta trampa: ¿a quién quieres más a papá o a mamá? A mí me gustan de todas las formas, ¡absolutamente todos! – respondió Roberto y continuó con su explicación.

-Pero si queréis saber qué es lo que más me entusiasma, es imaginar que aspecto tendrán cuando una mujer está todavía vestida. Es muy excitante fijarse en detalles externos, como su color de pelo, su físico, su forma de vestir, y tratar de adivinar, antes de comprobar la realidad, la forma de la parte más excitante de su anatomía, su coño.

-¡De verdad!, ¿y aciertas con las predicciones? –preguntaron ambas muy intrigadas.

-Lo cierto es que pocas veces. Nunca he llegado a establecer reglas que funcionen y siempre me llevo sorpresas. Pero es tan excitante.

Con la conversación y el agradable cosquilleo de la cuchilla, el tiempo pasó muy deprisa, hasta que noté el agua tibia arrastrando los restos de jabón.

-¡Perfecto! -exclamaron Roberto y Susana a la vez.

Susana sujetaba un espejo de mano para que yo pudiera ver como había quedado su obra. Pude ver una franja estrecha de vello que parecía una flecha indicando el camino hacia el placer, tenía mis labios totalmente rasurados y un poco enrojecidos después del paso de la cuchilla.

El trabajo de mis amigos me excitó mucho y fue muy divertido, pero no estaba segura si me gustaba más que antes, porque tampoco lo recordaba muy bien. Es curioso que las mujeres tengamos que hacer acrobacias y utilizar espejos para ver esa parte de nuestro cuerpo, mientras nuestras parejas pueden observarlo tan fácilmente.

Entonces, la cabeza de Roberto desplazó el espejo que sujetaba Susana y noté su lengua deslizándose suavemente sin los rizos que antes estorbaban su paso. Se deleitaba con la suavidad de la parte externa recién afeitada y demoraba el momento de introducirla en mi rajita. Me apoyé sobre mis brazos y me recosté para dejarle hacer a su antojo, al girar mi cabeza hacia atrás contemplé el techo del baño y me dejé llevar por el placer.

Un poco después, noté que la lengua de Susana compartía los juegos con Roberto. No quería mirar, pero estaba segura de que ella se encargaba de la zona derecha y Roberto de la izquierda. Estuvieron un buen rato jugueteando, hasta que un dedo comenzó a abrirse paso en mi agujerito lubricado, sin ninguna dificultad. Luego fueron dos o tres dedos al mismo tiempo, y una lengua, no sabría decir de quien, concentrándose en la zona del clítoris.

Les dejé hacer hasta que me reincorporé un poco para poder ver lo que estaba ocurriendo en ese momento. Roberto se había levantado y sujetaba por las caderas a Susana que estaba apoyada en el fondo de la bañera con las rodillas y las palmas de sus manos. Susana parecía disfrutar mucho del sexo por detrás, porque mientras Roberto le introducía la polla una y otra vez, ella continuaba jugando con mi recién depilado coño y sólo apartaba su cabeza de mi entrepierna para gemir.

Cuando mi trasero empezó a estar incómodo en la superficie de mármol del borde de la bañera, me puse de pie, al lado de Roberto. Comencé a acariciar mi cuerpo para provocarle, primero las tetas, una a una, luego las dos a la vez, hasta que Roberto se fijó en mi sexo y, entonces, empecé a jugar con mi vulva. Mis dedos se entretuvieron alrededor del clítoris y luego abrieron mis labios para que Roberto disfrutara con la vista del interior del coño que estaba deseando que se follara después. Mi exhibición dio resultado y la mano derecha de Roberto soltó la cadera de Susana para acompañar a la mía en sus juegos.

Roberto parecía no cansarse, pero Susana, dolorida, se dejó caer hacia un lado y dijo:

-Me duelen las rodillas de estar tanto tiempo apoyada en esta dura bañera, ¡no entiendo como aguantas tanto Roberto!

Roberto se dejó caer hacia atrás hasta quedar sentado en el fondo.

-Tienes razón Susana, esta postura está bien en la cama o en una alfombra que son más blandas que el frío metal.

Tal y como había quedado Roberto, su verga asomaba justo por encima del agua y parecía el periscopio de un submarino. Yo estaba deseando introducírmela desde que Susana había comenzado a disfrutarla, así que me senté a horcajadas sobre Roberto y bromeé.

-¡Vienen barcos enemigos!, ¡adentro el periscopio!

Con todo el miembro de Roberto en mi cuerpo, comenzamos a movernos. Mientras Susana acariciaba mi culo por detrás, galopé durante un buen rato, retorciéndome sobre Roberto. De repente, Roberto me indicó que le dejara levantarse para ponerse de pie entre nosotras dos, cerró los ojos y comenzó a masturbarse cada vez más aceleradamente. Nosotras estábamos muy excitadas intuyendo que íbamos a recibir nuestro premio, así que nos colocamos justo en la línea de disparo de Roberto.

-Vamos "chavalote", llénanos de semen, dispara a mi mostrador —animó Susana a Roberto sujetando sus dos grandes tetas con las manos.

Yo también me masturbaba y con la boca abierta saqué mi lengua para intentar recoger alguna gota caliente. Pronto empezó la rociada, que trató de repartir entre ambas dirigiendo su pene de la una a la otra, pero que salpicó mucho más a los pechos de Susana, puesto que estaba más cerca y porque seguramente Roberto no podía retirar la vista de aquellas maravillosas ubres. No obstante, yo también recibí alguna parte de su lluvia de placer en mis mejillas, cerca de la comisura de los labios, y con la ayuda de los dedos pude probar el delicioso jugo. Cuando noté su textura viscosa en mi boca, me corrí otra vez y me lancé sobre las tetas de Susana para buscar hasta la última gota que decoraba su pecho.

Agotados, continuamos en la bañera un buen rato entre las relajantes burbujas de jabón. Con tanto ejercicio se nos abrió el apetito y nos dirigimos a la mesa apenas vestidos con unos albornoces blancos. El servicio de la casa, antes de irse de fin de semana, nos había preparado una cena fría que devoramos en pocos minutos. Luego, sentados cómodamente en el salón, disfrutamos unos cafés irlandeses que preparó Susana con esmero. Estaban deliciosos, Susana nos explicó su receta especial que además del whisky, café y nata, incluía miel y canela, para dar un sabor dulce y especiado.

Mientras tomábamos los irlandeses, Roberto comenzó la conversación.

-Me siento estupendamente. Es la primera vez que después de una sesión de sexo salvaje estoy tranquilamente charlando. Normalmente, en estos momentos estaría pensando la forma más rápida y educada de salir por la puerta intentando no mirar atrás.

-Eres un fantasma –respondí-, seguro que no eres tan ligón, ni tan independiente como dices.

Susana rio la gracia con ganas, pero no pudo seguir hablando porque Roberto la interrumpió bruscamente.

-No me habéis entendido, no se trata de ser un aprovechado o un inmoral, sólo tengo aversión al compromiso. No puedo sentir nada más que atracción física. En cuanto siento que mi corazón o mi alma, o como queráis llamarlo, se abre, me duele y me siento fatal. Seguramente me gustaría poder rehacer mi vida y ser otra vez un hombre "normal", con una pareja "normal", pero no puedo. Tengo reacciones alérgicas ante el amor, es como una enfermedad autoinmune, me hago daño yo mismo.

Susana y yo pensativas nos fuimos acercando a Roberto y mientras le abrazábamos, Susana dijo:

-Parece que estás dolido por algo, ¿no será consecuencia de cómo lo dejamos hace años?, ¿tanto daño te hice?

-Bueno, la verdad es que me dejó muy tocado tu plantón, me costó mucho tiempo superarlo. Lo intenté con otras chicas, pero no funcionó. De alguna manera, mi relación con Maite, una persona radicalmente opuesta a ti, fue un intento de curar aquella herida. Los primeros años con Maite fue todo bien, aunque seguía teniendo mi trabajo de comercial y viajaba continuamente. Creo que conseguí olvidarte, al menos las veces que estaba en casa. En esos pocos momentos que disfrutaba de un verdadero hogar, me sentía a gusto y, sobre todo, fui tremendamente feliz con el nacimiento de mi hija Lola, pero...

Pensativa, dije casi para mí misma, como si Roberto y Susana no estuvieran en la misma habitación.

-Roberto, cuando salías con Susana yo buscaba lo mismo que tú, una relación estable y hasta creo que estaba enamorada de ti, ¡podríamos haber sido tan felices! Pero tú no tenías ojos para nadie más que para Susana.

Susana se mostró un poco sorprendida por mi confesión y trató de romper el ambiente nostálgico que parecía acusarla, con una guasa.

-Claro, fue todo un amor platónico, por eso os dabais revolcones en cuanto no os vigilaba, ¡serás falsa! Roberto siempre tuvo muchos ojos para ti, sobre todo para tu culo, lo que pasa es que tú siempre fuiste una miedosa y no distes el paso.

-Bueno no discutáis, es verdad que tenía ojos para las dos…

Roberto asentía y nos lanzaba besos a ambas. Luego continuó.

-Pero nunca sospeché que sintieras algo por mí, Teresa. Siempre estabas con un chico tras otro y creía que querías divertirte y aprovechar al máximo tu juventud. Aunque a veces decías que nos envidiabas, ni por asomo imaginé que te hubiera gustado llevar una relación de pareja seria y mucho menos conmigo. Es curioso...

Susana comenzó a sincerarse también.

-La verdad es que en la vida hacemos cosas que lamentamos después y que luego no somos capaces, ni de saber porque las hicimos en su momento. Yo probablemente necesitaba un poco de libertad, de aventura. Mi pasión por el inglés me incitaba a volar hacia otros países y conocer otras personas, Santander se me quedaba tan pequeña... Pero en cuanto salí hacía Londres, me di cuenta que me había equivocado dejándote atrás Roberto. Aun así, no iba a abandonar tan pronto, cuando eres joven, ¡no puedes estar equivocada! Pensé que la solución era acelerar, salir más lejos, llevar una vida más desenfrenada...

Roberto ensimismado meditó en voz alta.

-Todos llevamos nuestra carga, más o menos pesada, más o menos toneladas en nuestra alma y la llevamos toda la vida, ¿para qué?

Nos quedamos los tres pensativos hasta que Susana, como siempre, rompió el momento. Se levantó con la disculpa de ir al baño y regresó poco después vestida con un precioso traje de noche, medias negras de encaje y unos zapatos de tacón. Al hacer la entrada como una vedette, ordenó a Roberto:

-Pon música de striptease Roberto. Estoy segura que a ti te va a gustar porque me pedías muchas veces que me desnudara con música y te ponía a cien, pero quiero saber qué opina Teresa.

Roberto, mientras Susana se subía a la mesa baja delante del sofá, seleccionó una versión muy sugerente de Sixteen Tons. Roberto y yo nos sentamos cómodamente para disfrutar del espectáculo. Al principio Susana fue sincronizándose con la suave música moviéndose cadenciosamente.

Parecía querer interiorizar el ritmo y, con los ojos cerrados, se movía ondulando todo su cuerpo. Poco a poco, empezó a acariciar sus caderas, luego sus muslos y después sus esculturales pechos.

Estábamos como hipnotizados, la luz se concentraba en la mesa y el resto del salón estaba casi en penumbra, el volumen de la música dejaba percibir la respiración de Susana que se agitaba cada vez más. El pene de Roberto parecía querer participar en el show y empezó a asomar, curioso, entre los pliegues del albornoz. Yo me había acomodado en el sofá con las piernas un poco separadas para tocarme, pero al ver el glande asomar tímidamente, cambié de idea y cogí con fuerza el tronco que todavía no estaba muy duro.

Susana estaba ya casi desabrochando el ultimo botón del lateral del vestido negro y la parte superior se había caído dejando a la vista un sujetador de raso del mismo color del vestido, con encajes y lo suficientemente trasparente para dejar ver sus pezones, que resaltaron mucho más cuando comenzó a pellizcarlos mientras se contoneaba.

Roberto alargó su brazo e introdujo su mano entre mis muslos, supongo que para agradecer mis caricias en su polla.

Susana se había deshecho del vestido y nos mostró el resto: sus braguitas negras, a juego con el sujetador y parcialmente trasparentes, un liguero, también negro, y las medias que terminaban en la parte superior de sus muslos con un encaje denso y elaborado.

Roberto pasó sus dedos por mi rajita, cada vez más húmeda. Susana introdujo su mano por dentro de su braga e imitó los juegos de Roberto, realizando los mismos movimientos sobre su cuerpo.

Era tremendamente excitante contemplar a Susana encima de la mesa, en el improvisado estrado, bailando y masturbándose al ritmo de la música, con el conjunto de lencería negro. Pero lo fue aún más cuando, pieza a pieza, se fue despojando de la ropa y se quedó totalmente desnuda a excepción de las medias.

-Roberto sé que estás a punto de explotar, te he regalado stripteases como éste en muchas ocasiones. Ahora es el momento de bajar y obtener mi trofeo, pero esta vez tenemos ayuda.

Susana se colocó de rodillas delante de Roberto y trató de introducirse en la boca su polla, pero yo seguía agarrándola y solamente dejaba libre el glande.

Nos pusimos de acuerdo con la mirada y al mismo tiempo que Susana movía la cabeza al chupar la parte de arriba, yo desplazaba la mano por el tronco, en el espacio que quedaba libre. Noté la primera, el comienzo de la eyaculación, dejé de mover la mano y apreté con fuerza. Un instante después Susana comenzó a recoger en su boca el cálido regalo, a la vez que mascullaba: mmm... ¡qué rico!

Luego, Susana y yo nos fundimos en un apasionado beso y como ella había recogido casi todo el semen, me cedió generosamente una parte para poder jugar a compartirlo con nuestras lenguas.

Después de un buen rato, subimos a la habitación y nos acostamos los tres desnudos y abrazados. El resto del fin de semana transcurrió más tranquilamente, tuvimos tiempo suficiente para retozar, comer, nadar y escuchar música, sin el ansia que nos devoró el viernes después de un mes sin vernos.

Capítulo XV

Las convenciones sociales

"Hide in the hiding place where no one
ever goes.
Put it in your pantry with your cupcakes.
It's a little secret just the Robinsons'
affair.
Most of all you've got to hide it from
the kids.

Koo-koo-ka-choo, Mrs. Robinson, "

"Escondido en un lugar oculto al que
nadie va
Colocado entre tus moldes de tarta
Es un secretito, sólo es el affaire de los
Robinson
Que sobre todo se tiene que ocultar a los
niños

Koo-koo-ka-choo, Mrs. Robinson."

Simon & Garfunkel. Mrs. Robinson. (Paul Simon). 1967

Diciembre en Madrid suele ser un mes frío y este final del otoño no era una excepción. Hemos sido afortunados con el clima de las anteriores citas Shamrock. Roberto y Teresa han disfrutado mucho en mi casa de Pozuelo. En verano, el lugar favorito para nuestros juegos fue la piscina y, hasta ahora, como este otoño había sido más benigno que lo habitual, disfrutamos mucho en los jardines y en la terraza de casa. Pero para animar este fin de semana desapacible y gris, tenía preparada una pequeña sorpresa para mis dos buenos amigos, íbamos a rodar una película.

En los periodos que transcurrían entre las reuniones, me entretenía recordando las escenas más tórridas de nuestros juegos y, en muchas ocasiones, me masturbaba viendo tríos de alguna película erótica para ayudarme a ponerme en situación.

Dicen que las mujeres nos excitamos más con la imaginación que con la vista y que por eso no nos gusta tanto el porno como a los hombres. En mi caso al menos, esta idea es totalmente falsa, me gusta de vez en cuando ver películas excitantes y estoy segura de que soy una mirona porque me entusiasma contemplar a una pareja en acción.

En una reunión, lo comenté con Teresa y ella coincidió conmigo en que también le excitaban las imágenes pornográficas. Las dos estuvimos de acuerdo que seguramente esa extendida creencia, era consecuencia del ideal masculino de mujer que, a nosotras, nunca nos ha interesado hacer cambiar.

Lo que ninguna soportamos son las escenas de dominación, no puedo entender que haya gente que le guste ser humillada o humillar durante el sexo. Puede que sea un juego para algunos, pero creo que es un pretexto para que otros idiotas canalicen sus frustraciones haciendo daño a alguien más débil. En fin, no nos gusta, por muy de moda que esté.

En cualquier caso, a las componentes del Club Shamrock, nos encantaba ver muy de cerca las buenas escenas de sexo y, sobre todo, si éramos las protagonistas. Por eso se me ocurrió la idea de rodar nuestra primera película erótica, nos divertiríamos actuando y serviría de entretenimiento entre reunión y reunión.

Siempre he sido bastante hábil con la tecnología, me encantan los ordenadores, organizo mis fotografías digitales, incluso edito los videos de viajes con cierta soltura, pero no tenía ni idea de cómo grabar con varias tomas y actuar a la vez. Decidí acudir a una tienda especializada y un amabilísimo empleado me aclaró que las últimas cámaras digitales tenían una gran calidad y un sencillísimo manejo. Compré tres cámaras del modelo más razonable del mercado y, encantado con la venta que acababa de hacer, el vendedor me explicó con todo detalle a utilizarlas. Como no podía desvelar el verdadero guion de la película, le expliqué que queríamos rodar un reportaje sobre una reunión de amigos, una especie de comida de confraternización.

La idea era rodar con varios puntos de vista y, a ser posible, poca atención por nuestra parte. El amable dependiente me aconsejó todo lo que necesitaba. Además de las tres cámaras, tuve que comprar sus respectivos trípodes y un par de focos para iluminar correctamente la escena. Además, me recomendó monitorizar las cámaras utilizando televisiones normales.

-Con las televisiones, los protagonistas se pueden contemplar en pantalla durante el rodaje y se sitúan mejor en las escenas ellos mismos, porque nadie maneja las cámaras —explicó el vendedor.

Afortunadamente tenía en casa suficientes pantallas planas en los dormitorios y no tuve que comprar nada más. Ya solamente necesitaba decidir donde situar la acción para colocar todo el material.

La primera idea que barajé fue rodar en mi nueva boutique. Tenía muchas ventajas porque la decoración hubiera quedado espectacular combinada con los conjuntos de ropa interior que había seleccionado para Teresa y para mí.

Este detalle del vestuario, pensé que era muy importante para la estética de la película, así que busqué los modelos más recargados y llenos de volantes, y seleccioné aquellos en los que predominaban los tonos granates, coincidiendo con los que había elegido para el ambiente de la tienda.

Durante el arreglo de la boutique, mantuve en secreto todo lo relativo a su decoración. Ni Teresa, ni Roberto, ni por supuesto Erín, sabían absolutamente nada de la reforma que estaba dirigiendo. El interiorismo era un tema que manejaba yo en exclusiva. Roberto se encargaba de todos los temas económicos y yo elegía el aspecto que quería para mi boutique y los productos que íbamos a vender. La imagen y las ventas eran cosa mía. Sabía que clientela buscaba y conocía perfectamente sus gustos después de haber compartido con ellas horas y horas de compras compulsivas.

El día de la inauguración, asistieron todos los conocidos de Madrid y muchos curiosos completamente desconocidos. Esa tarde, el Club de la Casa de Campo debió quedarse casi vacío porque, sin duda, había funcionado el "boca a boca" entre mis conocidas.

La velada fue un éxito de convocatoria, pero para mi satisfacción personal, todavía mejor que la cantidad de asistentes, fueron las caras de sorpresa de Teresa, Roberto y Erín al entrar por primera vez. Los tres quedaron deslumbrados por el efecto de los nuevos colores de las paredes y los pequeños detalles que añadí para remozar Confecciones Rodríguez, el clásico y sombrío comercio que se encontraba antes en el local.

En realidad, la reforma fue más sencilla de lo que parecía en un principio. La antigua tienda tenía una planta muy bonita, un escaparate modernista, grande y luminoso, con formas redondeadas y los vidrios sujetos por una estructura metálica dorada. Pero el interior era espantoso y muy recargado, porque estaba abigarrado de armarios y cajoneras para guardar el género. La iluminación de lámparas fluorescentes y los colores oscuros de la madera y de la moqueta gris del suelo, acababan de rematar una imagen anticuada y triste.

A pesar de todo y desde el primer momento que me fijé en el viejo establecimiento, me di cuenta de que tenía muchas posibilidades y las aproveché al máximo por un reducido presupuesto. Eliminamos la mayor parte de los muebles de madera y el antiguo mostrador, para dejar un espacio casi diáfano. Sustituimos la moqueta por un suelo de tarima muy clara. Pintamos las paredes en un tono dorado y los techos en un color granate, casi marrón, con un círculo en el centro dorado, pero un poco más oscuro que las paredes.

La nueva iluminación empotrada en el techo tenía un tono cálido, en el centro se colocaron dos lámparas decorativas colgadas con unos cordones de estrellas doradas, que apenas iluminaban. Como complemento a la luz artificial, durante el día, el sol que entraba por el escaparate se tamizaba por unas cortinas color crema.

En el centro de la tienda se colocaron los exhibidores dorados para que los clientes pudieran moverse libremente alrededor de ellos y ver todos los vestidos y prendas fácilmente. En las paredes con formas curvas dispusimos unas estanterías empotradas para los complementos.

La única excentricidad que me permití, fue reservar un apartado para que los clientes se sentaran cómodamente y pudieran ver los vestidos como si se tratara de la zona de pase de modelos de una antigua boutique. No pensaba tener modelos en la tienda, pero las propias clientas podrían ponerse la ropa para mostrársela a sus acompañantes, que se sentarían en el enorme sofá con un tapizado capitoné rojo que presidía la tienda. El sofá era un capricho absurdo, pero a todo el mundo le fascinó el efecto que provocaba la mezcla de estilos y su color rojo.

Fue una tarde maravillosa para mí, hacía muchos años que no me sentía tan orgullosa. Era mi obra, y todos los invitados contemplaban con curiosidad sus rincones, admirando mi decoración. Pero todavía me quedaba disfrutar con dos pequeñas venganzas. La primera, la presentación formal de Teresa y Roberto a Erín.

-Erín, te presento a Teresa y "Aitor", el matrimonio de viejos amigos del que te he hablado tantas veces y que han estado en casa algún fin de semana.

El Erín más prepotente les contempló por encima del hombro como si quisiera sobreactuar, evidenciando su desprecio por dos vulgares españoles. El muy bobo ni imaginaba las vulgaridades que nos encantaba hacer a los tres.

La segunda, fue cuando Erín preguntó inocentemente.

-¿Por qué has llamado a la tienda "Shamrock"?

Las caras congestionadas por la risa contenida de Teresa y Roberto fueron un poema, sobre todo cuando completamente seria le contesté sin inmutarme.

-Es en honor a tu padre y a tu sangre irlandesa, cariño.

Erín se sintió muy satisfecho con la respuesta y después de terminar su vino precipitadamente, abandonó la fiesta con una excusa tonta.

Todavía sigo recordando la inauguración, pero lo mejor de todo es que la boutique Shamrock es un éxito de ventas y los fines de semana, está siempre llena de clientes que prácticamente hacen cola para entrar.

Los productos que elijo personalmente desaparecen literalmente de las estanterías. El amigo de Roberto nos puso inicialmente en contacto con los proveedores y me ayudó a seleccionar el primer pedido. No fue mal, se vendió casi todo, pero desde que yo selecciono los productos basándome en mi propio gusto y en la intuición de lo que prefiere la clientela madrileña, las ventas no han parado de crecer.

Roberto está incluso preocupado porque duda que podamos engañar a Erín, dado que la fama de la tienda se extiende rápidamente por todo Madrid. El plan consiste en simular pérdidas para que mi marido las financie. A pesar de los temores de Roberto, estoy segura que no pondrá problemas porque pensará que así me mantiene ocupada y, sobre todo, porque estará deseando que vaya mal el negocio, para disfrutar de mi fracaso. Además, no tiene por qué saber que la tienda es un éxito realmente, Erín reside en Estados Unidos y no le interesa la vida en España, así que de momento va todo sobre ruedas, pagará religiosamente y el negocio esperemos que continúe tan bien como hasta ahora.

En fin, me hubiera encantado rodar en la tienda, pero el negocio funciona a pleno rendimiento y sólo la posibilidad de cerrar algún sábado era impensable, por lo que finalmente decidí hacerlo en casa. Como había improvisado el nuevo escenario, no había pensado donde situar la acción, así que tuve que probar con el material cinematográfico en varias habitaciones. Afortunadamente no he tenido dudas porque el resultado en el salón era sensacional.

La zona del sofá será el centro de la escena y he colocado los focos para que estuviese perfectamente iluminada. Dos de las tres cámaras conseguían recoger casi todos los ángulos posibles y la tercera, muy ligera, podía ser manejada por cualquiera de nosotros porque no tenía ninguna dificultad y apenas molestaba. Aproveché dos pantallas planas de televisión de las habitaciones de invitados para utilizarlas de monitores, y las coloqué de forma que pudiesen ser perfectamente visibles desde el sofá.

Hoy por fin han llegado Teresa y Roberto. Como siempre, he ido al aeropuerto a recogerlos y después de la obligada cerveza en el Shamrock, hemos llegado los tres a casa. La tarde era muy fría y desapacible, la temperatura era bastante baja en el exterior y la constante lluvia amenazaba con transformarse en nieve durante la noche. El ambiente de fuera de la casa hacía todavía más apetecible estar en el interior, porque había regulado la calefacción a la máxima potencia y hacía mucho calor. Además, había encendido la chimenea y las brillantes llamas contrastaban con el gris plomizo de los ventanales.

Cuando Roberto y Teresa han entrado en casa han agradecido mis preparativos.

-¡Qué calorcito!, se está tan a gusto aquí dentro, la chimenea es el complemento perfecto para la intimidad, ¡qué gozada!

Una vez acomodados, nos hemos servido una copa de licor y les he contado el plan para el fin de semana.

-Chicos, este fin de semana vamos a rodar una película… ¡Porno!

Roberto sospechaba algo porque se había fijado en los artilugios para el rodaje, que estaban dispuestos tal y como lo había preparado antes de que llegaran, sin embargo, Teresa se mostró muy sorprendida.

-¿Una película?, ¿y si la ve alguien?, ¡qué vergüenza!

Me he enfadado al escuchar la ñoñería de Teresa. Ni siquiera había sospechado que podía haber alguna reticencia a mi idea, y estaba muy enfadada porque había dedicado mucho esfuerzo a su preparación, así que, sin pensar, salté.

-¡Estás gilipollas! No me digas que nunca has imaginado verte en una película cuando estás salida. Ahora me vienes con mojigaterías, no seas estrecha, seguro que te masturbas pensando en nosotros. ¿No te gustaría poder verla tranquilamente, en la seguridad de tu hogar de Barcelona?

Teresa balbuceante después del ataque directo, contestó.

-No es que no me apetezca o no me atreva. El problema es que…

Continué mi bronca sin escuchar las excusas de Teresa.

-Yo estoy excitada únicamente con pensar como me voy a comportar delante de la cámara. Estoy deseando mirar al objetivo con descaro. Quiero ver como disfruto cuando estoy con vosotros, cuando esté sola y aburrida en esta casa. Me gustaría que nos pudiéramos ver más a menudo, pero es imposible y lo único que quiero es ampliar el tiempo que compartimos.

Roberto intervino intentando mediar y echar un capote a Teresa que estaba a punto de llorar.

-No te preocupes Teresa, guardaremos la película con mucho cuidado y sólo nosotros podremos verla. Podemos esconderla en la despensa como la Sra. Robinson en la canción de Simon & Garfunkel. ¡Será nuestro secretito! Eres un amor, tan sensata y prudente, siempre la voz de la conciencia.

Roberto tarareaba la canción para tratar de animarla y, al mismo tiempo, calmarme.

-Ti, Tiriri, Titi, Tirititi, Tirití, …. Mrs. Robinson…

Al darme cuenta que los ojos de Teresa se habían humedecido y que se estaba derrumbando con mi bronca, sentí una gran ternura y nos fundimos en un abrazo. Mientras besaba su sien y ordenaba su cabello, la susurré al oído como si fuera una niña.

-¡Siempre has sido tan formal y tan responsable!, tienes que perder los miedos y hacer en tu vida lo que tú decidas, no lo que te digan. ¿No estás ahora mejor saltándote los convencionalismos?, ¿crees que alguien de los que tienes a tu alrededor hubiera entendido esto?, tienes que vivir tu vida no la de los demás.

Teresa se iba calmando y me miraba con unos ojitos de animal desvalido, así que continué.

-Siempre has actuado con miedo. Miedo al compromiso, pues a cambiar de pareja cada semana, miedo al ridículo y a arriesgar, pues no confieso mi amor a la persona que quiero. Sí, no me mires así, que sé que estabas locamente enamorada de Roberto y nunca tuviste valor para decírselo.

Roberto y Teresa me escuchaban atentamente así que seguí con mi discurso.

-Miedo a tu padre, pues estudiaste la carrera que te impusieron y no la que te gustaba; miedo al fracaso y a quedarte sola en la vida, escogiste una pareja insulsa que pensabas que te daría una vida cómoda y resulta que te engaña; miedo a perder un hogar; miedo a abandonar una vida aburrida, etc., etc., etc. Sólo has demostrado valor cuando nos arrastraste a nuestra sociedad. Este es el buen camino, el tuyo, no el que te imponen los demás, ¡se valiente!

Teresa había estado procesando todo hasta que, entre lágrimas, reconoció.

-¡Tienes razón Susana!, es la reflexión que me hice a mí misma cuando parecía que no queríais repetir nuestra primera cita. Por primera vez me sentí libre y a gusto conmigo misma. Sabía qué hacía algo que no gustaría a nadie, exceptuando a vosotros claro, pero lo necesitaba y esa decisión me hacía sentirme mejor. Dadme tiempo para ir cambiando, pero estoy decidida. ¿Cuando empezamos a rodar?

Teresa se colocó sobre el sofá y comenzó a desnudarse para hacer más patente su decisión. Roberto y yo soltamos una estruendosa carcajada y apenas pudimos contenerla.

-¡Espera Garganta Profunda!, primero tenemos que estar de acuerdo en el argumento y, luego, poner en marcha el set de rodaje. ¡Tranquila!

Más calmados, empezamos a reescribir el guion que había redactado unos días antes. Teresa subió a la habitación a recoger su cuaderno de dibujo y se sentó enfrente de nosotros dos. Yo iba aclarando las ideas iniciales que en el borrador no estaban bien expresadas o explicaba las razones para su inclusión. Roberto con un bolígrafo rojo iba transcribiendo las correcciones.

-Sí, la primera escena debe parecer casual. Tú, Roberto, apareces en casa como si fueras un fontanero o alguien de mantenimiento, por eso tengo preparado un mono de trabajo que te va a quedar fenomenal. Nosotras estamos aburridas y vestidas con unos ridículos y muy sugerentes atuendos casi infantiles, con minifaldas plisadas que muestren nuestro culo …

A medida que las escenas iban siendo acordadas, Teresa iba dibujando en una o varias viñetas las secuencias. Los dibujos con carboncillo eran preciosos y muy excitantes. Las imágenes eran como de un comic erótico, pero tan realistas y explícitas que no dejaban nada a la imaginación.

Continuamos durante un par de horas depurando el guion que como en todas estas películas, ni tenía sentido, ni era original, pero que nos permitía filmar todas las posiciones que se nos fueron ocurriendo: las chicas solas, sexo oral entre los tres, chica pasiva mirando y masturbándose, chica activa ayudando al coito de la otra pareja...

No habíamos comenzado a rodar todavía y ya estábamos muy excitados. Roberto, aunque seguía escribiendo, se movía inquieto seguramente por la erección que disimulaba con los papeles. Además, cuando acordábamos alguna escena nos besábamos para celebrarlo y en cada escena nueva, el beso era más prolongado. Cuando terminamos la última escena les propuse.

-Como estamos cansados del viaje y más salidos que un preso con libertad condicional, si os parece, nos vamos a la cama y dejamos el rodaje para mañana sábado. Hoy pasamos la noche haciendo el amor en la cama, como los matrimonios burgueses, y mañana como está todo preparado, tenemos todo el día para el rodaje. Os aseguro que va a ser muy duro porque habrá que repetir muchas escenas...

Estuvimos los tres de acuerdo y Teresa, trató de resarcirse con una broma, de su anterior exceso de puritanismo y preguntó simulando ser un poco tonta.

-¿Tendremos que estar desnudos todo el tiempo?

Roberto, muerto de risa, contestó lo mismo que cuando proponían desnudos, en las antiguas películas del destape, a las vedettes de los años ochenta.

-Sólo lo haré, ¡si lo exige el guion!

Cuando nos levantamos del salón, recogí los dibujos de Teresa y los aparté hacia la mesa del despacho Mi intención era quedármelos sin pedir permiso, pero Teresa se dio cuenta de la maniobra y me los ofreció sin dar ninguna importancia.

-Te los regalo Susana. Guárdalos y disfruta de ellos en las tardes aburridas...

El sábado por la mañana, preparamos nosotros mismos un magnífico desayuno, ya que había dado el día libre a todo el servicio para evitar indiscreciones. Dimos cuenta del mismo mientras repasábamos el guion y cuando estuvimos de acuerdo en todo, comenzamos el rodaje.

Inicialmente el protagonista tenía que vestir el mono de fontanero, pero decidimos improvisar y cambiar la trama para adaptarla a las posibilidades del escenario y, como todo se debía desarrollar en el salón, el fontanero pasó a ser un técnico de televisión.

En cuanto a quien sería el protagonista, Roberto comentó que estaba de acuerdo con nuestra opinión sobre el porno.

-No hay nada que me excite más que una mujer ansiosa, me aburre ser el protagonista, es mejor una escena coral. Incluso en el amor en pareja, prefiero compartir el control y la iniciativa, de otro modo me parece que estoy con una muñeca hinchable. No soporto las escenas con uno o varios "animales" follando a mujeres como si fuese una venganza.

Así que le encantó la idea de que nosotras lleváramos la iniciativa y aunque, en la versión inicial de nuestra película, Roberto tenía que vestir el mono y protagonizar la tradicional secuencia del macho musculoso que domina a dos mujeres sumisas, típica de las películas porno americanas, decidimos sustituirle por una operaria marchosa, interpretada por mí, que con la cremallera del mono a medio subir, provocaba a un matrimonio aburrido escenificado por Roberto y Teresa.

Los diálogos eran tan tontos como malas nuestras interpretaciones, pero la verdad es que no tuvimos que esforzarnos mucho en la actuación porque en cuestión de pocos minutos estábamos ya en acción. En cuanto se me escapó la teta al bajarme la cremallera del buzo más de lo que estaba previsto, Roberto, que debía ser un marido tímido al que teníamos que empujar las dos para que se diera cuenta de que queríamos sexo, se lanzó sobre mí. Teresa que se suponía que tenía que decir una estúpida frase del guion se quedó fuera de juego.

 -Cariño, no te apetece jugar un poco...

El marido imaginario estaba ya divirtiéndose sin complejos con todos mis juguetes por lo que no tenía que pensar nada. Había olvidado su supuesta timidez y masajeaba mis tetas, sin esperar a las insinuaciones que se supone que tenía que hacer Teresa, su mujer, para animarle. Nos reímos en plena filmación con la desastrosa coordinación de nuestras actuaciones, pero una vez que nos sumergimos en la parte central y más excitante de la película, se acabaron las dudas y torpezas del principio.

En cuanto comenzó la danza sexual que teníamos bien entrenada por las anteriores reuniones, todo fluyó con naturalidad. Estábamos tan excitados que no ignorábamos a las cámaras, sino que jugábamos a exhibirnos delante de ellas. Incluso Teresa, que antes de comenzar no quería ser grabada por miedo a ser reconocida, se mostraba sin pudor una y otra vez.

El final de la primera escena fue espectacular. Teresa, después de emplearse a fondo con el falo de Roberto, recibía su corrida en el rostro, expresando a la cámara agradecimiento. Salpicar la cara de la chica con semen fue una escena que acordamos, pero después de muchas discusiones. Nosotras opinábamos que era un acto machista y que parecía absurda la sumisión de la mujer, pero Roberto opinaba que era una forma espectacular de visualizar una corrida.

Al final se impusieron los criterios estéticos y Teresa, totalmente inmersa en su papel, se regodeó jugando con el viscoso fluido que chorreaba por sus mejillas mientras sonreía a la cámara. Era un primer plano tan excitante que podía haber ganado el premio a la mejor actriz revelación de la asociación del porno americana.

Capítulo XVI

La fiesta de primavera

"Desgarrada la nube; el arco iris
brillando ya en el cielo,
y en un fanal de lluvia y de sol
el campo envuelto.

Desperté
¿Quién enturbia ya mi sueño?
Mi corazón latía
atónito y disperso.

El limonar florido,
el cipresal del huerto,
el prado verde, el sol, el agua, el iris,
¡el agua en sus cabellos!...

Y todo en la memoria se perdía
como una pompa de jabón al viento."

H. Camacho. El agua en sus cabellos. (Machado&Camacho). 1975

La verdad es que me encanta conducir, el viaje en coche desde Bilbao a Madrid es para mi un paseo y más sabiendo que Susana y Teresa me esperan allí. Mi afición por todos los vehículos a motor se remonta a los días de colegio. Entonces, todos los amigos éramos habituales de las competiciones que se celebraban en Cantabria. No nos perdíamos ni los primeros rallyes, ni las carreras de motocross, ni por supuesto, la Subida a la Bien Aparecida.

Desde que empecé a ganar mi propio dinero, he invertido más de lo que era sensato en coches potentes y muy rápidos. Pero desde que las multas por exceso de velocidad empezaron a ser habituales y, sobre todo, después de una mala experiencia en un accidente, decidí comprar un Audi Cabrío para disfrutar de la carretera sin necesidad de velocidad.

Hoy hace un precioso día, quizá un poco caluroso para ser primavera, y el viaje promete ser una delicia. Mientras conduzco por la aburrida autovía, la capota abierta del Audi me permite sentir del aire fresco de Castilla. Las ganas de volver a ver a mis dos amigas y lo sencillo de la conducción a velocidades legales, permiten a mis pensamientos centrarse en la próxima reunión.

Han pasado unos meses desde la última cita porque no ha sido posible reunirnos antes. Primero, mis viajes de trabajo y luego, la imposibilidad de alojarnos en casa de Susana porque Erín decidió pasar una temporada en Madrid. En realidad, Susana lo definió como un secuestro, porque, aunque lo intentó, no la dejó ausentarse un fin de semana para tratar de reanudar antes nuestros encuentros.

La verdad es que la situación de Susana me molesta profundamente, es increíble como un espíritu libre que siempre ha sabido utilizar a las personas que tenía alrededor en su propio beneficio y, al mismo tiempo, las hacía felices, estaba sometida a un psicópata millonario, en una trampa tan humillante.

Aunque estoy preocupado por Susana, mi solución financiera es perfecta, no imaginaba que sería tan fácil hurtar el dinero a Erín. Efectivamente debe ser increíblemente rico porque solamente controla que, mediante la correspondiente factura, los gastos de Susana se realicen, sin importar su número, ni los importes.

En el caso de los gastos de la boutique, la mayoría son verdaderos, pero desde que comprobé su falta de control, añado justificantes de pagos ficticios que no me resulta difícil generar, con alguna de mis empresas de internet. En cuanto a las ventas, se fía de un informe que yo me encargo de falsear todos los meses, para minusvalorar la realidad.

Supongo que los datos de mis informes encajaran mejor con los deseos de Erín. Las pocas ventas serían un anticipo del fracaso que desea para Susana, así que estará encantado de que sean muy pequeñas.

El procedimiento es muy sencillo de entender, aunque no tan fácil de llevar a cabo legalmente y sin dejar pistas. Se trata de hacer creer a Erín que su esposa manirrota gasta sin medida en un negocio ruinoso que hay que mantener con inyecciones de dinero constante, hasta que Erín decida el momento propicio para cerrarlo y poder echar en cara a Susana otro de sus fracasos y todo lo gastado. Con esta sencilla idea y mis habilidades contables desvío todos los beneficios reales y las pérdidas financiadas por

Erín, para ir acumulando efectivo en una cuenta a nombre de una sociedad pantalla tras la cual está Susana.

Todo funciona bien, demasiado bien. Al principio, no hubiera podido imaginar la velocidad con que crecía la cuenta de Susana y, de hecho, la advertí hace un mes que podíamos estar exagerando y sugerí que debíamos bajar el ritmo, pero fue tajante en su negativa.

-¡Ni hablar!, algunos meses, he gastado mucho más que ahora solamente para fastidiar a Erín y nunca se ha enfadado por este motivo. Sólo puedo hablar bien de Erín en este tema: jamás me ha limitado el dinero.

En fin, cuando llegue a Madrid contaré a Susana las buenas noticias de "nuestro" pequeño negocio y decidiremos como continuar.

Quien ha mejorado mucho desde que comenzamos a vernos es Teresa, parece que ha madurado en este tiempo y es mucho más decidida que antes. Recuerdo que cambió mucho en cuanto llegó a Bilbao, se hizo todavía más responsable que cuando vivíamos en Santander. Estudiaba y se esforzaba en sacar unas notas buenísimas en una carrera que no eligió y que no le gustaba. Nos veíamos muy de vez en cuando y siempre tenía que convencerla para que saliera a divertirse un poco. Era demasiado responsable para su edad o quizá, como dice Susana, tenía miedo a enfrentarse a la vida, por lo que trataba de asegurar todo.

Buscaba una situación cómoda para el futuro y, si era necesario, sacrificaba su verdadera vocación. Sólo las pocas veces que nos acostamos en Bilbao, pude ver a la Teresa divertida, desinhibida y alegre que había conocido en Santander. Como siempre, el sexo destapó lo mejor de la persona.

Lo que más parece haberla defraudado es su matrimonio con Aitor, tengo la impresión que definitivamente es un fracaso, a pesar de lo que ha apostado por él. Según nos ha ido confesando, está dándose cuenta de que es una mentira que ha mantenido en pie treinta años, únicamente para salvar una familia que nunca ha valorado sus esfuerzos y que ya no la necesita.

Habrá sido una vida dura y, como todos nosotros, habrá llevado una carga enorme que cada vez se la habrá hecho más pesada. Pero en estos últimos tiempos parece haber cambiado, se ha ido trasformando en una persona mucho más segura e independiente. La prueba definitiva es que ha sido capaz de arrastrarnos a esta relación, sin dudar y sin miedo, mientras Susana y yo, que teóricamente éramos los más seguros y atrevidos, habíamos abandonado la idea de continuar porque teníamos miedo a las consecuencias.

De no ser por ella, podíamos haber echado al traste esta maravillosa oportunidad que nos ha brindado la vida cuando menos lo esperábamos.

En cuanto a mí, creo que también estoy cambiando un poco. Desde aquello..., no había podido sentir amor, ni siquiera me había interesado por ninguna mujer más que para tener una relación física y siempre por poco tiempo, para evitar compromisos. Me decía a mí mismo que en cuanto fuera capaz de recordar el nombre de la otra persona, era el momento de levar anclas, antes de que el "atraque en puerto" pudiera correr el peligro de convertirse en algo duradero. Me había encerrado en una concha dura e impenetrable que me protegía y que no dejaba ningún resquicio a la felicidad. Pero, en estos meses, poco a poco y sin darme cuenta, estoy empezando a abrir mi alma, no a una, sino a dos maravillosas personas.

Supongo que sentía cariño por ellas como viejas amigas y la alarma que me avisa en cuanto detecta amor, como el peor de los peligros, no se ha activado. Susana y Teresa deben estar engañando al sistema inmunológico que me protege y me evita las responsabilidades de una pareja.

Además, tampoco tengo obligaciones con ellas, me siento libre, aunque me gusta hacerlas felices. Por primera vez, siento que puedo ser comprendido y, quizá, podría ser totalmente franco. Creo que les debo una explicación y tengo que encontrar el momento…

Estaba llegando a Madrid y el frescor del viento de Castilla se trasformó en unas ráfagas suaves de aire seco y caliente típico del verano madrileño. La agradable temperatura me hizo abandonar mis pensamientos y comprobé la hora, para asegurarme que llegaría con tiempo suficiente para recoger a Teresa en el aeropuerto. Susana nos había pedido que acudiésemos por nuestra cuenta a su casa, pues quería tener más tiempo para unos misteriosos preparativos. Así que, en esta ocasión, nos encontraremos únicamente los dos, Teresa y yo, en el Shamrock.

Poco después, había llegado a Barajas y estaba disfrutando de una cerveza de barril en el Shamrock, esperando a Teresa que estaba a punto de aterrizar en el siguiente avión del puente aéreo, procedente de Barcelona. Contemplaba el dibujo del Shamrock y mientras pensaba en lo que había significado para nosotros, me deleitaba con la cerveza que, como en casi todos los bares de Madrid, estaba magníficamente tirada.

Cuando vi aparecer a Teresa, no me podía creer su cambio de aspecto. El vestido primaveral con un estampado de flores era tan llamativo que no podía pasar desapercibida. Lucía un nuevo peinado, sus cabellos pelirrojos no estaban disimulados en un recogido, como antes, ahora se balanceaban con libertad, en una melena ondulada que se movía al ritmo de sus pasos. Sus cabellos filtraban los rayos de sol en una orgía de colores rojizos y ocres que hacían destacar su tez blanca. Se me acercó saludando con la mano y desplegando una amplia sonrisa. Estaba espectacular y cuando se sentó en la mesa la piropeé sin ningún rubor.

-¡Teresa estás guapísima!, ¡qué cambio!, me encanta como te queda el peinado, el vestido y todo.

Teresa, halagada, sonrió aún más, y sin dejar de clavar sus ojos en mí, me respondió.

-Muchas gracias Roberto, ¿te gusta? Me ha ayudado Susana, son mis primeras compras en la boutique Shamrock. Al principio estaba un poco insegura, me parecía que llamaba demasiado la atención, peo ahora estoy muy contenta con mi cambio de imagen. Antes me ruborizada con cualquier situación y prefería pasar desapercibida, pero he decidido mostrarme natural y, ahora me encanta que me miren.

-Pero... ¿Has visto las caras de las personas que tenías alrededor?, ahora mismo soy el hombre más envidiado del aeropuerto —contesté con convicción.

-¡Ja, ja, ja!, yo sí que estoy feliz de estar sentada en la mesa con el madurito más interesante. De todas formas, no tengas celos de los mirones, ellos únicamente disfrutan de mi aspecto exterior. Cuando veas el conjunto que llevo debajo del vestido te vas a quedar pegado y eso sólo lo reservo para vosotros dos.

Aunque se lo pedí insistentemente, esta vez no me dio las mismas facilidades que tuve en la anterior reunión para contemplar sus braguitas, en este mismo sitio. Ante mis súplicas, se negó con la disculpa más obvia.

-No estamos los tres y no quiero que te calientes demasiado antes de que esté Susana con nosotros.

Traté de imaginar el tono que combinaría con el vestido blanco decorado con multitud de pequeñas flores, pero el estampado era tan colorido que no me daba ninguna pista pues casi cualquier color de ropa interior combinaría con él. Siguiendo mi instinto aposté por algún color neutro para contrastar, pero como no pude corroborar mi intuición, me tuve que conformar con la visión de sus piernas que generosamente me mostraba cuando las cruzaba.

Poco después, Teresa y yo estábamos en mi coche disfrutando de la agradable tarde primaveral con la capota abierta.

Mientras charlábamos animadamente, mi mano derecha fue deslizándose por debajo de su vestido estampado, desde la rodilla izquierda hasta la parte interior de su muslo, donde me detuve un buen rato para sentir la suavidad de su piel. Teresa parecía estar gozando, porque abrió sus piernas para que llegara a su braga fácilmente. Intenté adivinar el tejido del misterioso conjunto de lencería con el tacto, pero no fui capaz y preferí comenzar a jugar con sus rizos pelirrojos.

En un semáforo, paramos a lado de un coche con cuatro jovencitos que miraron a Teresa con descaro. Teresa quiso seguirles el juego y a la vez que mis dedos se paseaban por su húmeda vulva, les trató de provocar sin ocultar su excitación. Se recostó en el asiento con los ojos semicerrados, mordiéndose el labio inferior y emitiendo pequeños gemidos de placer. Cuando las luces del semáforo estaban a punto de cambiar para franquearnos el paso, Teresa me pidió.

-Roberto, méteme el dedo, ¡por favor!

No lo pensé mucho, con decisión introduje mi dedo medio en su acogedor agujerito que estaba abierto y esperándome con ansiedad.

Cuando compré mi Audi tuve muchas dudas antes de decidirme por el cambio automático, porque por desconocimiento, me parecía un sacrilegio para los conductores deportivos. Pero en este momento, con mi mano derecha ocupada en la anatomía de Teresa, me di cuenta que había sido una decisión muy acertada.

El semáforo cambió a verde coincidiendo con el orgasmo bastante escandaloso que la hacía retorcerse de placer y, sin dejar de utilizar mi dedo, aceleré inmediatamente dejando atrás al coche de los cuatro jóvenes y sus respectivos calentones.

Cuando llegamos a la mansión de Susana, detuve el coche en el jardín, pero un poco alejado de la entrada para darnos tiempo a recomponer nuestro aspecto. Susana nos recibió con una túnica blanca casi trasparente y unas gafas de sol oscuras. Por su recibimiento dedujimos que había sospechado algo de nuestros juegos en el coche.

-Teresa, no podría haber contratado una modelo mejor que tú para exhibir la mercancía de mi tienda. Aunque la falda está un poco arrugada, el vestido te queda tan bien, y tu nuevo peinado es genial, a pesar de estar alborotado… Seguramente por el aire del descapotable…

Una vez que nos quedó claro que habíamos sido descubiertos, Teresa y yo reímos para hacer evidentes las sospechas de Susana. Por si no era suficiente, decidí chupar con fruición mi dedo todavía caliente y húmedo, mientras Teresa con la voz entrecortada por la risa terminaba de aclarar la situación.

-Susana, ¡lo que te has perdido por no venir al Shamrock!

-¡Sois unos guarros!, es la primera vez que no voy a buscaros y me la jugáis. ¡Tengo que recuperar el tiempo perdido!

Como acabábamos de llegar del viaje nos aseamos y, para estar más cómodos, nos pusimos los pijamas de raso que Susana había dispuesto en la habitación. Tras una cena muy sencilla que preparó ella misma, nos acostamos los tres juntos en su enorme cama e hicimos el amor hasta recuperar el tiempo que Susana había dado por perdido.

El sábado nos despertamos muy tarde, decidimos tomar un café y preparar, más temprano de lo habitual, una comida rápida para disfrutar del jardín más tiempo. Cuando terminamos de comer, subimos a nuestras habitaciones y nos vestimos con unas túnicas blancas que había preparado Susana. Una vez en el jardín, nos acomodamos en las mantas que estaban dispuestas en el césped, y escuchamos su explicación mientras nos ofrecía unas coronas de hiedra.

-Estamos en primavera y en la antigua Roma se celebraban en esta época del año las fiestas Liberalias, en las que se cometían las mayores obscenidades como exaltación de la fertilidad y el vino. Aunque las Liberalias duraban un mes, creo que nosotros podemos concentrar las obscenidades en este fin de semana. Las túnicas que he preparado son parecidas a las togas romanas, el tiempo nos acompaña, así que colocaros las diademas y comportaros como romanos. "When in Rome…"

Susana bailaba, sugerentemente descalza sobre la hierba, al ritmo de la música instrumental y muy suave que se oía perfectamente por todo el jardín. De vez en cuando, agitaba la túnica dejando entrever que, como nosotros, debajo estaba totalmente desnuda. Sus pechos se movían libremente bajo la tela vaporosa de la toga y su generoso escote, apenas podía contenerlos.

Teresa comentó que las mantas en el jardín le recordaban la merienda de la Maruca.

-Roberto, recuerdas ese día, cuando te comía Susana y me mirabas. Me corrí de gusto, pero hubiera preferido chupar en vez de observar, así que esta vez me voy a tomar la revancha.

Teresa apartó mi toga y se introdujo mi pene en la boca imitando la posición de Susana en la Maruca. Susana aceptó el juego, dejó de bailar y se colocó para observar desde una posición parecida a la de Teresa ese día. Teresa movía la cabeza rítmicamente, sacando y metiendo mi polla de su boca. Susana miró durante un buen rato a Teresa en acción, luego se acercó a mi pene y la sustituyó. Intercambiaron sus posiciones unas cuantas veces. Me contuve para que disfrutaran de mi miembro las dos, hasta que no pude aguantar más y pedí a Teresa que se preparara.

-Teresa es tu turno. Esta vez es todo para ti.

Me corrí en su boca mientras Susana observaba a pocos centímetros de distancia. Teresa retuvo toda mi carga, se acercó a Susana y se besaron para compartirme. Jugaron un rato, hasta que decidieron tragar cada una su parte. Teresa, triunfante, se tumbó en la manta exclamando.

-Esta vez me tocaba a mí.

Una vez repuestos nos tomamos muy en serio el papel de romanos en una bacanal, comenzamos a bailar, beber y a cometer todo tipo de obscenidades que dudo fueran menos atrevidas que las de las Liberalias. Recuerdo haberme corrido al menos un par de veces más, y cada eyaculación fue recibida con júbilo por mis compañeras de juegos.

Después, exhaustos, nos quedamos semidormidos sobre la hierba del jardín. Contemplaba el cielo azul y limpio exceptuando alguna nube alta, como rota, giré la cabeza hacia la arboleda y me distraje con la variedad de árboles y su frondosidad. Nunca me había interesado la jardinería y apenas sabía distinguir un árbol de otro, pero los pequeños limones que aparecían entre flores blancas me sacaron de mis dudas botánicas.

Después de un buen rato descansando, los gritos y las risas de Susana y Teresa, me despertaron. Sobresaltado, sentí que estaba totalmente mojado y mientras mi corazón latía atónito y disperso, observé el arco iris que formaban las gotas de agua del sistema de aspersión que se había puesto en funcionamiento automáticamente y nos había sorprendido en el jardín. Las observé con sus túnicas mojadas y pegadas al cuerpo, sacudiendo sus cabellos para intentar eliminar el agua antes de entrar en la casa. El efecto de todas estas escenas amontonándose en mi cabeza y, sobre todo, la belleza de Teresa y Susana, me hicieron recordar el poema y la canción: "el agua en sus cabellos".

Al entrar en casa, Susana se quitó las gafas de sol. Con el agua, su maquillaje había desaparecido de su rostro y Teresa percibió un ligero moratón en su ojo izquierdo.

-Susana, ¿qué te ha pasado?

Susana intentó evitar la pregunta, pero ante la insistencia de Teresa, se derrumbó entre lágrimas.

-Por favor dejadme un momento para reponerme. No me gusta que me veáis llorar.

Entramos en casa en silencio, subimos a nuestras respectivas habitaciones, nos cambiamos de ropa y nos secamos. Había comenzado a atardecer y dimos por terminada la fiesta. Una vez sentados en la mesa para cenar, sin las gafas de sol que había llevado puestas todo el día y más serena, nos confesó la verdad.

-Como ya sabéis, Erín ha estado unas semanas en España y por esa razón tuvimos que suspender la reunión anterior. Una noche, Erín, después de acabar las reservas de Bourbon, comenzó a insultarme, como siempre.

-Esta vez me echó en cara que no le acompañara en sus negocios por el mundo y que le pusiera en evidencia delante de su padre. Pretendía que fuera más que su asistente, su puta, hasta que finalmente trató de forzarme.

No intentó pegarme, pero cuando intenté quitármelo de encima, me golpeó en el ojo con el reverso de su mano.

-Humillada, más que dolorida, esperé a que dejara de lanzarme insultos y se calmara. A la mañana siguiente regresó a Estados Unidos sin decirme una palabra.

Susana continúo explicándose

-La verdad es que estos días estoy meditando mucho sobre mi vida. Hasta ahora, las acusaciones de Erín habían conseguido, gota a gota, reblandecer mí autoestima y llegué a pensar que realmente me merecía la situación que vivía. Me consideraba yo misma una mujer superficial y vacía que sólo valía para gastar dinero y complacer a un marido rico, por eso le permitía sus desprecios, los insultos, las vejaciones e incluso sus esporádicos ataques violentos, que por lo general consistían en romper con rabia algún elemento del mobiliario.

-Es difícil de entender, pero vas perdiendo poco a poco la perspectiva y te parece normal lo más aberrante. Además, estaba convencida de que no tenía más alternativa que aguantar, que si dejaba a Erín me vería en la calle sin forma de sobrevivir. Pero últimamente todo está cambiando, tengo alguna esperanza, mis éxitos en la boutique Shamrock me están dando fuerza, me siento cada día más segura y veo a Erín cada vez más pequeño.

Teresa y yo escuchábamos sin dar crédito a lo que estábamos oyendo y cuando finalizó, estábamos sobre ella abrazándola. Luego intentó quitar importancia al tema para tranquilizarnos, pero Teresa y yo saltamos como una sola persona.

-¡Esto tiene que acabar!, ¡tienes que dejar a ese tarado!

Impresionado por lo que acababa de oír, consideré que era el momento y le di cuenta de los avances de nuestro pacto financiero. Desafortunadamente, aunque el dinero que se estaba acumulando era considerable para haber sido obtenido en tan poco tiempo, no era suficiente para garantizarse una nueva vida. No obstante, me parecía un abuso y le propuse ayuda.

-Susana, aunque todavía no tengas dinero suficiente para mandar a Erín a paseo, te podemos ayudar. ¡Déjale!

Susana agradeció el gesto, pero nos pidió que olvidáramos el asunto de momento. Me tuve que morder la lengua, pero nuestro pacto exigía no entrometerse más de lo que admitiera la otra persona y Susana me lo recordó.

A la mañana siguiente nos levantamos tarde y no hicimos ninguna mención a la confesión de Susana. Queríamos hacer un poco más fácil su situación, bastante tenía con soportar a ese maldito energúmeno para, además, tener que avergonzarse recordando sus vejaciones.

Comimos con una charla muy animada hasta que Teresa me advirtió que tenía que coger el avión en poco tiempo, así que no podíamos retrasar más la hora de salida. Mientras maniobraba el Audi, me despedí de Susana.

-Susana, hasta la próxima y no te preocupes por nada, mañana mismo te mando las facturas y los números para que se los hagas llegar a Erín. Después de comprobar la forma en que los revisa su asesor, sé cómo le gusta recibir la información financiera y la tengo bien preparada. ¡Está hecho!, no queda nada para que puedas ser feliz sin ese cabrón. Tu solamente encárgate de seguir tan guapa como hasta ahora.

Susana, nos lanzaba besos de despedida y para seguir la broma se levantó la túnica que todavía llevaba puesta y nos mostró su coñito bien depilado.

Capítulo XVII

Piscina y hamacas

"Summertime and the livin' is easy
Fish are jumpin' and the cotton is high

Oh, your daddy's rich and your ma is
good-lookin'
So hush, little baby; don't you cry

One of these mornings you're gonna rise
up singing
And you'll spread your wings and you'll
take to the sky
But till that morning, there ain't nothin'
can harm you
With daddy and mammy standin' by"

"Verano, y la vida es fácil.
Los peces saltan y el algodón está alto

Tu papá es rico y tu madre guapa,
entonces calla pequeñín, no llores

Una mañana te levantaras cantando
extenderás tus alas y llegarás al cielo

Pero hasta ese momento
no hay nada que pueda hacerte daño
con papá y mamá cuidándote."

Janis Joplin. Summertime. (Gershwin&DuBose). 1968

La verdad es que no me he aburrido ni un solo momento, en todos los encuentros con mis maravillosas chicas, Susana y Teresa. Hemos tenido más de quine reuniones Shamrock y en todos ellas hemos disfrutado mucho juntos, charlando, haciéndonos confidencias, bromeando y jugando como si fuéramos niños, pero lo que no ha faltado nunca es la tensión sexual que se dispara cada vez que nos encontramos.

Si intento seleccionar la mejor reunión, tengo serios problemas porque todas han sido memorables. Es cierto que las primeras veces hubo una explosión de pasión irrepetible por la novedad, pero con el tiempo, la curiosidad inicial ha ido dejando paso a la confianza. La naturalidad y la práctica han mejorado el conocimiento de nuestros cuerpos y de las preferencias personales.

Nos conocemos tan bien que, ahora, cuando estamos haciendo el amor, nuestros movimientos son automáticos, como actos reflejos que intuyen los deseos de los demás. Por ejemplo, Susana y Teresa adivinan, casi antes que yo mismo, que mi miembro va a flaquear y justo antes, se afanan con su boca hasta que, agradecido, vuelve a estar juguetón y dispuesto, otra vez, para la acción. Si alguna de ellas se aparta un poco y se queda al margen de la escena, los otros dos interrumpimos nuestros juegos y nos esforzamos para que se integre de nuevo. Sabemos todos los trucos que funcionan con cada uno de nosotros, con Teresa es infalible una buena comida de coño, Susana prefiere tener algo dentro, los dedos o cualquier aparato eléctrico de los que colecciona.

El sexo siempre ha sido muy bueno en todas nuestras reuniones, pero algunas han tenido más intensidad que otras por la sinceridad con la que las chicas han abierto sus corazones. Yo suponía que nuestra sociedad estaba basada únicamente en el sexo y no veníamos a solucionar nuestros problemas, pero he descubierto que estaba equivocado.

Al ver a Susana reconocer sin tapujos sus malos tratos o reñir a Teresa con increíble dureza, tengo que reconocer que me dio vértigo. Estaba seguro de que peligraba nuestra maravillosa relación por su incontinencia emocional. Pero a pesar de mis temores, ha ocurrido justo lo contrario: Susana y Teresa no sólo están cada día más unidas, sino que han mejorado individualmente y se percibe más equilibrio en su vida. Teresa es mucho más segura y decidida, y Susana ha olvidado su superficialidad para dejar pasar a la buena persona que siempre fue.

Creo que los hombres, al menos yo, estamos hechos de una pasta dura que nos impide reconocer toda la verdad de nuestro corazón, incluso a nosotros mismos, pero últimamente estoy dudando de mi forma de ser. No estoy tan seguro que sea bueno vivir al margen de los demás y pienso que no debería estar tan cerrado en mí mismo, pero claro hablar en público de los problemas puede funcionar cuando son sencillos, pero los míos...

Con estas reflexiones se me ha hecho muy corto el vuelo desde Bilbao. Otra vez en Madrid, otra vez en nuestro Shamrock, otra vez esperando a mis dos queridas amigas y otra vez en el verano madrileño de calor seco y calles desprendiendo fuego por la noche.

En Bilbao solamente hay unos pocos días de verano en los que el calor es intenso, pero, aunque las altas temperaturas no son tan constantes como en los meses de julio y agosto madrileños, hay mayor humedad y el aire de la noche es irrespirable. Afortunadamente, la casa de Susana está preparada para este clima, el aire acondicionado es perfecto, mantiene una temperatura agradable y la piscina está disponible día y noche para refrescarnos.

En fin, voy a echar en falta esta casa cuando Susana deje a Erín. Aunque espero que sea en poco tiempo porque nuestro plan marcha mucho mejor de lo que yo preveía, el negocio ha facilitado muchísimo el desvío del dinero del "americano" hacia las cuentas de Susana. Mi querida amiga se va a llevar una agradable sorpresa cuando sepa que tiene, en tan poco tiempo, más recursos de los que piensa.

Susana, ahora, tiene la posibilidad de empezar a comprar el local que alquilamos para instalar la tienda y mantener el negocio que tan bien está gestionando o bien puede invertir adecuadamente el dinero y vivir con cierta austeridad, pero sin demasiados problemas. Erín debe seguir pensando que el negocio dirigido por su inútil española es una ruina y ni sospecha que la cantidad ingente de dinero que está inyectando en la tienda, se está invirtiendo realmente en preparar para Susana, un futuro alejada de él. Estoy deseando enseñar las cuentas a Susana y voy a ser muy feliz cuando consigamos que esté lejos de Erín.

Por fin han llegado ambas y están guapísimas con su atuendo sugerente y veraniego. Mientras tomamos la deliciosa cerveza del Shamrock, todos los hombres que transitan por el aeropuerto se fijan en ellas, así que las he reprendido con ironía.

-¡Joder bonitas!, podíais cortaros un poco, es que no dejáis nada a la imaginación. Tu minifalda, Teresa, es como un cinturón y, Susana, el tejido de tu vestido ¡es trasparente!

Las dos se han reído de mi falsa mojigatería. Saben que me gusta verlas tan atractivas, y saben muy bien que van llamando la atención como unas veinteañeras en una discoteca, pero como son unas mujeres maduras, saben comportarse sin caer en la provocación. Aunque cuando están solas conmigo o cuando están seguras de que únicamente yo me doy cuenta de sus juegos, al cruzar las piernas o al mostrarme el escote, las encanta superar los límites de la decencia sin ningún pudor.

Susana había jugado a la seducción desde que la conocí con quince años y esa actitud provocativa formaba parte de ella, pero de la tímida y prudente Teresa no me lo esperaba.

Hemos acabado las cervezas y, con los brazos enlazados, las dos me escoltan hacia el aparcamiento del aeropuerto para recoger el coche de

Susana. Vamos llamando la atención, los hombres las miran con lujuria y las mujeres con envidia o reprobación.

Años atrás, cuando era pareja de Susana, los celos me hubieran hecho pasar un mal rato en una situación similar a ésta. Estoy seguro de que hubiera intentado hacer más breve mi sufrimiento pasando lo más deprisa posible por la terminal, después hubiera empezado una bronca inútil en la que no habría conseguido hacerla entender mis ridículos celos por su aspecto y, por supuesto, yo no hubiera comprendido que toda mujer se siente bien cuando es admirada por otros.

Ahora es todo diferente, estoy tan satisfecho como ellas de su atractivo. Hay gente que sonríe al vernos pasar, otros se hacen los despistados como si no nos hubieran visto, nosotros vamos besándonos sin prestar atención a nadie. Miro a los otros hombres con orgullo, me gustaría gritar que estamos los tres juntos porque queremos y porque... ¿nos queremos?

Una vez en el coche me siento en el asiento trasero, mientras ellas ocupan los delanteros. En el trayecto, van provocando a los sufridos conductores madrileños, incluso algún taxista ha estado a punto de perder el control de su coche cuando le han dedicado algún guiño entre carcajadas. También nosotros hemos tenido algún que otro susto porque Susana no es demasiado buena conductora y, con tanta guasa, no prestaba atención al tráfico, así que estoy un poco asustado y he intentado calmarlas.

-Pero ¿qué os pasa queridas?, ¡estáis desatadas!

Las dos me respondieron entre carcajadas.

-Sí, necesitamos que nos calmes un poco con tu varita mágica. ¡Ja, ja, ja!

Estaba un poco sorprendido por el comportamiento de las chicas. Parecían muy felices y no sabía la razón todavía, hasta que con un poco más de tranquilidad, Susana me ha explicado la situación.

-Teresa ha dejado plantado al coñazo de Aitor.

-¿Es cierto Teresa? —Pregunté sorprendido.

Teresa, satisfecha con su decisión, explica a sus amigos como y porque decidió su separación.

-¡Sí!, tenía que haber tomado la decisión hace años, pero nunca tuve el valor suficiente. Unas semanas atrás, cuando estábamos viendo la televisión en casa, los dos solos, como de costumbre callados y ausentes, como si estuviéramos a cientos de kilómetros de distancia, me pregunté si estaba segura de querer pasar el resto de mi vida con una persona que ni quería, ni admiraba, ni me aportaba nada positivo, así que interrumpí bruscamente su inmersión en el deporte rey.

-Aitor, ¿tu sientes algo por mí?

Él me respondió sin dejar de dirigir su mirada a la pantalla de televisión.

-¡Pues claro Teresa!, pues claro…

-Entonces, ¿estás dispuesto a dejar de verte con tu enfermera favorita?

Podéis imaginaros las burdas mentiras y disculpas de Aitor, que, aunque fueron muy extensas, se podrían resumir con la famosa frase: ¡esto no es lo que parece! En lugar de callarme como había hecho durante años, decidí atacar y disfrutar con su sorpresa.

-No se trata de discutir, se trata de buscar una solución porque yo te entiendo Aitor, te entiendo porque también tengo mi pequeña aventura. Cuando se pasan los cuarenta, no hay nada más rejuvenecedor que una escapada fuera del hogar.

En ese momento Aitor se puso hecho un energúmeno. Yo le contemplaba ausente como si no estuviera en la habitación o como si viera un programa "reallity" en la televisión. No me dio miedo en ningún momento, nunca osaría ponerme la mano encima y, en ese caso, igual se hubiera sorprendido porque Aitor no es físicamente gran cosa y yo estoy en muy buena forma, así que escuché pacientemente sus tonterías

-¡Eres una puta!, así que me has estado engañando con otro, mientras yo me ocupaba de mantener a esta familia.

-Esta familia la mantenemos los dos y, para que lo sepas, realmente no ha sido otro, ha sido con otra.

Le espeté una verdad a medias, para enfurecerle aún más, y lo conseguí.

-Esa amiga tuya de Madrid, Susana... Las dos tortilleras, ¡qué vergüenza!

Dejé que continuará un buen rato para disfrutar del momento y en una pausa, que necesariamente tuvo que hacer para respirar, le enseñé el documento que tenía preparado desde hacía unos días.

-Mira Aitor, aquí tienes mi demanda de divorcio. Creo que es mejor para todos que llevemos el tema tranquilamente y con discreción. Mejor para ti y mejor para nuestros hijos.

Mientras leía atentamente y se recuperaba de la sorpresa, me dirigí a la habitación, recogí el equipaje que tenía preparado desde la mañana y, sin darle tiempo a reaccionar, salí de nuestra casa hacia un hotel.

-Pero Teresa, ¿has pensado bien en tu situación económica?, ¿con tu trabajo tienes suficiente? —Roberto, apenas recompuesto de la sorpresa por la noticia, no ha podido dejar de pensar como el economista calculador que lleva dentro.

-Me he vuelto un poco loca pero no soy ninguna tonta. Sus padres le regalaron la casa donde vivimos, pero está a nombre de los dos, por lo que la mitad es mía. De todas formas, no pretendo quedarme con ella, únicamente quiero para mí la casita que tenemos en la Barceloneta. Este acuerdo de nuestras propiedades es muy ventajoso para Aitor, así que cuando se le pase el enfado, aceptará. Nuestros hijos ya casi vuelan solos y tendremos que pasarles dinero por poco tiempo. Por otro lado, estoy en un plan de reestructuración de La Caixa y me voy a jubilar anticipadamente, con la indemnización y la pensión que me va a quedar puedo vivir muy cómodamente.

Se han bajado del coche y Roberto, al observarlas caminar juntas, es consciente de que la conexión entre ellas es más estrecha que si fueran hermanas. Shamrock ha unido algo más fuerte que los lazos familiares, y, de alguna manera, él también es parte de esa relación.

-¡Me encanta veros tan unidas!, ¡no hay nada que pueda con vosotras a partir de ahora!

Ambas se han girado y sonriendo me han mirado a los ojos con mucho cariño. Susana, sin dejar de sonreír, se ha dirigido a mí.

-Claro que si gatito, ahora somos ¡dos verdaderas tigresas! Sólo nos queda que nuestro hombrecito se abra un poco. Todos los hombres sois tan cerrados y os creéis autosuficientes, pero al final no sabéis dar un paso sin nosotras.

-¿Qué quieres decir Susana? —He preguntado un poco confundido por el sutil reproche.

-¡Nada!, solamente que algún día tendrás que superar nuestra ruptura y, sobre todo, enfrentarte a la relación con tu hija. Debes sacarte, de una vez por todas, esas espinas del corazón que te están destrozando la vida. Cuando esto ocurra, ese día, nos tendrás a tu lado para lo que quieras.

He sentido un pinchazo repentino y profundo como cuando el dentista te manipula el nervio dental, pero sin el ruido del torno que, al menos, te previene que el dolor está próximo. Susana ha tocado una fibra que tenía a flor de piel y que ni siquiera yo sabía que era tan dolorosa. Ha intentado acercarse a mí y darme un beso, pero la he rechazado, al mismo tiempo que he contestado sin pensar.

-¡Este es un tema que no os importa nada!, ¡dejadme tranquilo y dedicaros a vuestras cosas!

Las dos se han sorprendido mucho con mi reacción, pero yo también con el efecto de mis palabras sobre ellas. Susana, que normalmente es la que rompe las situaciones incómodas de forma magistral, está especialmente afectada, por lo que ha sido Teresa la que ha tratado de quitar hierro al asunto.

-Bueno chicos, llevo desde esta mañana sin comer decentemente, sólo he podido tomar un sándwich en el aeropuerto del Prat. No tengo fuerza para tener tan mal humor como vosotros, vuestras estúpidas discusiones no van conmigo porque estoy funcionando con los sistemas de emergencia.

Susana, aunque no sabía exactamente lo que había hecho para irritarme, intentó disculparse, pero Teresa no le dejó la más mínima oportunidad.

-¡Basta de malos rollos!, me gustaría ir a celebrar mi divorcio al restaurante andaluz de Pozuelo donde cenamos la primera vez. No quiero oíros más bobadas, necesito urgentemente una ración inmensa de cariño, acompañada con atún rojo de almadraba y, al menos, una botella de vino Barbadillo.

Teresa tenía razón y además, era una buenísima idea porque yo también estaba hambriento. Desde el desayuno a primera hora en Bilbao, únicamente había tomado dos cafés que sólo habían conseguido ponerme nervioso y que quería pensar que justificaban, en parte, mi enfado con Susana. Este pretexto no sonaba bastante creíble como disculpa, pero me bastaba porque no quería dar más explicaciones y aunque los ojos llorosos de Susana me estaban partiendo el alma, me molestaba admitir que no tenía razón.

Entonces me acordé de lo que decía mi exmujer: "los hombres preferís herir a reconocer vuestros errores cuando el orgullo os nubla la mirada". Estaba dispuesto a compartir casi todo con Teresa y Susana, pero necesitaba mi espacio sin intromisiones ajenas, así que me limité a asentir con la cabeza sin intentar excusarme.

Susana parecía decepcionada por mi obstinación, pero disimuló y aceptó la sugerencia de Teresa.

-Es un plan perfecto Teresa. Una botella de Barbadillo y luego podemos tomar unas copas. Acaban de reformar el centro comercial Sexta Avenida y hay un pub, creo que se llama el Graduado, que me han dicho que está muy bien.

-Ti, Tiriri, Titi, Tirititi, Tirití …

Tarareé Mrs. Robinson por la coincidencia del nombre del pub y Teresa se dio por aludida.

-¡Perdona bonito!, ni soy ya tan convencional, ni pretendo seducir jovencitos. Prefiero los maduritos como tú, pero menos impertinentes.

Teresa se había dado cuenta de la coincidencia del nombre del pub y la canción que la dedicamos cuando se comportaba como una mujer conformista, ¡hace ya tanto tiempo!

-¡Vale!, me voy a vestir para la ocasión. Una fiesta de despedida de casada para mi buena amiga Teresa es un plan maravilloso. Prometo ponerme lo más atractivo que me sea posible y, como desagravio, os adelanto que esta noche tendréis a vuestro "chico para todo" particular. Estoy a vuestra entera disposición, no voy a escatimar ni entusiasmo, ni dedicación.

Me he sumado al plan de Teresa para intentar olvidar la discusión y estoy agradecido de que Susana finja que no ha pasado nada. Otra vez las mujeres me dan una lección de diplomacia y cada vez me siento más avergonzado por mi comportamiento.

-¡Yupi! –gritaron ambas frotándose las manos con un gesto de aprobación-, una fiesta con el chico más guapo de Madrid. ¡Vamos a ponernos los tacones!

En media hora estaba sentado en el salón, esperando con curiosidad ver descender por la escalera a mis dos buenas amigas. Mi atuendo era informal, unos pantalones claros y una camisa azul oscura.

Es como si hubiera intuido algo porque, aunque normalmente, llevaba lo estrictamente necesario para el viaje, puesto que el resto del fin de semana o estábamos disfrazados o desnudos, esta vez, había colocado en la maleta alguna de mis galas de ligón maduro.

Estaba orgulloso de mi aspecto hasta que han aparecido en lo alto de la escalera, mis dos compañeras, tan espectaculares con sus vestidos negros y ajustados, que mi vestuario no tiene ninguna importancia. Aunque sea el único hombre del restaurante, voy a pasar totalmente desapercibido.

Nos dirigimos, en el Mercedes de Susana, rumbo a la zona de bares de Pozuelo y en pocos minutos, estamos sentados en una mesa discretamente situada al fondo de la terraza del restaurante andaluz. Aunque he intentado cederlas el sitio que yo consideraba mejor, ellas han decidido dejarme en la esquina del local. Tengo a la vista la calle y el resto de las mesas y ellas me mantienen arrinconado. Únicamente me pueden ver a mí, parece que quieren hacer patente que no les importa nada el resto de los clientes.

Teníamos decidido lo que íbamos a comer porque, desde que abandonamos la mansión, hemos venido comentando en el coche los platos que nos apetecía consumir, así que el camarero ha tardado muy poco en tomar nota.

He servido la primera copa de vino y hemos dado cuenta de ella rápidamente. Mientras estamos esperando el primer plato, las dos han comenzado a reclinarse en sus respectivas sillas y al desplazar su cuerpo hacia atrás, las minifaldas cortísimas y muy estrechas se han deslizado por sus muslos. Ahora, sin el impedimento de las faldas, ambas pueden abrir generosamente sus piernas, al mismo tiempo que me han preguntado con voz insinuante.

-Adivina de qué color llevamos la lencería...

Desde mi privilegiada posición, la pregunta es fácil de responder porque puedo ver cómodamente que, ¡no llevan bragas!

Estoy sintiendo una repentina erección y creo que no voy a poder cenar con la excitación que tengo. Susana está comenzando a darme una explicación del porqué de su pequeño juego sexual.

-He convencido a Teresa de dejar nuestras bragas en casa, porque desde niña he estado obsesionada con andar desnuda por la calle. He soñado mil veces que, al ir al colegio, con las prisas de siempre y por haberme vestido con el tiempo justo, debajo de la falda plisada del uniforme, no llevaba nada. Seguramente por despiste había olvidado ponerme las bragas y no tenía tiempo suficiente para volver a casa, así que pasaba el resto de la jornada escolar con las piernas apretadas y bajándome la falda para evitar ser descubierta.

-Tenía una angustia tremenda que según transcurría el sueño se convertía en excitación y cuando despertaba, estaba húmeda. Nunca, ni en mis tiempos de nudista en Ibiza, había tenido el valor de pasearme sin bragas por una calle normal y rodeada de gente.

-No ha sido necesario que me convenciera Susana —Teresa explica sus razones-, estaba de acuerdo en cuanto me lo ha propuesto. ¿Roberto, te acuerdas del día en el aeropuerto que te enseñé mi tanga nueva?, ese día descubrí que soy una exhibicionista reprimida. ¡Qué agradable es el frescor que de vez cuando en cuando recorre mi entrepierna!

-Así que tú, solamente tú, conoces nuestro secretito y puedes hacer lo que te plazca: observar, meter mano o levantarnos la falda en público. ¡Estamos a tu merced gatito!

La cena está siendo muy divertida, el vino fresco y la buena comida contribuyen a hacer la conversación distendida. Afortunadamente parecen haber olvidado mi reciente salida de tono y no sólo me hablan con naturalidad, sino que me regalan unas vistas privilegiadas de sus sexos. Cada vez que cruzan sus piernas, puedo ver perfectamente el de Susana totalmente rasurado y la estrecha línea de vello púbico del de Teresa.

Hemos pagado y nos dirigimos a la discoteca del centro comercial donde Susana nos ha garantizado buena música y diversión.

Efectivamente el local es muy agradable, aunque más bien pequeño. Tiene unas columnas en forma de cono invertido en la zona de la barra y una pequeña pista de baile. Aunque hay unos bancos corridos en los laterales de la sala, hemos optado por dejar nuestras bebidas en unas mesas altas y redondas, con sillas también altas, para que las minifaldas de Susana y Teresa no las impidan sentarse con comodidad.

Llevamos bailando toda la noche. Al principio me costó empezar, pero tener a dos bellezas contoneándose alrededor, animándome y susurrando cosas sugerentes al oído cada vez que me veían flaquear, me ha mantenido en la pista animado.

Después de unas cuantas canciones y algunas copas, un hombre guapo y con una barba bien arreglada, quizá un poco mayor que nosotros, se ha dirigido a Susana. Susana después de reconocerle, le ha dado dos besos y nos ha presentado.

-Chicos os presento a Ricardo un viejo amigo. Ricardo, estos son mis amigos Teresa y "Aitor" –luego dirigiéndose a nosotros-. Perdonad un momento, es un conocido de Pozuelo, está con sus amigos y estoy obligada a saludar.

Teresa y yo hemos seguido bailando como una pareja más del local, lo que nos ha permitido comportarnos con más normalidad, jugando a la seducción, sin llamar tanto la atención como cuando estábamos los tres.

Me gusta dibujar la cintura de Teresa con mis manos cuando bailamos, ella cuando quiere hacerme algún comentario y debido al volumen de la música, se aproxima mucho a mi oído y como por descuido, desliza sus labios por mis mejillas.

Aunque estamos muy absortos en nuestro baile, de reojo, no dejó de observar a Susana que sigue conversando con su amigo, un poco separados del resto del grupo. Es obvio que ha habido algo entre los dos y que él trata de seducirla de nuevo, ella se ríe y sigue el juego, aunque manteniendo la distancia.

Sorprendentemente no estoy sintiendo celos, todo lo contrario, en el fondo me está gustando ver a Susana siendo cortejada. Es increíble, hace años esta situación hubiera sido insoportable para mí. Al rato, Susana ha vuelto con nosotros.

-Era un viejo amigo y el resto pertenecían al grupo que solíamos frecuentar Erín y yo en el Club de Campo. ¡Son una cuadrilla de cotillas, ricos y aburridos de Pozuelo!

-¿No han sospechado nada de nosotros? –preguntó Teresa.

-Nada en absoluto. Les he dicho que erais una pareja de viejos amigos de visita en Madrid, que es la misma explicación que le di a Erín, y como os han visto tan acaramelados ha quedado patente que yo era sólo una "carabina" entre vosotros, ¡es perfecta la coartada!

Hemos terminado las copas y el apuesto amigo de Susana no deja de observarla con curiosidad y deseo. Yo estoy tan orgulloso de mis amigas y de mi nueva forma de ver las relaciones que cuando hemos salido del local, antes de coger el Mercedes, le he propuesto a Susana.

-He visto que ese tío y tú habíais tenido algo. Él, sin duda, está deseando volver a estar contigo, no sé qué pensará Teresa, pero por mi parte, si te apetece no hay ningún problema, nos llevamos el coche y mañana nos cuentas.

-Roberto tiene razón, si llega a sospechar que no llevabas bragas, se le terminan de salir los ojos de las cuencas porque no te ha quitado la vista de encima en toda la noche –insistió Teresa.

Susana se ha quedado sorprendida y mirándome a los ojos me ha preguntado.

-Roberto, ¿no te importaría?, ¿no tienes celos? Hace años me hubieras montado un número en la misma discoteca y ahora me animas a que me vaya con él.

-No, no me malentiendas, por supuesto que prefiero infinitamente que te quedes con nosotros, pero solamente por lo bien que me encuentro al sentirme liberado de los celos, no me importaría prescindir de ti una noche, si te hiciera feliz.

Susana me ha besado en los labios sujetando con sus dos manos mi cara y mirándome a los ojos fijamente.

-Es lo más maravilloso que me han dicho nunca. Muchas gracias a los dos. Yo también os quiero y no os cambiaría ni un minuto, por un presuntuoso y estúpido pijo de Pozuelo, que nunca me valoró nada más que por el trofeo que se apuntó por la conquista.

-¿Gracias?, por primera vez puedo sentir amor y no posesión, esto me compensa de todo y me siento tan ligero, ¡es una gozada!

-¡Pues que se joda! —concluyó Teresa-. Vamos a casa que tenemos muchas cosas que hacer.

-¿Os vais a poner las bragas de una vez? —pregunté con falsa inocencia.

-¡Ja, ja, ja!, ¡qué va!, vamos a quitarnos el resto de la ropa y a meternos en la cama contigo —rieron las dos.

Cuando llegamos a casa era muy tarde, estábamos muy cansados y habíamos bebido demasiado. Supongo que todos necesitábamos deshacernos de las copas, pero yo tenía urgencia por aliviarme, así que entré en el primer baño que había cerca del salón, Teresa y Susana fueron directamente al dormitorio.

Cuando subí, la ropa de las chicas estaba desordenada por el suelo y ellas estaban en el baño de la suite. Me desnudé yo también y pedí permiso para entrar a asearme.

-Pasa Gatito que estamos acabando.

Susana acababa de levantarse de la taza, mientras Teresa se disponía a cepillarse los dientes. Me situé en el seno que quedaba libre en el lavabo y puse pasta dentífrica en mi cepillo. Comencé a interpretar una música imaginaria, siguiendo el ritmo de Teresa, en la que nuestros cepillos parecían violines. Divertida con la idea, Susana se sumó a nuestra orquesta como primer violín, se situó entre los dos y comenzó a dirigir nuestra sinfonía dental.

Durante los pasajes más lentos nos tronchábamos de risa intentando no escupir la espuma blanca que asomaba por nuestra boca. En los allegros, los movimientos rápidos y sincronizados de nuestros brazos exigían más atención y era imposible no despistarse cuando sus tetas intentaban seguir la melodía con cierto retraso, interpretando alguna armonía seductora, así que siempre era yo el que desafinaba.

Al acostarnos, era muy tarde y estábamos tan cansados que abrazados, tras besarnos, nos quedamos plácidamente dormidos.

Como un niño feliz, he vuelto del mundo de los sueños al oír una suave melodía como una nana, tarareada. Despúes he oído algunas frases de la letra, susurradas, y he notado un beso en mi mejilla.

-Summertime. Una mañana de estas, vas a levantarte … Pero hasta que llegue esa mañana, cariño, nada va a hacerte daño.

Susana, mi niñera preciosa y protectora, estaba al borde de la cama inclinada sobre mí, he vuelto a sentir sus labios calientes y su cabello haciéndome cosquillas. Me ha mirado con dulzura y me ha hablado al oído en voz baja.

-Despierta Gatito. Te hemos preparado el mejor desayuno que puedas imaginar, ¡necesitas coger fuerzas!

Me he levantado y la he seguido hacia el jardín. Cerca de la piscina, en una mesa de madera pintada en decapé blanco, está preparado un desayuno mucho más apetecible que el mejor que he probado en los muchos hoteles que he frecuentado en mis viajes. Tengo a mi disposición una bandeja rebosante de frutas, café y leche, croissants, zumos, mermeladas… Pero lo más apetecible de todo, son los dos bollitos que entre risas y miradas de complicidad compartirán conmigo el festín.

La escena era tan perfecta que pensé que estaba en un sueño todavía. A pesar de estar recién levantadas, resplandecían envueltas en sendos saltos de cama de raso blanco que se ceñían a sus cuerpos con un cinturón del mismo tejido. Como la mañana era calurosa no parecía preocuparlas que estuvieran bien ajustadas y me fue fácil comprobar que estaban vestidas únicamente con las sugerentes batas.

Por mi parte, había decidido ponerme el albornoz que encontré en el baño y esperar un poco para afeitarme. Con calma hemos acabado los cafés departiendo sobre tonterías mientras leíamos los periódicos que habían llegado esa misma mañana. Susana ha propuesto el plan para el fin de semana.

-Chicos hace un día espectacular de verano, así que propongo que disfrutemos de la piscina al máximo. Puedo pedir comida a domicilio, luego sesteamos en las hamacas y al atardecer, pensamos si nos apetece salir a tomar algo por las terrazas de Pozuelo.

-Me parece perfecto. Yo me encargo de realizar vuestro sueño húmedo del bañista macizo que os aplicará protector solar, las veces que sea necesario.

Vuestro chico favorito va a estar disponible siempre que necesitéis crema en vuestro cuerpo.

Puse toda la intención en la palabra crema y, divertidas con la ocurrencia, me han golpeado con los periódicos hasta echarme de la mesa.

-¡Eres un gatito salido!, necesitamos un bañista bien guapo. ¡Vete a afeitarte!

Una hora después, estábamos los tres completamente desnudos, tumbados en las hamacas y despreocupados del resto del mundo.

Cuando el sol ha hecho su trabajo, me he lanzado a la piscina para refrescarme y ellas me han seguido poco después. Como siempre que jugamos, hemos aprovechado cualquier pretexto para tocarnos, por lo que he salido del agua con mi miembro evidentemente erecto y las chicas se han dado cuenta inmediatamente. Se han dirigido a sus respectivas hamacas y me han pedido.

-Roberto échanos crema que nos vamos a quemar.

Estaban tumbadas boca abajo y he decidido tomarme las cosas con calma. Me he sentado en una de las hamacas y he colocado la otra muy cerca, pero dejando espacio suficiente para introducir mis piernas entre ambas. He comenzado a distribuir la crema en la espalda de Teresa y luego he continuado en el cuerpo de Susana y así sucesivamente.

En principio se trataba de protegerlas del sol, pero tener mis untuosas manos sobre su piel, me ha parecido un pretexto perfecto para masajearlas lentamente. He comenzado por sus piernas, desde los pies hasta los muslos, luego la espalda, los brazos y finalmente sus respingones culos. No he dejado ninguna zona sin cubrir, puesto que pensábamos estar desnudos todo el día, incluso he sido generoso con la crema por la parte interior de los muslos y por la hendidura entre los glúteos.

Después se han dado la vuelta hasta colocarse de espaldas sobre las toallas. He aplicado el protector en el mismo orden que antes, comenzando desde los tobillos hacia los muslos, brazos y parte superior del tronco. En los pechos me he detenido con gusto, he cogido aleatoriamente las dos tetas de una de las chicas o una de cada una, las he frotado, exprimido y he notado como sus pezones se excitaban más y más.

En uno de los masajes, he debido apretar demasiado uno de los pechos de Teresa, puesto que ha dado un respingo y me ha apartado la mano.

-Perdona Roberto, pero me queda poco para disfrutar de mis "obligaciones mensuales" y debo tener muy sensibles las tetas.

Entonces, he dejado descansar a los cuatro magníficos pechos y me he dirigido hacia sus sexos. Una vez que he comenzado a hurgar por esa zona todo se ha precipitado. Las manos de Teresa y Susana han tomado la iniciativa y han trepado por mi muslo hasta alcanzar mi verga. Embadurnadas en crema, se han encargado de mantener ocupado a mi rabo, deslizándolas desde la base hasta la punta, mientras éste se balanceaba agradecido.

Poco después, estamos restregándonos sobre las toallas que estaban dispuestas sobre la hierba del jardín, como si se tratara de una enorme cama al aire libre. Se han sucedido todas las posturas imaginables, hasta que, en la del perrito, la preferida de Susana, he introducido en su culo, mi miembro.

Con Susana había practicado el sexo anal años atrás porque entonces queríamos probar todo. No era nuestra postura favorita, pero nos permitía consumar la penetración sin peligro por las consecuencias. Sabía que Susana prefería que me moviera con delicadeza y me he esforzado en que gozara a conciencia, hasta que me he tenido que incorporar para descansar mis rodillas. Susana se ha dejado caer hacia un lado, con sus piernas flexionadas, dejando visible su sexo para Teresa.

-Nunca había sentido atracción por ninguna mujer, siempre he preferido los hombres y nunca hubiera imaginado que me podía excitar un sexo femenino, pero tu coñito Susana me atrae cada día más —comentó Teresa-, después se ha colocado apoyada con las manos y las rodillas en el suelo, como a cuatro patas, y ha agachado su cabeza para colocarla entre los muslos de Susana.

En esa posición, no puedo quitar mi vista de su trasero que queda ahora a mi disposición. He cogido la crema solar y he embadurnado toda la zona con mucha cantidad, al repartirla mis dedos han intentado dilatar el culo de Teresa. Cuando se ha dado cuenta de mis intenciones, se ha girado rechazándome y aunque Susana me anima con los ojos a continuar, he optado por detenerme. Susana, decepcionada, nos recrimina.

-¡Sois unos rajados! Teresa sé que te hubiera encantado tener a Roberto por detrás.

A pesar de la insistencia de Susana y aunque desde que conocí a Teresa había pensado que su trasero estaba hecho para el placer, sabía que a Teresa no le resultaba fácil. En alguna reunión conversamos sobre el tema y comentó que nunca lo había probado, porque no había tenido suficiente confianza en nadie para iniciarse y porque Aitor era tan convencional que nunca se hubiera atrevido a proponérselo. Pensé que era mejor no presionar más a Teresa y he reprendido a Susana por hacerlo.

-Susana eres una diablesa, ahora vas a pagar por tus pecados.

Directamente como estaba, tumbada en el suelo hacia abajo, he derramado crema solar en abundancia entre sus glúteos y he introducido de nuevo mi ariete bajo la atenta mirada de Teresa. El líquido lubricante ha hecho muy fácil mi empeño y, esta vez, no he tenido ningún cuidado con mis embestidas.

Susana ha gritado de placer y, poco después, cuando he notado que llegaba el momento, he sacado mi verga, y he dirigido mi carga hacia su espalda para que Teresa también disfrutara con el espectáculo.

-¡Qué bueno!, ¡ha sido genial!, quizá pruebe el próximo día, pero de momento me voy a entretener con la leche de Roberto que me parece un pastel irrechazable.

Mientras Teresa recoge con la lengua el fluido blanco que acababa de depositar por la espalda de Susana, pienso en su promesa y mi imaginación se ha excitado.

El resto del fin de semana lo hemos pasado retozando y descansando hasta que hemos partido hacia nuestras respectivas ciudades.

Capítulo XVIII

En el cielo

<table>
<tr><td>

"Would you know my name
If I saw you in heaven?
Would it be the same
If I saw you in heaven?
I must be strong and carry on
'Cause I know I don't belong here in
heaven"

</td><td>

"¿Sabrías mi nombre, si te veo en el
cielo?
¿Sería lo mismo, si te veo en el cielo?

Debo ser fuerte y continuar,
porque sé que no pertenezco aquí, al
cielo."

</td></tr>
</table>

Eric Clapton. Tears in Heaven. (Clapton& Jennings). 1992

La incomodidad del avión, me ha hecho pensar en cómo me gusta estar sola en mi casa de la Barceloneta. Llevo allí desde hace más de una año y aunque la calle es estrecha y los edificios antiguos son bastante feos en el exterior, la reforma que habíamos hecho tiempo atrás, Aitor y yo, era muy práctica y, durante estos meses, he decorado a mi gusto todas las habitaciones. Antes, cuando estaba rodeada de personas, me preocupaba la soledad, porque, aunque fueran perfectos desconocidos, me hacían sentir protegida. Pero ahora estoy muy a gusto sin nadie alrededor.

Me gusta elegir mis programas favoritos de televisión y llevar los horarios que me apetece en cada momento. Desde que era niña, odiaba levantarme temprano, pero me tuve que acostumbrar. Primero para estudiar, después para preparar los desayunos a los niños cuando iban al colegio y cuando éstos abandonaron el hogar, seguía levantándome pronto para ir a la oficina.

Después de tantos años con la rutina del trabajo, me preocupaba mi vida actual de prejubilada, pensaba que no sabría qué hacer con mi tiempo libre. Pero no he tenido ningún problema para adaptarme, es más, estoy tan ocupada, que a veces me pregunto de dónde sacaba tiempo antes para trabajar.

Ahora me levanto sin despertador, me visto con ropa deportiva, hago mi tabla de gimnasia y salgo a la calle para mi paseo matinal. Antes, desayuno todos los días en la misma cafetería del barrio. Las tostadas son buenísimas y conozco a todos los parroquianos. Me comentan las últimas noticias observando sin pudor mi trasero que me gusta destacar con un chándal ajustado y, después, a la playa. La playa es la razón de mi vida ahora. Mientras recorro varias veces el arenal y siento el olor a mar, me transporto a mi adolescencia en Santander y soy totalmente feliz.

Por otro lado, mis hijos no han sido un problema. Nunca pensaron que fuera capaz de tomar una decisión tan drástica, por lo que no dieron ninguna importancia a nuestra separación. Después, sus preocupaciones cotidianas y, sobre todo, comprobar que Aitor y yo estábamos mejor ahora que cuando vivíamos juntos, les hizo asumir fácilmente la situación.

Aitor se había ido a vivir con su enfermera y, según mis hijos, estaba totalmente dedicado a hacerla feliz, tanto que, incluso había abandonado sus excursiones de pesca de los fines de semana.

Ahora, me conformo con ver a mis hijos algún domingo, en una aburrida comida a la cual asisten sus respectivas parejas. Normalmente, la conversación se ciñe a sus trabajos y, a veces, a mis problemas con la decoración del hogar. En realidad, son unas visitas de compromiso que cumplen como una obligación y que les ayudan a mantener sus conciencias tranquilas.

Realmente, no necesito más ayuda que la que me aportan mis buenos amigos de Shamrock. Tengo total confianza en ellos y me hacen todo muy fácil. Siempre siento su apoyo y están de mi parte incluso cuando piensan que no tengo razón, entonces tratan de ponerse en mi lugar, intentan entenderme primero y, luego, siempre procuran ayudarme. Sin ellos mi divorcio hubiera sido mucho más difícil.

Nunca esperan nada de mí, pero yo les daría todo. Solamente he sentido esa generosidad con mi madre, cuando era muy pequeña. Después, en cuanto comenzó a "educarme" y me obligaba a ir por donde ella pensaba que era mejor para mí, sentía su amor, pero me parecía que me lo cobraba con mi libertad.

La lluvia en la ventanilla del avión y la azafata indicándome que me coloque el cinturón para el aterrizaje me ha hecho volver a la realidad. Estoy, otra vez, en Madrid. A pesar del clima lluvioso, frío y plomizo de noviembre, me siento totalmente feliz. Volveré a ver a mis amigos, tengo un montón de fotos del piso y quiero contarles todo sobre mi nueva vida.

Poco después, me acerco al Shamrock, arrastrando mi maleta con ruedas entre la multitud apresurada del aeropuerto y veo a lo lejos, a Roberto que parece esperar desde hace un buen rato, sentado en una mesa.

-¡Hola Roberto!, ¿qué tal estás?

Al besarle he sentido un fuerte olor a alcohol. Es extraño, porque nunca había visto a Roberto con una copa en la mano, tan temprano.

-¿Qué te pasa gatito?

-¿Qué quires quaga si lleeevo dosss horasss esperando?

Roberto me ha contestado enfadado y sin vocalizar bien, de modo que se ha hecho ininteligible su contestación.

En ese momento, ha aparecido Susana. Entre las dos, hemos intentado convencerle de que habíamos quedado a las cinco de la tarde, no a la una como él insistentemente nos intentaba hacer creer.

-Es igual Roberto, vámonos a casa y así recuperamos el tiempo perdido.

Roberto ha acabado su copa de un trago y, con nuestra ayuda, se ha levantado tambaleándose para ir a casa de Susana. Le hemos acomodado en el asiento trasero y en cuanto hemos cerrado la puerta se ha quedado totalmente dormido.

Susana y yo hemos aprovechado entonces, para saludarnos, besarnos muy efusivamente y reírnos de la situación.

-Nunca había visto a Roberto así, Teresa, ¿le has hecho algo? —Preguntó Susana-

-¡No!, acababa de llegar cuando has aparecido tú. Estaba ya borracho como una cuba. No tengo ni idea…

Contesté mientras mirábamos hacia el asiento trasero por si estaba escuchándonos, pero Roberto descansaba totalmente dormido, así que seguimos nuestra conversación.

-Roberto nunca se ha abierto totalmente con nosotras. Es evidente que tiene un conflicto interior sin resolver, que le hace mucho daño. Toda esa película de su vida de playboy internacional suena a falsa y vacía. Pienso que todo se debe a nuestra fallida relación de adolescentes, nunca pensé que le había hecho tanto daño y mucho menos podía imaginar que no lo había superado. Pero nunca me ha lanzado ninguna mirada de reproche, todo lo contrario, estos meses me ha demostrado más amor que en toda nuestra relación de antaño.

Susana tenía los ojos humedecidos y la repliqué.

-En absoluto, Susana, estoy segura que no tiene nada que ver con nosotras. Tiene que ver con su fallida familia. Sólo tienes que recordar cómo se puso cuando le sugeriste que hablara con su hija. No actuó su cabeza, nos contestó desde el fondo de su corazón y desde el fondo más oscuro y oculto para los demás.

Mientras hablábamos, iba pensando que los hombres siempre se empeñan en cerrarse ante los problemas. Prefieren destruir lo que más quieren que abrir sus heridas. Siempre que veo en un western la típica escena en la que el protagonista se extrae una bala introduciendo un cuchillo en la herida casi cerrada, pienso que es pura ficción, que no puede ser un hombre de verdad. Los hombres normales prefieren quedarse con la bala dentro y sufrir gangrena.

-Lo que me da rabia es no poder ayudarle -continué mi charla con Susana-, me siento tan feliz desde que estoy con vosotros. Nunca hubiera superado mis miedos, mis indecisiones, nunca hubiera podido dejar a Aitor sin vuestra ayuda. Os debo tanto que me gustaría devolvéroslo de alguna manera.

-Teresa, yo he recibido de ti mucho más de lo que te he dado -Susana respondió-. Mi vida, vacía, aburrida, sin ilusión ni futuro, cambió en nuestros primeros encuentros, recordé de nuevo lo que era felicidad, placer, pasión y amistad, dejé de ser el mueble más caro de Erín y volví a ser Susana Cantizano. O sea que por mi parte estamos en paz.

Sin darnos cuenta teníamos las manos entrelazadas encima de la palanca del cambio automático del Mercedes. Mirábamos con decisión hacia adelante, hacia la carretera que teníamos que recorrer. Nunca más volveríamos la vista atrás.

Al llegar a la casa, Roberto estaba completamente dormido y tuvimos que emplearnos a fondo para conseguir que se espabilara un poco. Subió tambaleándose a una habitación, intentó disculparse en las escaleras, pero era muy difícil entenderle, le ayudamos a desvestirse y cayó en la cama como desmayado.

Nosotras subimos a la habitación que solíamos compartir los tres y mientras me daba una ducha para olvidar mi viaje desde Barcelona, Susana se acicalaba en el lavabo y me hablaba sin parar.

-Roberto me pasó las cuentas la semana pasada de nuestro arreglo y creo que prácticamente ya tengo la disponibilidad económica para plantar a Erín, empiezo a tener por fin tranquilidad. La verdad es que estoy divirtiéndome mucho pensando en el momento de abandonarle, es como un sentimiento masoquista que me hace esperar un poco más para disfrutarlo intensamente. ¿Teresa, qué tal estás sola?

Salí desnuda de la ducha para coger la toalla que Susana me estaba ofreciendo sin dejar de mirar todo mi cuerpo.

-Soy muy feliz. Mi apartamento es muy pequeño y en un barrio no tan bueno como donde vivía con Aitor, pero me siento libre. Además, ¡huele a mar!

Susana se bajó las bragas y se sentó en la taza para orinar sin ninguna vergüenza, cuando acabó se limpió con un pedazo de papel higiénico y propuso.

-Teresa, Roberto está pedo y dormido, pero está bien, ¿por qué no nos vamos tú y yo a cenar?

Con el mismo descaro que ella, la observé sin perder un detalle hasta que volvió a subir su braga y colocó en su sitio la falda. Entonces contesté.

- ¡Me parece genial!, ¡rápido, a los tacones!

Una hora después estábamos sentadas en una mesa discreta de un restaurante de diseño vanguardista, que parecía carísimo y que Susana parecía conocer perfectamente. La cena fue exquisita, con sutilezas de la nueva cocina que no solían gustarme habitualmente, pero que esa noche me parecieron un maridaje perfecto con el lugar en el que estaba situado el restaurante, el "Zielo", el Zielo de Pozuelo.

Para beber, Susana eligió un champán francés, aunque le recordé que se ponía muy cachonda. Durante la cena continuamos nuestras confidencias

-Susana, ¿tú crees que soy lesbiana?

-¿Por qué?, ¿sólo por nuestro rollo? —Contestó Susana.

-Bueno, sí, la verdad es que no he tenido más experiencias con chicas que contigo.

-Mira Teresa, en mi época loca, en las islas de la perdición, tuve alguna orgía con chicas, chicos y puede que, hasta marcianos, pero cuando veo una verga bien enhiesta lo prefiero claramente. No me preocupo de lo que soy, supongo que soy bisexual en ciertas ocasiones, solamente me preocupo de lo que siento en el momento. Si me atrae el cuerpo de bomberos me deslizo por la barra y apago mi fuego, si me apetece jugar a enfermeras con alguna amiga, me pongo el disfraz y me entrego.

-En mi caso es diferente, no me atrae ninguna mujer, únicamente me atraes tú, Susana. Te veo desnuda, como antes en el baño, cuando estabas sentada en la taza, y me gusta. Al mismo tiempo, cuando estamos los tres, me fijo en los músculos de Roberto, en su cuerpo sin depilar y definitivamente en el ariete que luce el Gatito.

-¡Ja, ja, ja!, has sido siempre una salida Teresa. Es verdad que contigo me apetece conversar, intercambiar experiencias, además de comerte de vez en cuando. Pero lo realmente importante es que somos libres y gozamos estando juntas y, también, con otro amante, ¡me gusta mucho verte gozar!

-Susana, me habéis ayudado tanto y tengo tal confianza con vosotros que me he desnudado el alma, así que desnudarme el cuerpo es lo más natural. Me digo a mi misma que si os quiero como personas, como amigos, ¿por qué no cómo amantes?

La conversación iba calentándose y nuestras manos pasaron a la acción por debajo de la mesa del restaurante. Cuando el camarero se dio cuenta de nuestros juegos, decidimos coger el coche y regresar a casa. En cada parada, obligados por el denso tráfico del fin de semana, aprovechábamos para besarnos. Al llegar a la casa de Susana, comprobamos que Roberto continuaba dormido en su habitación y le dejamos descansar, nos dirigimos a la cama King Size del dormitorio principal, donde solíamos pasar los fines de semana los tres juntos.

Esta vez éramos solamente una pareja de buenas amigas, así que dedicamos un buen tiempo a ponernos en situación.

Nos bañamos a la vez, con cuidado de no mojar el peinado que tan cuidadosamente habíamos preparado para el fin de semana. Luego bien perfumadas, escogimos la ropa interior según nuestro gusto. Susana un conjunto blanco de encaje bastante recargado y una braga tipo culote, yo opté por otro conjunto de raso negro, sencillo y con una braga tanga. Finalmente, nos probamos dos saltos de cama que acababa de comprar Susana, ligeramente trasparentes y muy cortos para facilitarnos los movimientos.

Cuando comprobamos que estábamos perfectas, nos dirigimos a la cama y comenzamos a hacer el amor con calma, no teníamos ninguna prisa, disfrutábamos de las caricias y de los besos mientras crecía la excitación.

Me gusta hacer el amor con hombres. Es verdad que siempre tienen prisa, esa urgencia, a veces, es excitante, pero hoy me apetecía otro ritmo. Creo que en Canarias a los peninsulares nos llaman godos porque, entre otras cosas, siempre tenemos prisa. Esa noche, Susana y yo, no nos comportamos como godas, en ningún momento.

Primero nos intercambiamos caricias por el rostro, los brazos, los hombros, hasta llegar a los senos y, al mismo tiempo que nuestras piernas se iban enredando, nos besamos.

Estuvimos un buen rato haciendo presión de forma intermitente, con los muslos sobre nuestros sexos, hasta que, sin saber cómo, la lencería que tan cuidadosamente habíamos elegido, estaba dispersa por toda la habitación decorando con sus tonos blancos y negros el mobiliario del dormitorio.

Una vez desnudas, Susana recostada en la cabecera de la cama me animó a acercarme a gatas hacia ella susurrándome.

-¿Sabes que nunca me ha gustado que me coman el conejito?, ¿no recuerdas que Roberto casi se mosqueó cuando te dejé emplearte a fondo las primeras veces?

Me incorporé sorprendida y pregunté a Susana.

-Si prefieres cualquier otra cosa sólo tienes que...

Susana no me dejó contestar, porque a la vez que continuaba confesándome sus deseos, con las dos manos sobre mi cabeza me empujó para acercarme a su tesoro húmedo y caliente.

-Sólo me gusta que te lo comas tú, conoces tan bien mis debilidades, eres tan delicada, ¡sigue, sigue!

Susana se estaba deshaciendo de placer, entre convulsiones cada vez más fuertes y gemidos más escandalosos, hasta que, cuando llegó al éxtasis, mientras apretaba sus muslos con fuerza sobre mi cabeza, un flujo de líquido ligeramente salado manchó las sabanas y mi boca.

-¡Joder que gusto!, espero no haber despertado a Roberto.

Continuamos un par de horas más cambiando de posición, lamiendo hasta el último centímetro de nuestros cuerpos, jugando con los dedos y gozando como nunca lo habíamos hecho hasta entonces. Susana desplegó toda su colección de juguetes eróticos. Aunque yo no era muy partidaria de la tecnología en mi cama, la habilidad de Susana me hizo cambiar de opinión, al menos por esa noche.

-Tu tranquila Teresa. Déjate hacer y concéntrate solamente en el placer.

El zumbido del pequeño motor eléctrico me pareció más propio de la consulta de un dentista, pero cuando Susana introdujo el cilindro en mi vagina y la incansable máquina comenzó a excitar todas mis terminaciones nerviosas, conseguí uno de los orgasmos más largos de mi vida.

-Susana, si llegamos a descubrir esto hace veinte años nos habríamos evitado un montón de problemas con los hombres.

-A que te refieres Teresa, ¿a mis consoladores? ¡Ja, ja, ja!

-No, tonta. A disfrutar contigo.

-Puede que sí, pero… A mí me gusta mucho, pero creo que a pesar de todo siempre añoraría la polla de Gatito.

Después de una estruendosa carcajada, desnudas y abrazadas, nos dormimos las dos.

Al día siguiente, Roberto entró en la habitación, abrió la cortina para que la luz inundara el dormitorio y nos despertó con un cariñoso beso a cada una.

-Niñas, ¡el desayuno está preparado!

El olor a café hizo que nos incorporáramos inmediatamente, mientras Roberto colocaba en nuestra cama dos bandejas de desayuno repletas de croissants, bollitos y mermeladas de todos los colores. Después salió de la habitación disculpándose.

-Vaya me he dejado la jarra con zumo recién exprimido, ¡voy a la cocina!

Aunque lo hice de forma inconsciente y tratando de disimular, Susana se percató que me estaba tocando el pecho y me preguntó.

¿Por qué te tocas la teta derecha, todavía necesitas más?

-¡No!, por lo menos hasta después de desayunar. Pero tengo una molestia aquí dentro, desde hace unos meses y estoy un poco preocupada.

Contesté justo cuando Roberto volvía con el zumo y Susana trataba de tranquilizarme.

-Seguro que es una tontería. Cuando estoy esperando el mes, también tengo molestias y luego se me pasan. ¡Son servidumbres de ser mujer cariño! Pero vete al médico para asegurarte.

Dimos buena cuenta del desayuno y Roberto comenzó a disculparse con un discurso que parecía haber meditado mucho.

-Chicas, lo primero de todo es pediros perdón por lo de ayer.

Susana le interrumpió, entre risas, mientras masticaba un bollo lleno de mermelada que se derramaba por los lados, hasta caer sobre la bandeja.

-Vale, estás castigado a preparar el desayuno siempre y quedas automáticamente perdonado.

Roberto interrumpió a Susana con un tono de voz afectado y serio.

-Susana déjame acabar por favor, ¡es importante! No se trata solamente de lo desagradable que es tratar con un borracho que casi os estropea el fin de semana.

La verdad es que, normalmente, no bebo en exceso, no tengo un problema con la bebida, mi problema es que tengo algo, dentro de mi corazón, que me está mortificando más que un vicio o una enfermedad.

Dejamos a un lado el desayuno y ambas nos preparamos para escuchar algo que intuíamos desde hace tiempo. Roberto, como en mis adorados westerns, estaba decidido a sacarse la bala sin preocuparse del daño que hiciera su extracción.

-Ayer justo, se cumplieron diecisiete años de la muerte de mi hija Lola. Era una niña preciosa que perdimos por mi culpa. Ahora debe estar en el cielo.

Nos quedamos estupefactas mientras Roberto continuaba.

-Como consecuencia de mi forma de vida, tenía permanentes discusiones con Maite y nos divorciamos. Fue inevitable distanciarme de mi hija, trataba de ir a visitarla, pero la relación con Maite era muy complicada y, además, era un bebé y no podía ir de una casa a otra. Las pocas veces que conseguía estar con ella, me sonreía y se excitaba como si no pudiera contener su alegría.

-Maite decía que mis visitas eran malas para la niña, que después de verme no dormía bien y se comportaba mal, que era mejor que renunciara a las visitas. Confiaba en que cuando fuera un poco mayor podría explicarla el porqué de mi ausencia y comencé a volcarme en mi trabajo. Pedí un puesto con más viajes que el que tenía asignado, aunque irónicamente, los viajes habían sido una de las causas de nuestros problemas.

Roberto tenía los ojos enrojecidos, pero no brotaban lágrimas de ellos, parecía estar en trance y sin detenerse continuó su explicación.

-En uno de mis viajes por Sudamérica, estaba durmiendo en la habitación de un hotel en Quito y, de madrugada, me despertó el teléfono. Mi madre me comunicó la horrible noticia, Lola había muerto por un tonto accidente doméstico. Al parecer se había ahogado en la bañera por un descuido de Maite.

Roberto, al principio, estaba como ausente, pero fue cambiando su expresión a medida que iba relatando la historia y la ira fue frunciendo su ceño. La bala iba desgarrando los tejidos al salir de su cuerpo.

-Cuando todavía no estábamos divorciados y estaba en casa, era el encargado de bañar a Lola, me encantaba verla disfrutar con sus juguetes de baño. Pero ese día no estaba allí, ¡seguro que podría haberlo evitado!

-Esa noche salí precipitadamente del hotel hacia los tugurios que conocía muy bien, y bebí mucho, hasta perder la consciencia. A la mañana siguiente regresé a España, no recuerdo nada del funeral, había decidido cubrirme con una capa que me convertiría en una especie de robot, sin dolor y sin sentimientos. Aguanté el acto con total frialdad y apenas lloré los días siguientes, pero mi odio comenzó a crecer y lo dirigí hacia las dos personas que consideraba responsables: Maite y yo mismo.

-Comencé de nuevo mi rutina de trabajo y forcé las cosas para hacerla todavía más exigente. Viajaba continuamente y sólo me relacionaba con la gente para hacer negocios, no cabían las emociones. Incluso con las mujeres era frío y manipulador, las utilizaba en mi propio beneficio y supongo que esto tenía atractivo para algunas, porque no me faltaron las oportunidades.

-Era una vida absurda y vacía, la alegría era momentánea, una vez conseguida la pieza: el negocio o la mujer, necesitaba otro éxito. La felicidad era una utopía que estaba muy lejos y que realmente no quería alcanzar.

-Desde entonces, no había sentido algo de cariño hasta que os encontré. Lo curioso, es que si hubiera sido con una sola de vosotras hubiera huido rápidamente, por mi aversión al compromiso. Pero al ser dos, pensé que se trataba solamente de una amistad y que quizá había llegado el momento de relajar mi penitencia, así que decidí permitirme un nuevo grupo de viejos amigos que sólo nos veríamos de vez en cuando.

Estábamos mudas, observando y sufriendo con el relato de Roberto, con las manos entrelazadas como dándonos fuerza para seguir escuchando, sin atrevernos a decir nada.

-No he hablado con nadie de esto, es muy doloroso y pensé que podía manejarlo yo mismo. Como hasta ahora, olvidar y poner mi capa de acero delante de mi corazón. No pensaba contároslo, pero estaba en deuda con vosotras. No quiero vuestra compasión, ni vuestros consejos únicamente quiero comprensión y respeto a mi dolor.

Susana trató de iniciar una conversación evasiva como acostumbraba a hacer siempre que se tensionaba el ambiente. Seguramente iba a proponer alguna cosa positiva y bienintencionada, pero estaba segura que no era lo que Roberto necesitaba. Me había sentido como él en muchas ocasiones y sabía que quería tener su tiempo y su espacio, así que interrumpí a Susana antes de que pudiera empezar a hablar.

-Susana, es su pena y nosotras estamos aquí para sufrir con él, ¡nada más! No hay solución desde fuera para un dolor tan profundo, ha sacado su dolor y sólo a él le corresponde cicatrizar sus heridas. Nosotras estaremos aquí, en cualquier caso, por si sangra, por si cura o por si prefiere seguir herido.

Roberto me miró con agradecimiento y nos abrazamos. Susana se sumó al montón de sentimientos que había sobre la cama, el abrazo de los tres nos fundió en un solo cuerpo y una sola pena, esta vez no éramos "tres por dos", esta vez éramos "tres por uno".

Después de un buen rato nos levantamos y decidimos ir a comer a Pozuelo. Roberto quería pasar página al incidente y desplegó de nuevo su carácter abierto y seductor. Comenzó con sus habituales bromas y nos piropeó sin descanso, a nosotras y también a todas las mujeres que se cruzaron en su camino: la camarera del restaurante y la cajera del parking.

Durante la comida, contamos a Roberto nuestra cena, lo bien que lo pasamos y como le habíamos echado de menos.

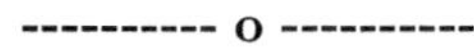

Después de comer, Roberto relata con sinceridad como fue su noche anterior. Está muy avergonzado, aunque no está seguro de lo que sucedió por los efectos del alcohol.

-No recuerdo nada, supongo que me acostasteis. No os oí marchar, recuperé la conciencia de madrugada y ni siquiera recordaba donde estaba. Después de un rato me di cuenta que me habíais dejado solo y al recordar las desagradables escenas del día anterior, pensé que lo tenía bien merecido.

-No te disculpes Roberto, todos tenemos un momento malo —interrumpió Teresa-. Olvídate de todo, nosotras ya no lo recordamos.

-Si te despertaste durante la noche, tuviste que oírnos —preguntó Susana-, ¡hicimos mucho ruido!

Roberto un poco ruborizado contestó tímidamente.

-Bueno... Sí, os escuché cuando entrasteis en casa, pero estaba tan avergonzado que preferí quedarme en la habitación y no me atreví a interrumpir vuestra velada.

-Así que nos observaste desde la puerta Gatito, ¿verdad? —Teresa preguntaba con sorna mirando a Susana.

-Bueno, sí, pero sólo un poco. La luz era muy tenue y solamente estuve observando unos instantes, me pareció que bastante humillante fue la borrachera para que además me cazarais de mirón el mismo día.

Susana, guiñó un ojo a Teresa buscando su complicidad y propuso ir a descansar, así que fuimos a hacer una siesta los tres. Cogidas de la mano me indicaron el camino hacia el dormitorio. Me pidieron que me pusiera cómodo, fui a la habitación donde había pasado la noche y me vestí únicamente con una bata. Cuando volví a la habitación de Susana, comprobé que ellas estaban vestidas, con los saltos de cama que intuí la noche anterior en la penumbra de la habitación. Me situé en el sitio que me habían dispuesto: un cómodo asiento de almohadas junto al cabecero. Ellas se colocaron de rodillas, a los pies de la inmensa cama. Teresa se dirigió a mí:

-¿Te acuerdas como nos masturbamos en Bilbao?, era excitante ver al otro autocomplaciéndose sin ningún rubor. Sé que, como todos los hombres, eres un mirón, y como estarás muy cansado después de tu actuación típicamente masculina de ayer, hoy no te vamos a exigir acción.

Susana continuó explicando lo que iba a ocurrir en el dormitorio de su casa.

-Hoy te vamos a ofrecer un espectáculo que no vas a olvidar en mucho tiempo, ¡las lesbianas cántabras en acción!

La noche anterior apenas podía ver con claridad los cuerpos, sólo intuía unas sombras que se movían y oía gemidos que daban pistas sobre lo que estaba sucediendo, en la misma cama en la que hoy estaba confortablemente sentado.

Pero ahora, no sólo estaba cómodo, además podía ver con total claridad porque la luz del sol entraba tamizada por las grandes cortinas blancas, de forma que no era necesario utilizar la imaginación.

La lencería que llevaban ambas, tenía bordados florales y muchas trasparencias, el conjunto de Susana era blanco, como casi siempre y el de Teresa, negro con una braguita tanga diminuta.

Lo más llamativo eran unos volantes fruncidos en la cinturilla de las braguitas y, sobre todo, que apenas tenían elástico en la zona de las ingles. Esto las permitía acceder, con los dedos o la lengua, a las zonas más interesantes de su cuerpo sin necesidad de quitárselas. Además, en muchos movimientos, las amplias aberturas satisfacían mi curiosidad de mirón.

Comenzaron con besos y caricias, primero el cabello y la espalda, luego los pechos. Pero, poco a poco, se fueron animando e interpretaron juegos cada vez más atrevidos. Estaba muy excitado y aparté mi bata para asir mi verga enhiesta con mi mano derecha.

Se tomaron la representación muy en serio y además de pasarlo bien, tenían en cuenta mi posición para colocarse de forma que me facilitaran la observación. Las escenas iban cambiando, pero siempre tenía a la vista, muy cerca de mis ojos, algún sexo húmedo. Mientras la que me daba la espalda para mostrarme su retaguardia se entregaba a su propio placer, la otra, de vez en cuando, dejaba de tocar su sexo para mirarme a los ojos y con picardía sugerirme que no parara de masturbarme.

Era todo tan excitante que mi habilidad para controlar la eyaculación estaba siendo superada por la situación. Tuve que dejar de tocarme para no correrme, quería disfrutar al máximo la representación y dejarlas gozar. Parecían incansables y estoy seguro que hubieran podido estar mucho más tiempo retozando y jugando entre ellas, enlazando un orgasmo con otro, pero finalmente decidieron apiadarse de mí.

Como si hubiesen ensayado el movimiento, ambas se giraron y lentamente se fueron acercando, caminando a gatas sobre la cama y relamiéndose al mirar fijamente mi verga. Cuando estuvieron lo suficientemente cerca, comenzaron a jugar con ella, la introducían en su propia boca o se la ofrecían a la boca de su compañera con generosidad. Como mi aparato es bastante discreto en dimensiones, Susana consiguió introducirla entera en su boca. Teresa lo intentó varias veces, pero para su frustración, no pudo conseguirlo y Susana se reía satisfecha de su victoria.

El glande con un color rojizo oscuro, estaba hinchado y muy congestionado, anunciando que el final estaba muy cerca. En ese momento pensé que, si una de las dos iba a conseguir el trofeo, la otra tendría un papel más pasivo, así que me sentí un poco confuso porque no quería decidirme entre ellas. Como si hubieran adivinado mis dudas, Teresa me sugirió.

-Cierra los ojos y córrete cuando te apetezca, no te preocupes por nosotras, que nos encargamos de compartirte.

Efectivamente dejé mi cabeza recostada sobre los cojines de forma que no podía verlas y me quedé contemplando el techo fijamente, hasta que un espasmo recorrió todo mi cuerpo y me obligó a cerrar los ojos, mientras mis disparos de semen caliente se derramaban en una boca, no supe cual, cuyos labios animaban los movimientos compulsivos de mi pene deslizándose arriba y abajo y sin dejar escapar ni una gota.

Cuando recuperé la consciencia y me incorporé para buscar a la ganadora, las descubrí besándose y jugando con mi blanco fluido entre sus labios, no pude saber quién de ellas había recogido mi placer, por lo que pregunté con curiosidad.

-¿Quién ha ganado?

Antes de hablar, tragaron al mismo tiempo, el contenido de sus bocas y riendo me contestaron muy divertidas.

-¡Las dos Gatito!, ¡las dos!

Estaba seguro que mi pene estuvo en los últimos momentos introducido en una sola boca, noté perfectamente el calor y la humedad alrededor de mi glande y sólo los labios de una única persona son capaces de compenetrarse de forma tan sincronizada, pero, por más que insistí, no estaban dispuestas a desvelar el misterio.

He pensado muchas veces en este momento y unas veces imagino que fue Teresa y otras que fue Susana, la verdad es que me excito igualmente imaginando a ambas y es únicamente la curiosidad la que me hace preguntarme: ¿Quién ganó?

Capítulo XIX

Un chico celoso

<table>
<tr><td>

"I was trying to catch your eyes
Thought that you was trying to hide
I was swallowing my pain
I was swallowing my pain

I didn´t mean to hurt you
I´m sorry that I made you cry
Oh no, I didn´t want to hurt you
I´m just a jealous guy"
</td><td>

"Estaba tratando de atrapar tus ojos
pensé que tratabas de esconderlos
estaba tragando mi dolor
estaba tragando mi dolor

no quería hacerte daño
lo siento si te hice llorar
no quería hacerte daño
soy sólo un hombre celoso"
</td></tr>
</table>

John Lennon. Jealous Guy. 1971

Estos meses que hemos dejado pasar sin encuentros para evitar a Roberto el mal trago de dar explicaciones incómodas, Teresa y yo lo hemos hablado por teléfono en varias ocasiones: no había nada que aclarar, explicar o justificar, no puede haber una borrachera más comprensible. Pero los hombres son tan orgullosos, parece que les horroriza sentirse débiles, vulnerables o, solamente, poco previsibles. Tienen que pensar que mantienen el control, si supieran que todas las situaciones están controladas por nosotras, incluso antes de que sospechen que van a estar implicados…

Pero Roberto necesitaba un tiempo y nosotras respetamos sus deseos. Tras el paréntesis, iniciamos de nuevo la rutina Shamrock.

Teresa que está feliz con su nueva vida de soltera prejubilada y, además, más activa que nunca, cuando se enteró de que retomábamos el contacto, lo tuvo claro desde el primer momento.

-Lo que necesita Roberto es un buen montón de polvos. No hay que dejarle pensar. Tenemos que tenerle todo el tiempo en acción. Nada de hablar en serio, tenemos que volver a los orígenes: follar, follar y follar. Es lo mejor para todos.

Desde entonces, hemos quedado en seis o siete ocasiones, todas ellas muy excitantes, porque hemos vuelto a la esencia de Shamrock, nos hemos dedicado únicamente a disfrutar del sexo. En este tiempo y sin necesidad de hablarlo, nos hemos dado una tregua para evitar nuestras dolorosas confesiones, porque enfrentarse a uno mismo, a las incómodas verdades, es muy doloroso.

La consigna de Teresa: follar, follar y follar, ha resultado muy tranquilizadora para todos, pero especialmente para nuestro duro hombrecito que sufre más que nosotras cuando abre su corazón. Gracias a este tiempo de convalecencia, ha vuelto a comportarse con la seguridad en sí mismo de siempre. Creo que ha aceptado una parte importante de sus problemas y aunque no lo ha verbalizado, se ve que está mucho mejor. Aunque no sé, si como en mi caso, tiene todavía algún lastre que arrojar.

La verdad es que estoy siendo un poco cruel analizando tan fríamente el comportamiento de Roberto, a pesar de que ha sido él quien ha propiciado esta reunión y precisamente por mí.

Aunque yo necesitaba hablar con él con urgencia, hubiera preferido posponerlo unos días porque no estaba de humor para esta reunión. Pero insistió en que teníamos que quedar para darme cumplida información de mis estados financieros, o algo así de petulante en terminología de economista, y no me pude negar. Necesito que Roberto me informe para tomar una decisión, así que este fin de semana no solamente va a haber sexo, va a ser diferente, voy a hablar de mis problemas y tendré que plantar cara al momento que llevo aplazando durante meses.

Tengo que estarle muy agradecida, la verdad es que la boutique es un éxito. Está siempre repleta de gente, el personal está encantado con los pluses por ventas que Roberto diseñó, los proveedores me tratan con deferencia, como si fuese uno de sus clientes estrella y a mí me encanta estar rodeada de profesionales que vienen a hablar conmigo sin esperar ni sexo, ni conversación para sacarles del aburrimiento, únicamente están interesados en los negocios.

Los buenos proveedores, según me explicó Roberto, no buscan beneficios rápidos o "pelotazos", sino una relación estable que permita ganar dinero a ambos a largo plazo. Esos son los interesantes, a los que hay que cuidar y generar confianza, son el futuro del negocio. Los negocios son como las relaciones humanas, pero con los objetivos claros y conocidos por las partes desde el principio.

¡Es increíble!, después de ser una adolescente inconsciente, una hippie aventurera y una señora vacía de la alta sociedad, he descubierto que me satisface sacar una idea adelante, ser emprendedora. ¿Quién iba a decírmelo?, me gustan mucho los negocios, pero todavía no entiendo bien la contabilidad, solamente intento vender todo lo que puedo y limitar los gastos. Como Roberto se encarga de la gestión económica, yo no he dedicado ninguna atención al estado de mis finanzas, así que no estoy segura de que tal van las cosas. Hay razones para ser optimista, como el hecho de que Erín no haya puesto el grito en el cielo todavía y, sobre todo, algunas pistas que me va dando Roberto. Pero hasta que no conozca las últimas cifras y, sobre todo, me las explique con su habitual paciencia, no sabré nada definitivo.

Teresa, cuando se enteró de la cita de hoy, estuvo totalmente de acuerdo en celebrarla, a pesar de la precipitación de Roberto, porque quería contarnos algo, pero no me dio ninguna pista. No obstante, insistió en que no teníamos que perder mucho tiempo con los temas serios:

-Sólo para hablar de tus cuentas y de mi chorrada. En cuanto terminemos, a disfrutar como siempre.

Ante tanta seguridad, no pude ni plantear alternativas, lo único que conseguí fue una hora a solas con Roberto, antes de que ella llegara de Barcelona para ... follar, follar y follar.

Por esta razón estoy en el Shamrock, esperando al avión de Roberto procedente de Bilbao. No quiero estropear el fin de semana que ha previsto Teresa, pero me interesa mucho lo que me va a contar Roberto y, además, sería una desagradecida si no me tomara en serio su trabajo.

Parece mentira que el Shamrock, un bar tan impersonal, me provoque tan buenas sensaciones. Para mí, y supongo que, para todos nosotros, es como una cámara de aislamiento que nos inunda de felicidad. Antes de venir por primera vez al Shamrock, era un deshecho de mujer con las emociones anuladas, aburrida y vacía. Ahora tengo esperanza, a pesar de que mi situación es límite, sé que voy a poder afrontarlo. No sé qué me espera, ni me importa, he dado a mi vida la vuelta como si fuera un calcetín. He logrado valor y nada me va a parar ahora.

Por fin es la hora, Roberto está acercándose, arrastrando su pequeña maleta, despeinado y vestido de forma casual. Tiene aspecto de haber viajado desde muy lejos, pero sigue estando tan atractivo como siempre. Como vuelva a colocarse el flequillo, tiro mi cerveza de la mesa y me bajo las bragas. Lo que me gustaría ahora, es que ni siquiera me saludara, que se acercara decidido, sacara su pene erecto por la bragueta y sin bajarse los pantalones me lo clavara sin preguntar.

Cuando, de forma automática, me he levantado a besar a Roberto me he notado húmeda y me he sonrojado. Tengo que comportarme hasta que aparezca Teresa porque se lo prometí y, además, tengo temas muy importantes que tratar con Roberto.

-¿Qué tal Roberto?, pareces cansado y yo dándote el coñazo con mis problemas económicos.

-No te preocupes Susana. Estoy un poco cansado porque vengo directamente de Sudamérica. Pero estoy acostumbrado a estos viajes y una ducha acabará con mi cansancio. Por otro lado, lo tuyo es muy fácil de resolver porque, en pocas palabras, no tienes problemas económicos.

Poco a poco y con unos detalles técnicos que no pude entender del todo, me aclaró como estaban mis finanzas. En resumen, habíamos conseguido las dos cosas que había previsto Roberto: ganar dinero con la tienda y engañar a Erín. En tan poco tiempo y aunque los establecimientos en esta parte de la ciudad eran carísimos, había acumulado suficiente dinero para adquirir el local donde estaba situada la tienda y después podría permitirme vivir sin muchos problemas con los ingresos que generaría mi pequeño negocio.

Con la típica mentalidad de economista, Roberto me aseguraba que si el negocio fuera mal en el futuro, únicamente con el alquiler de mi local podría vivir cómodamente. Tanta seguridad me tranquilizaba, porque yo hacía tiempo que no era capaz de saber el verdadero valor del dinero. Cuando hice ese comentario a Roberto, me riñó bastante alterado.

-Siempre tratas de hacerte pasar por alguien superficial. Este papel que te has empeñado en interiorizar es falso e innecesario. Te libra de responsabilidades, seguramente te integra en el mundo vacío y falso de la "buena" sociedad madrileña, te hace olvidar tu pasado contestatario y supongo que te hace olvidar que eres un objeto más de la colección de un americano acaudalado. Tienes que cambiar, no debes seguir haciéndote de menos.

Las palabras de Roberto se me estaban clavando como puñales. En una mano las cuentas bien claras de mi situación financiera, en la otra la cerveza bien "tirada" del Shamrock, Roberto enfrente y yo sin una tercera mano para propinarle la bofetada que me hubiera tranquilizado.

Roberto debió detectar mis intenciones, porque en ese momento cambió su discurso.

-Eres increíble Susana. Has logrado ganar dinero de un negocio por el que nadie hubiera apostado un "duro" y, como era necesario, has reconducido tu régimen de gastos desde un dispendio sin medida a una economía de guerra, sabes muy bien lo que es el dinero. Eres mucho más sensata de lo que te gusta presumir. Tendrías tus razones para dejarte embarcar en esta vida de esclava de lujo, pero no has perdido nada de tu esencia y sigues siendo una mujer autónoma y con sueños imposibles que perseguir, ¡ya no necesitas justificarte!

Estaba muy confusa, mi humillante situación con Erín había sobrepasado todos los límites y no quería dar explicaciones a nadie, pero la última inyección de autoestima que me ha dado Roberto, tras la cruel crítica de momentos antes, había sacudido mis sentimientos, no sabía si dar una bofetada a Roberto o un beso. Con sus comentarios, por un lado, me había desnudado de mi capa de protección más preciada, mi superficialidad y, por otra, me halagaba.

Aunque hubiera preferido unos días más tarde para evitar el dramatismo de esta situación, una vez en este punto no podía ocultarle más mi situación y pensé que tenía que contarle todo, sin más excusas.

-Roberto ¿Has visto que llevo gafas de sol?

Pregunté a Roberto mientras le mostraba un enorme moratón en el ojo, que apenas podía disimular una enorme capa de maquillaje. Roberto, muy impresionado, me ha preguntado la causa, aunque estaba segura de que lo sabía perfectamente.

-¡Ha sido Erín!, no es la primera vez que me levanta la mano, pero en las veces anteriores eran pequeños empujones, como el que os comenté en primavera, e inmediatamente se arrepentía y abandonaba la habitación. Esta vez ha sido diferente, al verme desvalida en el suelo, enloquecido comenzó a propinarme patadas. No sé todavía como pude huir arrastrándome hasta mi habitación, donde me encerré aterrorizada. Esto último ha sido demasiado, llegué a temer por mi vida. Tengo que salir de esta espiral de miedo, sumisión, violencia y autocomplacencia.

La corté sin dejarla continuar ni una sílaba más

-¡Eres totalmente libre!, puedes hacer de tu vida lo que quieras. El dinero no es un problema, nos tienes a nosotros y, si quieres, el amor tampoco te faltará con tu atractivo natural. Pero si todo falla, siempre me tendrás a mí para apoyarte, dejaré todo y estaré contigo cuando lo necesites. ¡Deja a ese anormal!

-Estaba decidida antes de escucharte y solamente esperaba que me confirmaras lo del dinero. Me hubiera gustado aplazar la reunión, como te dije, pero he venido, a pesar de la vergüenza que me daba que vierais mis moratones, porque decididamente le voy a dejar ya mismo, pero necesitaba la seguridad del dinero.

Lo que me había dicho Roberto, parecía una declaración de amor y seguramente lo era, pero Roberto continuó para explicarse.

-No me malentiendas, no te estoy proponiendo matrimonio. Sólo quiero que sepas que has llegado al punto donde tu libertad es posible y que si necesitas una red yo estaré allí. Jamás hubiera pensado que sería capaz de decir y mucho menos sentir de verdad, algo así.

Durante años estuve marcado por nuestra historia en Santander. A partir de entonces, he estropeado todo lo que he querido de verdad en mi vida. Siempre temeroso de lo que pudiera ir mal, siempre sospechando que estaba siendo engañado, siempre mortificado con unos celos que yo creía justificados por mi perspicacia, aunque era evidente que estaban generados por mi imaginación, no por la realidad. El pretexto de lo que sufrí en nuestra relación, me servía para disculpar mis obsesiones. Es patético, te he utilizado para justificar mis fracasos durante años y, ahora, en lugar de despreciarme, me has ayudado a superarlo, con ayuda de Teresa.

En ese momento llegó Teresa al Shamrock. Nos saludó desde lejos, pero al intuir una conversación profunda se acercó tímidamente, y con mucha curiosidad nos preguntó.

-¿Estáis teniendo confidencias privadas?, ¿molesto?, puedo ir a hacer unas compras si os sentís mejor.

Ver esos ojitos abiertos, generosos y curiosos, en esa carita tan guapa, me ha hecho perder el sentido. Con mis manos he sujetado la cabeza de Teresa con fuerza, sorprendiéndola para que no tuviera tiempo a reaccionar, y le he plantado un beso en los labios que ha llamado la atención del resto de clientes del Shamrock porque no ha debido parecer un beso normal entre dos amigas.

Roberto con su capacidad de síntesis ha puesto en situación a Teresa en un momento.

-Teresa tu nunca molestas, tu eres imprescindible. Te necesitamos tanto como respirar. Te voy a contar primero lo malo, el impresentable americano ha pegado a nuestra amiga como un verdadero salvaje, peor que la otra vez y luego, lo bueno, tu amiga es económicamente libre, siempre ha tenido más dinero que nosotros, pero ahora es suyo y ya no tiene por qué aguantar a ese gilipollas. Pero, además, justo cuando has llegado estaba tratando de confesar a Susana mis sentimientos cuando rompimos y las taras que me provocó.

Teresa solamente ha atendido a la primera parte, la mala noticia.

-¿Estas bien Susana?

-No te preocupes, me asusté mucho pero ya estoy bien y tengo que olvidarlo.

Para relajar el ambiente, con una mueca condescendiente y con cierta sorna, aclaré a Teresa mi punto de vista sobre las confesiones de Roberto.

-Pero lo mejor ha sido Gatito confesándose. Después de darme consejos económicos, el macho alfa se ha abierto tanto que parecía una mujer normal, sin miedo a hablar, sin dejar nada dentro, ¡ha sido increíble!

Roberto continuó asumiendo su penitencia sin protestar. Penitencia pequeña o humillante, no estoy segura, dependiendo del nivel de testosterona que tuviera en ese momento.

-Si Teresa, he comenzado, pero no he acabado mi confesión. Efectivamente, en muchos momentos de mi vida, he utilizado el recuerdo de la ruptura con Susana para justificar mis propias frustraciones. He sido un celoso compulsivo y he destruido lo que más he querido. Cuando me casé con Maite, la elegí porque era tan normal, tan buena persona que estaba seguro que nunca me "engañaría". Fue inútil, al principio todo iba bien pero cuando comencé a viajar con frecuencia, empecé a sospechar de ella. Otra vez intuía que se acercaba el dolor por los celos y comencé de nuevo a protegerme. La solución parecía fácil, si yo tomaba la iniciativa y la engañaba más, los celos desaparecerían. Era absurdo lo sé, pero era una espiral que no podía controlar.

Teresa y yo observábamos con toda atención sin ni siquiera respirar para no interrumpir el montón de sentimientos que Roberto estaba vomitando

-Nuestra relación iba de mal en peor. Yo sospechaba de ella en cada viaje y, por si acaso, me buscaba consuelo rápido. Eran tan enfermizas mis sospechas que, para aliviar mi sufrimiento, me convertí en un auténtico depredador. Me resultaba muy fácil encontrar parejas distintas en cada viaje.

-El truco es muy sencillo y está inventado hace muchos años por los felinos, se trata de buscar la presa débil. Cuando intentas seducir a una persona, sólo a una, la que en ese momento te atrae, estás en manos del azar. Puede que a ella le gustes también o, al menos que se sienta, justo en ese momento, atraída por ti. Esto es bastante difícil, no hay muchas probabilidades, pero además tiene que olvidarse de sus obligaciones, familia, hijos, compromisos, no tiene que temer las consecuencias y estar segura de su impunidad. En fin, un montón de coincidencias.

-La solución es no buscar la persona que te atrae, sino buscar la presa fácil. La seducción empieza buscando a la persona adecuada. Es mucho más fácil de lo que parece, observas y detectas las debilidades: personas inmaduras, humilladas, aburridas, despechadas, todo vale. Tienen su alma rebosante, fuera de su cuerpo, están ansiosas de oír mentiras y consolar sus penas y ahí estás tú, diciendo con convicción lo que quieren oír, escuchando lo que quieren decir, adulando cuando es necesario y asintiendo siempre. Pero tienes en tu mano el as de corazones, en el fondo no te gusta, no te va embaucar en su círculo de lamentaciones, únicamente buscas su cuerpo. Eres un depredador carnívoro y tienes tu dieta de proteína delante de tus ojos, sólo a tiro de un par más de mentiras.

-Lo mejor de todo es que, ellas han detectado desde el principio que no era amor lo que te movía para atenderlas tan solícitamente, sabían que era para los dos un remedio pasajero, así que después de alcanzar el trofeo, la despedida es muy fácil. Normalmente no hay peligro de verse atrapado en una relación cuando ambos estamos deseosos de olvidar el asunto. Pero no es tan perfecto como parece, el placer morboso dura solamente una noche, al día siguiente hay tanta desazón y vacío…

El ligero suspiro de Roberto me recordó que tenía que respirar. Hasta entonces no había movido ni un músculo de mi cuerpo, estaba como hipnotizada por la confesión de Roberto. Los hombres son siempre tan imprevisibles, témpanos de hielo durante siglos de glaciación y, de repente, erupciones volcánicas que arrasan todo. Por eso me han gustado siempre tanto. Roberto continuó su relato.

-Maite siempre sospechó mis excursiones de caza, pero fingía no enterarse, siempre intentando mantener nuestra pareja. Supongo que por mantener el matrimonio decidió quedarse embarazada de Lola. Con un vientre de embarazada o, posteriormente, con las obligaciones de una madre primeriza, creía poco probable que le pusiera los cuernos en cada viaje. No obstante, mi felino interior decidió no abandonar las correrías por la sabana o, más precisamente, por las sábanas ajenas.

Hasta que llegó lo inevitable, el divorcio, las discusiones con Maite por el convenio, el alejamiento de mi hija que, por aquel entonces, era un bebé y el vacío interior en el que me quedé sumido por su ausencia. Esta situación provocó que mi absurda vida fuera más caótica y alocada que nunca. Las noches en brazos de diferentes mujeres de cualquier nacionalidad o condición, se repetían sin descanso para no dejarme tiempo para pensar.

-En una de ellas, fue cuando coincidió el accidente de mi hija. Estaba en Ecuador, en la cama con una mujer de la que no recuerdo ni el nombre, ni el color de su cabello, cuando el teléfono me hizo caer en un abismo que no entendía. Como ya sabéis, mi hijita había muerto en un estúpido accidente doméstico.

Nos estaba dejando a las dos sin habla. Con los ojos humedecidos y fijos en algún lugar que daba pavor imaginar, Roberto terminó rápidamente su confesión.

-Después del duelo, reproches mutuos sin piedad, explicaciones inútiles, discusiones, dolor y un gélido alejamiento. Aceleré mi vida, consumí todo a bocados y traté de olvidar huyendo a toda prisa, intentando que los recuerdos no me alcanzaran. La verdad es que no sentí nunca que la culpa fuera de Maite, siempre me mortifiqué pensando que la culpa era sólo mía. Tampoco era verdad, pero necesitaba no dejarme ni un hálito de esperanza, quería no ser feliz nunca más. Hasta que…, hasta que os encontré.

Cuando Roberto terminó, pasó solamente un instante de tiempo y llegó el camarero a recoger los vasos, pero pareció una eternidad. No me sentía capaz de iniciar una frase y miraba como una tonta los movimientos automáticos y descuidados del camarero. Cuando pasó la bayeta por la mesa, para limpiarla, ésta hizo el efecto de los telones en una obra de teatro y, afortunadamente, Teresa surgió en el momento apropiado para cambiar de acto.

-Bueno, está claro, lo has soltado todo. Ahora hay que pasar página, de momento vamos a cenar y Susana paga que está forrada. En la cena vamos a beber mucho champán, a ver si nos pone cachondos, como a Susana. En cualquier caso, después de la cena vamos a casa y follamos como nunca, lo necesitamos todos. Yo especialmente, luego os cuento…

Nos tuvimos que reír cuando el camarero, al escucharnos, puso una cara de sorpresa indescriptible, sin darle tiempo a reaccionar nos levantamos de la mesa y abandonamos el Shamrock. Entonces no intuía que íbamos a tardar mucho tiempo en regresar, pero las palabras de Teresa me parecieron misteriosas.

La cena fue muy agradable y el restaurante muy íntimo y tranquilo. Poco a poco conseguimos que Roberto dejase a un lado su amargura y riera nuestros chistes, hasta que decidimos iniciar los juegos que tanto nos gustaban.

Decidimos repetir el numerito de la celebración del divorcio de Teresa. Entre plato y plato, ambas fuimos al servicio para esconder nuestras braguitas en los bolsos y salimos de nuevo al comedor sintiendo el aire fresco circulando libremente debajo de las minifaldas.

Estábamos empezando a coger gusto a nuestra nueva moda y nos sentamos con las piernas abiertas. Como era la segunda vez, nos resultó más fácil que la primera colocarnos en una posición que resulta difícil para cualquier mujer, después de toda una vida controlando la falda, los cruces de piernas y estando muy atenta a las perspectivas masculinas.

Roberto, agradecido, no separaba su mirada de nuestro generoso ofrecimiento y la excitación le había cambiado el humor. También nosotras estábamos cada vez más animadas. Me sentía tan bien con la falda remangada sobre mis muslos que engullí la comida para poder llegar a casa, cuanto antes.

Media hora después estábamos los tres desnudos sobre la enorme cama testigo de nuestras diversiones. Repasamos todas las posturas habituales y después de montar a Roberto como una vaquera, que era una de las posturas que más me excitaban, Teresa adoptó la posición del perrito. Roberto no dudó un momento y se empleó con decisión sobre su indefensa retaguardia. Después de unos cuantos envites Teresa mirando fijamente a los ojos de Roberto, le suplicó.

-Por el otro lado Roberto, ¡no te cortes!

Roberto me miró con cara de sorpresa, puesto que Teresa, a pesar de mi insistencia, siempre se había negado al sexo anal.

Intenté convencerla en muchas ocasiones, lo probé hace años y lo he pasado bien muchas veces teniendo un buen rabo en mi culo. No siempre estoy dispuesta, ni me apetece con todos los hombres, pero en ocasiones, disfruto mucho en un acto de sumisión que me hace sentirme entregada totalmente.

Pero, para Teresa, era la primera vez y sabía que necesitaría ayuda. Antes de que interviniera Roberto, relajé la zona con mis dedos, hasta que, poco a poco, introduje uno de ellos para dilatar. Teresa daba pequeños gritos de placer.

Roberto era el hombre ideal para iniciarse, tenía la polla no muy grande, aguantaba la excitación y era cariñoso y paciente. Después de aplicar un lubricante que utilizábamos habitualmente con nuestros juguetes, yo misma dirigí con precisión la tranca de Roberto que estaba dura y excitada ante la espera por entrar en su nueva posesión.

Después me coloqué debajo de Teresa, de forma que tenía una excelente vista del espectáculo y además podía lamer su solitario coñito.

Roberto estuvo muy comprensivo y fue introduciendo su verga poco a poco. Al principio se movía lentamente, pero a medida que Teresa se iba relajando y excitando, iba siendo más fácil la penetración y fue acelerando el ritmo de sus acometidas.

Teresa gritaba como una posesa y yo decidí introducir uno de mis dedos en su vagina mientras continuaba lamiendo. Roberto ya no pudo aguantar más y sacó su verga hinchada, sujeta con su mano derecha, justo antes de corrrse sobre Teresa, permitiéndome disfrutar del excitante sabor de los fluidos de mis mejores amigos.

Teresa cayó recostada hacia un lado, Roberto hacia atrás y yo me incorporé para besar con mis labios todavía manchados de semen a mi amiga que respiraba agitada y tenía los ojos cerrados. La besé susurrando...

-¿Te ha gustado guarrilla?, ¿te ha gustado el numerito?

-Ha sido tremendo, sentir todo tan dentro y dejarte llevar es bestial. Esa mezcla de dolor y placer, de control y de sumisión, de sentirme totalmente libre ha sido una gozada. Además, Roberto lo ha hecho tan fácil... ¡Tendremos que repetir!

Roberto está agotado y no sé si ha podido escuchar a Teresa, pero parece satisfecho. No obstante, le he retado a continuar.

-Ahora tienes más campo de acción. ¡Gatito, no te vas a aburrir!, ¿repetimos?

-¿Repetir?, ¡no soy Superman!

Teresa continuó.

-Me habéis hecho perder todos mis miedos, me siento poderosa y capaz de cualquier cosa. Soy independiente, libre, sin barreras mentales, ni tabús y feliz. Tanto que sé que puedo superar cualquier cosa…

Roberto bromeó porque, como él mismo decía, le gustaba "hacer el humor" después de un buen polvo.

-Pero, ¡que culo tan magnífico Teresa! No sé cómo hemos desaprovechado tanto tiempo esa maravilla. Desde que estuvimos en La Maruca, hace ya más de treinta años, he deseado poseerlo y os aseguro que ha merecido la pena la espera.

Pero Teresa, un poco más seria le interrumpió.

-En serio, quería agradeceros por haberme trasmitido toda la fuerza y la confianza que voy a necesitar ahora…

Teresa tenía toda nuestra atención.

-Le comenté a Susana que necesitaba deciros algo y hubiera preferido esperar al final de la reunión para no estropearos el fin de semana, pero ya no puedo disimular más y os lo tengo que contar. Me han detectado un tumor maligno en el pecho derecho y empiezo el tratamiento el próximo lunes.

Un jarro de agua fría es la frase tópica para describir la situación. Frase habitual, pero poco descriptiva de la sensación que las palabras de Teresa nos habían provocado. La comparación más adecuada, sería zambullirse en el ártico, porque la palabra cáncer nos dejó paralizados y gélidos.

El resto del fin de semana Roberto y yo estuvimos tratando de disimular nuestro estado de ánimo mientras Teresa consciente de nuestro desconcierto se afanó en animarnos como si los enfermos fuéramos nosotros.

No sólo era valiente, estaba calmada y aparentaba ser tan fuerte que parecía otra persona. Sin mucha discusión decidimos suspender las reuniones hasta que Teresa estuviera recuperada. ¿Quién sabía cuándo?

PARTE 3: DONDE COMENZÓ TODO

Oh, simple thing, where have you
gone?
I'm getting old, and I need something
to rely on
So tell me when you're gonna let me in

I'm getting tired, and I need
somewhere to begin
And if you have a minute, why don't
we go
Talk about it somewhere only we
know?
This could be the end of everything
So why don't we go
Somewhere only we know?

Somewhere only we know

Oh, una pregunta sencilla ¿a dónde "os"
habéis ido?
Me estoy haciendo mayor, y necesito
algo en lo que confiar,
así que dime cuándo vas a dejarme
entrar,
me estoy cansando, y necesito un lugar
para empezar.
Y si tienes un minuto, ¿por qué no
vamos
a hablar sobre ello a un lugar que sólo
nosotros conozcamos?
Esto puede ser el final de todo,
así que ¿por qué no vamos
a un lugar que sólo nosotros
conozcamos?
A un lugar que sólo nosotros
conozcamos..

Keane. Somewhere only we know. 2004

Capítulo XX

Sellada con un beso

<table>
<tr><td>

"Baby, I promise you this
I'll send you all my love
Every day in a letter
Sealed with a kiss

</td><td>

"Cariño, te prometo que
te mandaré todo mi amor
a diario, en una carta
sellada con un beso.

</td></tr>
<tr><td>

Yes, it's gonna be a cold lonely summer
But I'll fill the emptiness
I'll send you all my dreams
Every day in a letter
Sealed with a kiss"

</td><td>

Sí, va a ser un verano frío y solitario,
pero llenaré mi soledad,
te mandaré todos mis sueños
a diario, en una carta
sellada con un beso."

</td></tr>
</table>

Bobby Vinton. Sealed with a Kiss. (Udell&Geld). 1972

La preocupación por la enfermedad de Teresa me ha hecho más fácil aplazar la pregunta de si a Susana y a mí nos gustaría continuar en Shamrock los dos solos. Todos nuestros amigos de Santander decían que, aunque nos separáramos, irremediablemente volveríamos a estar juntos, pasara lo que pasara. Sabíamos que Teresa iba a estar ausente, al menos una buena temporada, y me planteé varias veces que teníamos que hacer durante su ausencia, quizás deberíamos haber continuado con normalidad las reuniones, aunque sin Teresa, pero ninguno de los dos ha tomado la iniciativa y han ido pasando los meses. Me empiezo a preguntar si de verdad querría estar con ella...

Nada más encontrarnos, después de más de un año sin vernos, buscamos una cafetería en el aeropuerto del Prat, que, aunque no tenía el encanto de nuestro adorado Shamrock, nos sirvió para ponernos al día de nuestras vidas en estos últimos meses. Hemos respetado el tiempo del tratamiento de Teresa, aunque nos insistió muchas veces para que continuáramos sin ella las reuniones.

Sentados en la mesa, con un café humeante como cuando nos reencontramos la primera vez en Barajas, no hemos hablado nada de nuestra posible relación, por pudor.

Yo le comenté que seguía con mis viajes, aunque no tan intensamente como antes, que había quedado un día para hablar con Maite y fue duro, pero esperanzador porque nos comportamos muy civilizadamente, y que últimamente había conocido una compañera de trabajo que había despertado mi interés, pero que claramente pasaba de mí porque, entre otras cosas, era mi jefa.

Susana, me contó entusiasmada su vida en solitario. Aunque habíamos hablado alguna vez por teléfono y conocía lo más importante, ella quería contarme todo: el nuevo apartamento que tiene en el centro de Madrid y que me ha invitado a visitar, lo bien que sigue funcionando la tienda y lo fácil que fue deshacerse de Erín.

Ha hecho amistades nuevas. Después de intentar relacionarse con gente de su ambiente anterior, ricos de Pozuelo y clientes actuales de su tienda, se dio cuenta de que eran aburridos y superficiales, como ella misma antes del Shamrock. Pero ha conocido en el gimnasio donde va semanalmente a ponerse en forma, un grupo de "culturetas" enamorados del jazz, nada presuntuosos, muy divertidos y un poco en la onda de su primera vida. Las chicas del grupo son un encanto y los chicos, unos soñadores con los pies flotando a miles de kilómetros del suelo. No está interesada en ninguno de ellos, pero la mantienen viva. Son el contrapunto perfecto a su semana de trabajo, cambio de forma de vestir, de pensar y de tipo de gente alrededor.

Respecto al tema de Erín, me producía un placer especial y le pedí que me lo contara despacio. Susana pensaba que iba a ser mucho más complicado, pero sorprendentemente, firmó todos los papeles del divorcio sin poner ninguna dificultad. Lógicamente dejó de inyectar dinero en la tienda y creía Susana que estaba tan convencido de que iba a volver humillada en cuanto lo necesitara, que no se preocupó de nada más.

Lo que está claro es que no ha sospechado en ningún momento la trampa que organizamos y parece que después de un tiempo sin que Susana haya vuelto con él, se ha ido a Estados Unidos y quizá esté hasta aliviado por haberse deshecho de su "puta española".

Después de nuestro café cogimos un taxi y, justo antes de ir a casa de Teresa, nos dirigimos al hotel donde íbamos a alojarnos. Queríamos ir cuanto antes para ver como se encontraba nuestra amiga después de haber terminado el ciclo de quimioterapia que la prescribieron, pero antes teníamos que dejar el equipaje.

Susana indicó la dirección del hotel, nos sentamos y, sin darnos cuenta, nuestras manos se entrelazaron. En la mano que le quedaba libre, Susana llevaba una carpeta con el "storyboard" que Teresa dibujó para representar el guion de nuestra película porno. Hasta entonces, solamente habíamos hablado de su nueva vida, pero intrigado por la razón para traer las ilustraciones, pregunté a Susana.

-¿Por qué has traído los dibujos de la película?

-Pensé que la vendría bien, ese día Teresa cambió definitivamente de forma de ser, abandonó su Mrs. Robinson reprimida y convencional. Lo que más necesita ahora es armarse del valor y la seguridad en sí misma que logró ese día —contestó Susana.

Entendí sus intenciones y aunque no estaba muy convencido de que tuviera éxito, me pareció inútil tratar de convencerla de lo contrario y no respondí. Luego, los dos nos quedamos absortos mirando nuestras respectivas ventanillas.

Al cruzarnos con otros taxis, me vino a la memoria la razón de su curioso color. Recordé que el original diseño se decidió en los tiempos de la Exposición Universal del 29 y seguramente por eso resulta un poco anticuado.

Dicen, que el color amarillo es el color de la alegría, pero, en estos tétricos taxis, se impone el color negro a la nota de optimismo de la franja más pequeña. Intento quitarme la idea de la cabeza, pero cuanto más me fijaba en ellos, más me parecían coches fúnebres. Quizá porque éstos también son negros y con una nota estridente de color, las coronas de flores. ¡Qué idiotez!, ¿por qué flores con los muertos?, es inútil intentar alegrar una situación que es necesariamente triste.

Hemos parado en el semáforo y, entre las muchas personas que cruzan el paso de cebra, me llama la atención una jovencita de pelo castaño y cuerpo muy atractivo. Lleva unos" leggins" negros que marcan descaradamente la forma de su pubis y ni con esa visión tan sugerente he conseguido poner en marcha mi imaginación, que en otra ocasión estaría jugando a adivinar su intimidad, ¡me da igual cómo sea su coño!

Llegamos al hotel que estaba muy próximo al Port Vell. Era un hotel moderno con unas vistas muy bonitas del puerto deportivo y muy próximo al domicilio de Teresa. Aunque nos invitó insistentemente a quedarnos en su casa, decidimos alojarnos en el hotel porque sus hijos se quedaban con ella muy a menudo desde que estaba en tratamiento y no queríamos molestar.

Dejamos el equipaje a toda prisa y dando un paseo muy agradable nos adentramos en el barrio de la Barceloneta, el antiguo barrio marinero y ahora una zona turística que afortunadamente todavía no ha perdido todo su encanto. La verdad es que Teresa y Aitor tuvieron mucha visión de negocio cuando hace bastantes años compraron uno de los pisitos anticuados de ese tradicional barrio, con la idea de alquilarlo. Según nos había dicho Teresa, era un piso muy pequeño, pero estaba entonces en un barrio muy animado que, ahora, se había convertido en una zona de moda.

En unos minutos estábamos, por fin, en la puerta de la casa de Teresa. Antes de pulsar el timbre, nos miramos a los ojos, suspiramos y nos dimos fuerza para llamar a la realidad y enfrentarnos a ella. Cuando abrió la puerta, nos lanzamos hacia Teresa para literalmente comérnosla a besos, mientras se intentaba zafar de nosotros sin mucho éxito.

-¡Dejad de sobarme coño!, estoy enferma pero todavía me puedo defender.

Luego nos enseñó muy orgullosa la decoración de su piso que, la verdad, era muy coqueta. Estaba muy contenta con su obra y nos insistió en que para ella era ideal porque estaba cerca de sus hijos y de la playa.

En lugar de prestar atención a la vivienda, me fijé en su aspecto y aunque seguía estando muy guapa tenía algo que delataba la enfermedad. Quizá era el tono un poco acartonado de su piel o probablemente la tristeza de su mirada.

Susana le dio la carpeta con los sugerentes dibujos de la película y le soltó un discurso que tenía bien preparado sobre la fuerza que necesitaba y bla, bla, bla. No pude prestar atención y me pareció que Teresa tampoco, en cualquier caso, se lo agradeció con algunas frases hechas y dejó la capeta sobre la mesa con indiferencia.

No era la misma Teresa, sin embargo, su voz y su fuerza interior todavía eran la de la mujer nueva que había surgido del Shamrock.

-Todo ha ido mejor de lo que esperaba, ha sido duro, sobre todo al final del ciclo, pero lo he llevado razonablemente bien —nos explicó Teresa-. Mis hijos me han ayudado más de lo que pensaba, más que nunca. Incluso Aitor ha venido a visitarme en un par de ocasiones, pero necesitaba estar sola. Por eso insistí en que no vinierais, sabía que podía contar con vosotros en cualquier momento, pero también estaba segura que ibais a respetar mi decisión.

Susana se intentó justificar, aunque no era necesario.

-Te llamamos un montón de veces. Roberto intentaba convencerme para presentarnos sin avisar, pero yo sabía que lo decías de verdad, que necesitabas estar sola.

Teresa confirmó sus deseos de soledad.

-No sabéis como os lo agradezco. No me gustaba que me vierais con esa horrible bata del hospital, quería que me recordarais tal y como estoy ahora, arreglada, pintada y con tacones. Yo no era coqueta antes y me costó acostumbrarme, pero gracias a Susana he cogido el gusto a llamar la atención por mi aspecto físico y no salgo de casa sin estar perfecta. Pero especialmente con vosotros me resultaba insoportable sentirme fea.

-Que bobada, Teresa siempre estás guapa, incluso desnuda.

Mi broma intentó aliviar la emoción del momento, pero como no parecía suficiente para cortar la conversación y con la excusa de que los hombres siempre tenemos apetito, propuse salir a comer y pregunté a Teresa por algún restaurante. Nos recomendó una taberna gallega con una terraza muy agradable en la zona del puerto olímpico y en un santiamén estábamos sentados eligiendo el vino.

Para mantener nuestras viejas costumbres, pedimos el obligado Barbadillo que parecía ideal para un día tan soleado. A pesar de que Teresa no bebió apenas y se limitó mojarse los labios un par de veces, parecía que estábamos en Pozuelo, al principio de nuestra historia, y que podríamos revivir los increíbles momentos de felicidad que hemos tenido en estos años.

Después del café, Teresa se puso otra vez seria y comenzó una conversación que tenía bien meditada. El tono de su voz no delataba ninguna emoción, parecía estar hablando de algo sin importancia y, sin embargo, comenzó a contarnos sus últimas voluntades con total frialdad.

-Creo que estoy bastante recuperada, me faltan los resultados de las últimas pruebas, pero espero que sean positivos. En cuanto a la operación, aunque fue un poco traumático verme sin parte de mi cuerpo, me han aconsejado un cirujano plástico que me hará unas tetas como las tuyas, Susana.

Sonrió buscando nuestra complicidad así que seguimos el macabro chiste fingiendo indiferencia. Estuvo un buen rato intentando hacernos más fácil el mal trago y convencernos de que se iba a curar, pero fue inútil. Era evidente que no estaba bien y todo lo que conseguimos fue fingir y seguir el juego a Teresa, intentando disimular nuestro escepticismo. Primero, Susana casi repitió palabra por palabra las frases de Teresa.

-Claro, tetas nuevas y recuperada en cuatro días.

Yo también intenté sumarme al optimismo.

-Entonces Teresa, ¿cuándo crees que podremos retomar nuestros fines de semana Shamrock?

Teresa, por un momento, perdió su compostura y una fugaz mirada de tristeza cambió su semblante.

-Bueno Roberto, para eso falta todavía un poquito. Pero precisamente quería animaros a que continuarais sin mí. Al menos mientras esté convaleciente. En un par de meses, más o menos, me sumaría a la fiesta y con ganas de recuperar el tiempo perdido, ¡os lo aseguro!

Respondí sin ninguna duda, mientras Susana iba asintiendo ostensiblemente.

-¡Ni hablar!, Shamrock es cosa de tres y lo seguirá siendo, recuerda lo que acordamos, "tres por dos", Teresa, "tres por dos". Precisamente lo iniciamos para evitar la pareja. Lo que tú quieres de nosotros, que olvidemos nuestro trio y retomemos nuestro "dúo", es decir, "dos por tres", no me gusta ni como nuevo lema. "Dos por tres" significa muy a menudo, lo que va a pasar es que en cuanto te cures tendremos que quedar "cada dos por tres" para recuperar estos meses perdidos, pero siempre: "tres por dos", siempre los tres juntos.

Teresa insistió, intentando convencernos de que nuestro amor adolescente nunca había desaparecido y que sin ella podríamos ser felices también. Que podría ser incluso mejor que el Shamrock.

Aunque no queríamos contradecir a nuestra cansada amiga, Susana cortó la conversación, como siempre, con una propuesta práctica.

-Sabes Teresa, que Roberto y yo, hemos cogido una habitación de hotel esta noche. Te prometo que hoy follaremos por todos nosotros. Pero hasta que vuelvas a Madrid, ¡se acabó!

Teresa iba a replicar, pero, en ese momento, apareció su hija Edurne, que, como todas las tardes de sábado, venía a visitarla. Una breve presentación, en la que fuimos introducidos como una supuesta pareja de amigos de Madrid que conocía desde los tiempos de Santander.

Parecía tener prisa y no le caímos muy bien a juzgar por sus reacciones. Creo que la explicación no resultó convincente y que Edurne sospechaba que Susana era la lesbiana que había seducido a su madre, tal y como le habría contado su padre. Después de una insulsa conversación, se recogieron en casa las dos, pues Teresa tenía que tomar su medicación y descansar.

Cuando nos quedamos solos, dimos un largo paseo en silencio por la zona olímpica de Barcelona tratando de disfrutar de la primavera y respirando profundamente, como si pudiésemos guardar la vida que traía el aire con olor a mar, para hacérsela llegar a Teresa. Cuando llegamos al hotel nos acostamos desnudos. Es curioso que sentí un poco de vergüenza al deshacerme de la ropa. Sin la presencia de Teresa me parecía un poco raro y hasta que no comprobé que Susana se quitaba sus bragas con naturalidad, no me desnudé completamente. Nos metimos casi a la vez a la cama y Susana se situó en la parte izquierda, acurrucada y girada de forma que me daba la espalda. Sabía desde hace muchos años que cuando adoptaba esa postura buscaba protección, me acerqué y la abracé desde atrás, agarrando sus senos con mis manos y la besé tiernamente en la nuca. Ella me agarró con suavidad los antebrazos, animándome a continuar. Después de un buen rato en esa posición, nos quedamos dormidos. Pero el sueño no fue profundo, los movimientos bruscos y las respiraciones alteradas de ambos delataban nuestro verdadero estado de ánimo y ninguno de los dos consiguió descansar aquella noche.

Cuando comenzaba a amanecer, desperté excitado, como suele ocurrirme todas las mañanas. Al estar todavía abrazado a Susana, me percaté de que mi miembro erecto estaba perfectamente encajado entre sus nalgas. Me sonrojé pensando que no estaba bien desear sexo cuando nuestra querida amiga estaba sufriendo y me aparté ligeramente. Susana al darse cuenta, se desplazó ligeramente hacia atrás, para volver a sentirme entre su culo.

-¡No seas tonto Roberto!, yo también estoy excitada y no me parece nada malo, ¡Teresa estaría deseando estar aquí! Con nuestra abstinencia no va a mejorar su salud, ni vamos a demostrar más o menos interés por su estado.

Entonces, Susana comenzó a explicar que ella y otras mujeres se masturbaban en muchas ocasiones para relajar la tensión. Incluso sin estar excitadas previamente, se tocaban con decisión para evadir problemas o al menos hacerlos más llevaderos. Yo siempre había pensado que la masturbación era más propia de los chicos y me sorprendió tanto que tardé unos instantes en darme cuenta que a la vez que me lo contaba, iba adoptando un tono de voz más sugerente y se fue colocando de rodillas delante de mí. Estábamos totalmente desnudos, así que no le fue difícil asir mi pene con su mano derecha.

-Lo que no me apetece hoy, Roberto, es follar contigo, vamos a hacernos una paja relajante, como te he explicado, para ver si conseguimos descansar algo después de esta maldita noche.

Con dos dedos de la mano izquierda comenzó un masaje circular en la zona de su clítoris, mientras con la mano derecha dibujaba movimientos arriba y abajo, en mi verga, como si intentara ordeñarla. Susana estaba preciosa, sus tetas desafiantes y su mirada pícara y de vez en cuando ausente, justo cuando se retorcía con un estallido de placer.

-¿Qué tal está mi gatito?, tiene la picha muy grande y los huevos llenitos de leche para mí...

Susana notó que estaba a punto de estallar y se incorporó un poco, para mostrarme como se iba metiendo los dedos en lo profundo de su vagina. Me dejé ir en unos disparos que Susana intentó dirigir hacia su cuerpo, aunque con pésimos resultados puesto que, mi semen manchó las sabanas y el resto cayó sobre mi propio cuerpo. Susana se entretuvo con las gotas calientes que había en mi vientre, al repartirlas, parecían desaparecer de mi vientre, al mismo tiempo que aparecían unas tímidas lágrimas en sus ojos.

-¡Pobre Teresa!

Susana se derrumbó sobre la almohada y después de unos sollozos se quedó dormida. A mí me costó un poco más conciliar el sueño, pero su inesperado método para sentirse mejor en las dificultades parecía funcionar y finalmente debí caer rendido, porque nos despertamos muy tarde, con el tiempo justo para que Susana cogiera el vuelo a la hora que había previsto.

Justo antes de que Susana desapareciera por la puerta de embarque me despedí de ella con un fuerte abrazo porque sabía que no íbamos a vernos en mucho tiempo y me dirigí al parking para tomar la autopista dirección Bilbao cuanto antes.

Esta vez, ni siquiera abrí la capota, puse la música de mi CD a todo volumen, observé el velocímetro y, aunque últimamente era muy prudente tratando de evitar las multas, excitado por la música, aceleré sin contemplaciones mientras me trataba de convencer a mí mismo.

-La próxima reunión de Shamrock será muy pronto, cuando estemos los tres juntos, me encantará volver con Susana y Teresa al restaurante de Pozuelo. Las voy a invitar a cenar y volveremos a bailar en el mismo pub que estuvimos, el Graduado me parece recordar, ¡lo vamos a pasar fenomenal!

Han pasado unos meses, ya estamos en otoño y lamentablemente no hemos podido repetir la cena los tres, Teresa ha muerto. Una fría llamada de su hijo Juan, luego una larga conversación telefónica con Susana, me han convencido de lo que parecía imposible: sólo quedamos dos.

Unos días después, estoy camino de Barcelona solo en mi Audi, escuchando a los Rolling Stones. Habíamos quedado en el Prat, para ir juntos al funeral, pero el viaje se había hecho más largo de lo que planifiqué, pues enfrascado con mis negros pensamientos había ido más despacio de lo previsto. Además, la lluvia otoñal me había hecho parar en una gasolinera para colocar la capota de mi viejo coche, pero ya no quedaba mucho para llegar, puse de nuevo la canción, Paint It Black, aceleré y poco antes de llegar al aeropuerto sonó mi teléfono móvil, Susana me llamaba impaciente.

-¿Roberto cuánto te queda para llegar?, yo ya estoy aquí en la puerta de salida, ¿tardarás mucho?

Susana también ha recibido una carta de Teresa, como yo. Ella si la ha leído, pero no ha sido capaz ni de resumirme un poco su contenido. Únicamente repetía entre lágrimas algunas frases y me pedía que la leyera yo mismo.

-Teresa pensaba en nosotros... Al final sus pensamientos giraban alrededor de nuestra felicidad... No la quisimos lo suficiente, ¡era un cielo!

Cuando he llegado al aeropuerto, después de encontrarme con Susana, he tenido el valor de abrir la carta. Me he sentado a su lado y bajo su atenta mirada he leído por fin su contenido.

---------- o ----------

Queridos amigos:

Si habéis abierto esta carta, significa que, lamentablemente, habré dejado de compartir esta vida con vosotros y que, por fin, habré terminado con este sufrimiento absurdo. Supongo que llorareis mi ausencia, pero, aunque traté de disimularlo, estos últimos meses han sido tan duros que, para mí, este trance va a suponer un descanso deseado.

Supongo que será difícil que estéis leyendo juntos, sujetando el papel con una mano cada uno y vuestras cabezas apoyadas, como el día en casa de Susana, cuando contemplábamos las fotos de nuestra juventud en Santander y terminamos jugando por debajo del álbum. Es una pena que viváis tan lejos el uno del otro, porque me hubiera gustado que fuera de esa forma y solamente imaginarlo, aunque estoy muy cansada, me excita todavía.

En cualquier caso, quería aprovechar este momento para agradeceros vuestra compañía, a lo largo de todos estos años. Cuando éramos adolescentes soportasteis mi presencia sin reproches, aunque estaba siempre estorbando entre vosotros. Incluso en los pocos momentos de intimidad que conseguíais tener, estaba siempre cerca, porque me encantaba ver como os manoseabais y os besabais, ¡era una pesada! No sentía envidia, sentía placer, me excitaba siendo una mirona, ¡lo pasaba de miedo!

Cuando nos separamos, mi vida cambió mucho. Todo transcurrió como en un tobogán que me llevaba a una velocidad vertiginosa, sin dejarme escapar, ni mirar alrededor. Cuando años después, el tobogán me lanzó sobre el suelo, caí de bruces y me detuve. Entonces, sólo entonces, pude darme cuenta de lo que había alrededor del tobogán: soledad y aburrimiento. Ya conocéis los detalles, unos hijos ausentes y egoístas que abandonaron el hogar y un marido que era para mí un perfecto desconocido.

Pero en ese momento, la casualidad hizo que os volviera a encontrar. ¡Mis viejos y queridos amigos! Estos últimos años, gracias a vosotros, han sido los más felices de mi vida. He disfrutado mucho, ¡pero mucho… mucho!

Me he sentido querida tal y como soy, he aprendido a enfrentarme a los problemas con perspectiva, sin evadirme como antes y, sobre todo, he adquirido el valor que la inseguridad me había anulado durante tantos años. He tenido valor incluso para superar este momento como nunca hubiera imaginado. ¿Cómo agradeceros lo que habéis hecho por mí?

Aunque quedamos en mantener una relación libre y sin ataduras, solamente sexo y nada de amor, tengo que confesaros que estoy enamorada de los dos hasta las "trancas". Nunca antes había sentido algo así, una mezcla de cariño, generosidad, admiración y orgullo, que me ha hecho sentirme plena por primera vez en mi vida. No he sentido ni un sólo momento con vosotros la sensación de pertenecer a alguien o ser dueña de alguien, os he querido en libertad, sin ataduras, ni celos, ni obligaciones.

Y lo bueno de todo, es que nunca me he sentido incómoda entre vosotros, como tantas veces me ocurrió en Santander, ¡espero que vosotros sintierais lo mismo! He disfrutado muchísimo con nuestros maravillosos polvos, pero también, viéndoos gozar a los dos, como cuando os fisgoneaba en Santander.

Sé que hubierais preferido que me ahorrara esta franqueza para no ruborizaros, pero como no me podéis replicar... Esta es una de las pocas ventajas de mi situación, tenéis que darme la razón porque los muertos siempre tenemos razón. Así que insisto, os quiero y quiero lo mejor para vosotros, ¡que os vaya bien la vida! No voy a poder estar cerca, pero tampoco necesito compartirlo, me basta saber que estáis bien para ser tremendamente feliz.

Una vez confesados mis sentimientos, tengo también que pediros algo. Siempre he pensado que entre vosotros seguía existiendo el mismo amor del par de adolescentes que fuisteis en Santander. Temí en alguna ocasión que nuestro acuerdo se terminara porque estaba segura de que iba a renacer aquel fuego entre vosotros y, lógicamente, preferiríais estar solos. No me entendáis mal, lo hubiera llevado con alegría por vosotros, hubiera entendido la situación, pero me hubiera dolido perderos.

En fin, nuestro acuerdo implicaba a los tres y no permitía hacer parejas entre nosotros, pero ahora no hay ningún impedimento. Ahora que la mala suerte ha hecho que una hoja de nuestro trébol desaparezca, no tenéis más remedio que continuar vuestra historia, esta vez sin mí. Desde ahora nuestro acuerdo está roto, renuncio a cualquier reclamación por incumplimiento.

Abrazaros, besaros, haced el amor, ser felices juntos y yo estaré siempre allí, observando desde el otro lado y disfrutando de mirona, como cuando estaba entre vosotros.

Un beso ... sellada con un beso.

Vuestra amiga, Teresa.

Capítulo XXI

La casualidad

"De vez en cuando la vida
se nos brinda en cueros
y nos regala un sueño
tan escurridizo
que hay que andarlo de puntillas
por no romper el hechizo."

Joan Manuel Serrat. De vez en cuando la vida. 1983

He salido temprano del hotel Sardinero, en Santander, vestida con ropa deportiva. Teresa no se hubiera imaginado nunca que fuera capaz de salir a la calle sin maquillaje y con esta ropa tan poco favorecedora. Uno de los recepcionistas, intentando ser amable, ha tratado de animarme cuando iba a iniciar mi sesión de ejercicio.

-Espero que disfrute del "running" señora.

Siempre me han gustado los idiomas y domino el inglés, pero no me gusta ser pedante y hacer alarde con ello. No obstante, estos "españolismos" no están hechos para mí, así que le he corregido.

-Gracias, voy a "correr" un poco para admirar vuestra bahía.

Me pareció inútil intentar explicar a un desconocido que en realidad se trataba de "nuestra" bahía, que yo también había nacido aquí, porque lo que quería es cruzar cuanto antes la Avenida de la Reina Victoria y comenzar el paseo hacia la Magdalena, por la acera más próxima al mar. El día es magnífico, el sol luce sin las habituales brumas de las primeras horas y el único inconveniente es la cantidad de personas que, a pesar de lo temprano que es, saturan el camino haciendo muy difícil la carrera. Aunque echo en falta mi rutina de entrenamiento en el gimnasio, en realidad, más que hacer ejercicio, me apetecía disfrutar a solas de mi adorada bahía, por lo que rápidamente decidí olvidar el "running" y comenzar el "footing", o sea lo que viene llamándose normalmente, pasear.

Hacía varios años que no visitaba Santander, mis padres murieron y hay muy pocas personas que me atan a esta tierra por lo que tenía pocas razones para volver. Por otro lado, sabía que al contemplar la playa, el mar y respirar el aire del Sardinero mi alma se iba a resentir. Los recuerdos y las sensaciones olvidadas en la última estancia de mi corazón, comenzaron a salir atropelladamente por el pasillo, hasta llegar a las puertas de mis ojos e, inevitablemente, empezaron a brotar unas lágrimas que no pude contener.

La gente me miraba al pasar, pero yo sabía que, aunque me doliera un poco, la única forma de enfrentarme al pasado sin sufrir demasiado era el amor. Por eso había decidido venir este fin de semana, quería probar mi relación con Alfonso. De momento, la primera comprobación parecía estar funcionando, tras las lágrimas iniciales, la imagen de Alfonso tal y como le había dejado hace unos momentos, dormido en la habitación del hotel, desnudo y con su melena parcialmente canosa esparcida por la almohada, me ha provocado una sonrisa tan amplia que ha compensado la amargura de los viejos recuerdos.

Alfonso es maravilloso, es tan absolutamente distinto a mí que me ha cautivado porque he estado siempre indefensa pensando que era imposible enamorarme de él. Por supuesto, físicamente me atrajo desde el primer momento y además es un amante buenísimo, pero es un tipo trasnochado y soñador.

En mis tiempos de vida loca, sobre todo en Baleares, conocí a hippies parecidos a él, pero todos jóvenes. La mayor parte de ellos eran pura fachada, millonarios haciéndose los idealistas generosos que querían compartir todo lo suyo, claro porque el dinero de verdad, el de su papá, estaba a buen recaudo. En realidad, solamente les interesaban dos cosas del asunto: el amor libre y no trabajar.

Alfonso, en esa época, estudiaba y se esforzaba en mil empleos fuera de horas para pagar sus estudios porque su familia apenas podía mantener su propia casa. Acabó su carrera de ingeniero y estuvo en el mundo del petróleo durante años. El empleo no encajaba bien en su forma de ser, pero la posibilidad de conocer los países más exóticos del planeta y su fenomenal salario en dólares compensaban su falta de interés.

No obstante, en esos años, su espíritu libre volaba con su otra pasión, la guitarra. Según me ha comentado, en las noches aburridas de cualquier sitio recóndito de África, cerca de algún pozo petrolífero, practicaba con constancia y llegó a tener un buen nivel, aunque seguía siendo un aficionado.

Al cumplir los cincuenta años, le ofrecieron un puesto importante en las oficinas centrales de la multinacional del petróleo, en Estados Unidos. Por su edad, consideraban que el tiempo de aventuras debía terminar y, por su capacidad de trabajo, querían ubicarle en un puesto de más responsabilidad y, por supuesto, mucho mejor pagado.

Alfonso lo rechazó. En ese momento apareció mi honesto soñador, abandonó el dinero y su carrera para perseguir su ideal, tocar de forma profesional. Volvió a Madrid, donde había nacido, compró un pequeño apartamento en la zona cercana al Palacio del Conde Duque y comenzó sus clases en el conservatorio.

Mientras estudiaba la carrera de guitarra clásica, estudió varios años con un buen maestro especializado en jazz que debía ser famosísimo por la naturalidad con que me explicaba Alfonso que, seguro que le conocía, pero el jazz nunca me había interesado y ni tenía ni idea entonces, ni recuerdo ahora.

Nunca estuvo casado. Cuando era muy joven hubo alguna historia triste e intensa que marcó su vida, pero que nunca me terminó de contar. Luego supongo que tuvo mil relaciones en sus viajes, pero como él mismo se encargó de explicarme, siempre con total seguridad por lo que estaba completamente sano.

Conocí a Alfonso en la sala Clamores en Madrid. Unos amigos me invitaron a un concierto de música en directo y aunque yo no era muy aficionada al jazz, visitar de nuevo el viejo local fue lo que me ayudó a decidirme. Mi grupo de amigos, en cambio, eran unos fanáticos del jazz, pero a mí la música basada en la improvisación me aburría bastante por lo que me sentí un poco marginada.

El local tenía su gracia, pero una vez que comenzó la actuación las luces enfocaban al escenario y no había mucho en lo que entretenerse fuera de él. Sobre la tarima, Alfonso acariciaba su guitarra de una forma que me pareció terriblemente atractiva. Era alto, delgado, moreno y con una cara agradable, pero curtida y con arrugas como consecuencia de haber vivido mucho al aire libre. Tenía una melena no muy larga y canosa, que cuando abandonó el escenario, en el intermedio de la actuación, para acercarse a la barra a pedir algo para refrescarse, se sujetó formando una coleta.

A pesar de que yo iba vestida más moderna de lo que acostumbraba, pues conocía el ambiente del local, pensé que mi aspecto no pegaba nada con él, pero no obstante aproveché la ocasión y con descaro me acerqué.

-¡Me encanta cómo tocas la guitarra!

-No mientas, te he visto bostezar en un par de ocasiones -me contestó Alfonso, con su cerveza en la mano.

Tenía muchas tablas como para que me sorprendiera ningún hombre, pero tardé un segundo en reaccionar pensando que se había fijado en mí.

-Estoy hablando de como la acaricias, del cariño con que la abrazas, no de la música que, entre tú y yo, me parece un coñazo.

Alfonso, sorprendido y divertido, escupió el trago que acabba de tomar directamente de la botella de tercio de Mahou, manchándome un poco mi blusa. Estaba claramente avergonzado, pero no podía contener el ataque de risa que le había provocado mi sinceridad.

-Lo siento mucho discúlpame, me has hecho reír y no he podido….

Le disculpé porque era una pequeñísima mancha de cerveza que desaparecería en minutos y, en realidad, había sido yo la culpable. Después de unas frases tontas llenas de pistas de seducción entre ambos, Alfonso volvió al escenario y se despidió de mí, mientras observaba el resto de la sala.

-¡Joder!, sí que debe ser una mierda de música porque no hay cientos de groupies entregadas como en los conciertos de rock y para una mujer guapísima que está en la sala, me confiesa que está muy aburrida con el show…

Cuando acabó el espectáculo, Alfonso vino directamente hacia mí y me pidió que le esperara unos minutos mientras recogía el material del escenario. Despedí a mis amigos sin mucho esfuerzo porque seguían comentando los mejores pasajes del concierto y apenas me prestaron atención. Cuando terminó de recoger, salimos juntos de la sala y tomamos un par de cervezas por la zona. Al rato estábamos acostados en mi casa.

Efectivamente, el amor de Alfonso parecía haber actuado como un bálsamo para mis recuerdos, ya estaba de vuelta de la Magdalena, a la altura del hotel, a punto de iniciar la pequeña subida hacia los jardines de Piquío y me encontraba feliz. Los recuerdos eran muy agradables y no me estaban haciendo daño, como temía antes de venir.

Cuando llegué a los jardines, me apoyé en la barandilla contemplando la segunda playa, muy cerca de la escalera donde tendí la red para cazar a Roberto hacía veintitantos años. Le recordé en esa misma playa con una gran sonrisa, todavía guardaba un pedacito de mi corazón para él.

Después del último encuentro con Teresa en Barcelona, fue doloroso darnos cuenta que nuestra relación había acabado. Los dos intentamos continuar por pura inercia, pensando que era algo obvio. Pero sin la presencia de Teresa, parecía que la llama se había apagado. Nos teníamos cariño, pero no surgía la pasión como antes. Fuimos distanciando las llamadas y creo que ambos llegamos a la misma conclusión. Nuestra historia de amor estaba cerrada, únicamente quedaría una maravillosa amistad de por vida.

Pienso mucho en Shamrock y creo que si Teresa estuviera viva seguiríamos juntos. Pero Roberto no destaca en mis recuerdos, en los recientes no le imagino nunca solo, siempre veo a los tres juntos e inseparables y en los más antiguos tampoco, su imagen se va fundiendo con muchas otras escenas agradables: el mar, los amigos, la ilusión por iniciar la aventura de la vida.

En ese momento confundí a una jovencita pelirroja con Teresa, me pareció verla con su minúsculo bikini negro corriendo hacia las olas, y sin abandonar mi sonrisa, una lágrima se desprendió de mis ojos confundiéndose con el sudor del paseo.

Temía mucho este momento, pero gracias al tiempo transcurrido y, sobre todo a Alfonso, la salsa de mi alma ya estaba perfectamente aliñada: buenos recuerdos, mucho cariño, cucharadita de nostalgia y solamente una pizquita de amargura.

Regresé al hotel, feliz y a gusto con mis sentimientos, ¡estaba deseando achuchar a Alfonso! Justo antes de cruzar, de reojo, vi el puesto de Regma y, a pesar de la gran fila de veraneantes ansiosos por degustar uno de sus helados, caí en la tentación y me puse la última para comprar un jaspeado de moca, que era mi sabor preferido.

---------- o ----------

Aunque Carmen me ha reñido varias veces durante el viaje.

-¡Roberto, no corras tanto!

Gracias a mi experta conducción por las carreteras cántabras, estamos llegando a la hora perfecta a Santander. Dejaremos el equipaje en la habitación, un baño y podremos ir a comer a La Maruca. Me apetece un buen pescado contemplando el pequeño puerto de pescadores.

El Lexus no es descapotable como mi antiguo Audi. Ahora mismo, estoy echando mucho de menos a mi viejo compañero de fatigas, porque con la capota bajada podría estar viendo el mar. Llevo diez minutos rodeando la bahía de Santander y todavía no lo he conseguido, si por lo menos tuviera el volante a la derecha, Carmen no me obstaculizaría la visión.

No es que me queje de llevarla de copiloto, todo lo contrario. La verdad es que ver los ojos de Carmen es como ver el mar. Tienen un color entre azul y verde dependiendo de la luz, que me recuerdan los colores de mi Cantábrico. Es guapísima, pero tiene un aspecto serio y un poco adusto cuando la conoces inicialmente. Seguramente es por ser una buena ejecutiva, que en mi empresa tenía fama de ser implacable y muy eficiente.

Cuando coincidimos en el trabajo tuvimos un mal comienzo. Una serie de problemas de facturación con uno de mis clientes me hizo despachar con ella y comprobar lo incisiva e inteligente que es. Sus colaboradores habían tratado de verter toda la mierda sobre mí porque resultaba muy fácil culpar al que está vendiendo en el extranjero y, lógicamente, nunca está en la sede central.

Las primeras reuniones fueron muy tensas, hasta que conseguí exponer mi punto de vista. Carmen captó rápidamente las dos posturas y creo que se sintió un poco traicionada cuando se dio cuenta que no estaba tan claro el tema, como su equipo le había informado, y que mi posición podía ser razonable. La decisión fue inmediata.

-De acuerdo. Lo mejor es comprobar in situ si Roberto tiene razón o no. Preparad el viaje a Colombia cuanto antes, iré con Roberto y a la vuelta se tomarán las medidas que sean necesarias para que esto no se vuelva a repetir.

En la habitación se creó un tenso ambiente y todas las miradas recayeron en mí. La verdad es que no estaba preocupado, sabía que tenía razón y prefería que no hubiera intermediarios en las gestiones. Además, no me pude contener y, como Carmen me resultó tremendamente atractiva, empecé con mis juegos adivinatorios…

Las gestiones del viaje resultaron perfectas, siguiendo mis recomendaciones, cobramos hasta el último dólar y el cliente quedó muy satisfecho con nuestra visita. Para celebrarlo, esa noche fuimos a uno de los garitos de moda en Medellín que conocía perfectamente de mis anteriores viajes. Tras unas cuantas copas, pasamos del negocio al placer y esa misma noche compartimos habitación e hicimos el amor de forma salvaje.

Al día siguiente, Carmen me previno de su rechazo a las relaciones fijas y, menos aún, a las que se mezclaban con el trabajo, en un discurso que parecía haberme copiado literalmente. Es decir, según ella, esta noche había sido un error y una excepción.

Lo que no fue una excepción es mi poco acierto en las predicciones, no había imaginado que el sexo de Carmen tenía como característica principal unos labios internos muy pronunciados que asomaban ostensiblemente y que eran como un delicioso caramelo para los golosos como yo.

A la vuelta a España, hubo algún ajuste de cuentas con los "compañeros" que intentaron jugármela por el asunto de la facturación y todo volvió a su cauce. Con Carmen me cruzaba por los pasillos muy de vez en cuando y nos saludábamos un poco más amistosamente que antes, pero manteniendo la distancia para evitar cualquier sospecha.

Yo estaba deseando volver a estar con Carmen, pero conocía muy bien a las personas y sabía que tenía que dejar pasar el tiempo. Por un lado, tenía que conseguir que pensara que no iba ni a perseguirla, ni a traicionar su confianza. Por otro lado, sabía que la noche de sexo en Colombia había sido fenomenal y Carmen me confesó que no tenía pareja, por lo que el ansia por un nuevo encuentro la estaría atormentando, al menos como a mí.

Un mes después coincidiendo con la sorprendente noticia de que una empresa de Bilbao, competencia de la nuestra, había fichado a Carmen y, por lo tanto, no nos cruzaríamos más en la oficina, recibí un mensaje en el teléfono.

-Roberto, ¿te apetecería cenar conmigo para celebrar mi nuevo trabajo?

Hubiera aceptado la invitación de cualquier forma, pero también a mí, me parecía mucho mejor no tener ninguna relación laboral con ella, así que quedamos ese mismo sábado en Bilbao.

Cuando entró en el restaurante la vi sonreír como una mujer por primera vez, sin actuar profesionalmente. Si me pareció guapa cuando se comportaba como una ejecutiva agresiva, esa noche, que había desplegado todas sus armas de mujer, inútilmente porque tenía ganada la guerra antes de salir de casa, me cautivó.

Su pelo corto y moreno, sus ojos maravillosos que adaptaban el color a las circunstancias como una gata. Como siempre, vestía bastante discreta, con un traje de chaqueta negro, aunque bastante más corto de los que solía usar en el trabajo. Tenía el cuerpo bien formado y sus tetas eran más bien pequeñas, pero perfectamente colocadas. Aunque con la blusa que llevaba no se podían apreciar bien, de este punto estaba muy seguro porque lo pude comprobar en Medellín.

A partir de entonces, todo ha sido una continua luna de miel. Hemos repetido la cena algunas veces y muchas más la noche, con la misma pasión que en Sudamérica, pero en Bilbao. Todo ha sido muy extraño, yo tratando de repetir las citas e insistiendo y ella intentando no implicarse demasiado, ¡el mundo al revés!

Nos acercamos al Sardinero y mis recuerdos son para mis dos amigas Susana y Teresa, ¡cuántos días de playa hemos disfrutado juntos aquí! Después tomamos caminos separados y nuestras vidas se fueron llenando de dificultades que, ni podíamos imaginar cuando éramos jóvenes y paseábamos por Santander. Los años de enfrentarse a los problemas de la madurez, luchando contra el viento, fueron agotando la pasión que había en nuestros corazones, perdimos las ilusiones, la fuerza y la autoestima, hasta que otra vez nos reunimos. La casualidad y la maravillosa relación en el Shamrock nos trasformó y recuperamos la alegría de vivir.

En mi caso, estoy mucho mejor ahora. He recuperado una relación razonable con Maite y estoy dispuesto a creer en el amor de nuevo. También he superado, aunque fuera totalmente injusta, la muerte de Teresa. Sé que fue muy feliz el tiempo que compartimos los tres, disfrutamos al máximo y se sentía mucho más realizada que en los años anteriores de esfuerzo abnegado y casi inútil. Todos hubiéramos deseado una vida más larga para ella, pero al final vivió muy intensamente, mucho más que otros, que desperdician la vida día a día y no consiguen ni un poco de felicidad en su paso por este mundo.

En cuanto a la relación con Susana, lo intentamos tras la muerte de Teresa, pero nos dimos cuenta que nuestra historia había desaparecido hacía mucho tiempo, cuando éramos muy jóvenes y nos separamos en Santander, hace casi treinta años.

Nos costó reconocer que, lo que durante años confundíamos con rescoldos del amor que nos tuvimos, los permanentes recuerdos del otro y de aquella época de vino y rosas, no eran verdadero amor ya. Aquella hoguera no se podía volver a encender y lo que sentíamos, en el fondo eran heridas abiertas del daño que nos hicimos y que, afortunadamente, Shamrock nos ayudó a cicatrizar.

En realidad, Shamrock no fue nunca la continuidad de nuestra pareja. Que estuviéramos Susana y yo en nuestro increíble trio, sólo fue una afortunada coincidencia.

Pero lo mejor de todo, lo que ha cambiado realmente mi vida, es que he conseguido superar la pérdida de Lola, he admitido que algunas cosas suceden por casualidad, están fuera de nuestro control y ahora pienso en ella todos los días, con el cariño de siempre, pero su recuerdo me trae paz, no dolor como antes.

En fin, Shamrock es ahora un bonito acto del teatro de mi vida, al que tengo que agradecer mi nueva forma de enfrentarme a mis fantasmas y puedo pensar con cariño profundo y sincero, en todos los seres que antes me hubieran causado amargura: Lola, Maite, Teresa y Susana.

Para ser totalmente feliz únicamente me faltaba lanzarme sin miedo al amor y para eso estábamos en Santander. Pretendía convencer a Carmen de que perdiera los miedos, que nuestra relación tenía futuro y que cuando volviéramos a Bilbao teníamos que vivir juntos. Todavía me resulta extraño tener estos pensamientos sobre el compromiso en mi cabeza, ¡no me reconozco!

Estamos acercándonos a la plaza Italia, ya casi puedo ver el hotel Sardinero, con estos pensamientos tan dulces se me ha abierto el apetito y la heladería Regma, justo detrás de la cafetería Rhin, como se llamaba hace años, ha aparecido como una tentación imposible de evitar. Sin pensarlo, he aparcado el coche con la doble intermitencia, en la zona de parada de los autobuses y he dejado a Carmen estupefacta y sin dar ninguna explicación.

-¿Dónde vas?

-¡Es un momento!

Al acercarme corriendo a Regma, he visto la enorme cola de veraneantes esperando su helado y me he dado cuenta del error que acababa de cometer. Esta situación sin un maravilloso helado que endulzara el mal humor de Carmen era un malísimo comienzo para el fin de semana. De repente, me he dado cuenta que la guapísima mujer que estaba pidiendo en ese momento era Susana.

-¡Susana que casualidad! No puedo explicarte nada, pídeme dos helados de jaspeado de mocca, ¡por favor!

Nos hemos dado un par de besos y precipitadamente, he cogido los helados de las manos de Susana, que estaba sorprendida por mi presencia, pero, sobre todo por mis prisas.

-Tengo el coche mal aparcado y Carmen esperándome. Tenemos que vernos, ¿dónde te alojas?

-Estoy en el hotel Sardinero, habitación …

Justo en ese momento, ha llegado el autobús y está haciendo sonar el claxon mientras Carmen, apurada en el interior del coche, también pulsaba el del Lexus para que volviera inmediatamente. Abandoné a Susana corriendo, pasé los helados a Carmen y salí a toda velocidad dejando al conductor del autobús que se calmase lanzándome improperios, que tenía bien merecidos.

He tenido que detenerme, casi inmediatamente, para dejar cruzar a los peatones y Susana es uno de ellos. Con el ajetreo apenas había podido fijarme en ella, pero sigue siendo guapísima. Al pasar justo delante de nosotros, me ha lanzado un beso y ha insistido por dos veces en que la llamara, pronunciando exageradamente las palabras para hacerse entender porque desde el interior del coche no podemos oírla. Al terminar de cruzar no he podido impedir fijarme en su culo, porque el chándal lo marca exageradamente, y me ha venido a la cabeza Teresa

Carmen que todavía no ha probado ninguno de los helados, está muy enfadada.

-¡Estás loco!, me dejas en el coche sin ninguna explicación y como si fueras un niño te vas a por unos helados, mientras todos los conductores de Santander me insultaban. Si llegas a dejar las llaves puestas te quedas plantado con tus helados y con tu… amiguita.

¡Seré tonto!, esa es la verdadera razón del cabreo, Carmen es muy celosa. Me gusta mucho físicamente, pero se parece tanto a mí en su forma de ser, que a veces cuando hablamos, me parece que estoy pensando en lugar de conversar con otra persona.

Carmen había sufrido mucho con una larga relación que no había superado todavía. Se enamoró relativamente joven de un hombre casado y mayor que ella, que la estuvo engañando con falsas promesas de separación, hasta que rompió la relación, cuando su mujer les descubrió. No sólo estaba dolida por el engaño, estaba muy herida en su orgullo. No entendía cómo podía haberla encandilado, a ella, un hombre vulgar, cuando era considerada una mujer implacable en los negocios que en todas sus gestiones había demostrado perspicacia y siempre salía triunfante.

A partir de ese momento, se forjó la Carmen independiente, dedicada noche y día a su trabajo y sin relaciones serias por convicción personal. Es tan parecida a mí cuando murió mi hija Lola, que sé perfectamente lo que siente, sé que, en sus ratos de soledad, añora una familia y que ha soñado con haber tenido hijos.

Mi pretensión de convencerla en este viaje de que abandone su escudo y lo haga conmigo, se está haciendo casi imposible porque está enfadada, celosa y ni siquiera ha probado los helados.

La suerte me ha acompañado en este momento porque, aunque Santander se inunda de turistas en agosto, he encontrado una plaza de aparcamiento libre justo antes de llegar al hotel. He tenido que utilizar todo mi poder de convicción para conseguir que Carmen accediera a dar un paseo.

-Carmen no voy a disculparme, ni pretendo convencerte de nada. Sólo te pido una cosa, disfruta de las vistas, de la brisa del mar. Mientras dure el helado no vamos a hablar, sólo déjate llevar y sumérgete en las sensaciones, ¡por favor!

Todavía malhumorada ha aceptado a regañadientes mi propuesta. Supongo que el cansancio del viaje desde Bilbao y las ganas de bajarse del coche han tenido que ver más que mi habilidad para persuadir, pero da igual, sé que en cuanto pruebe el helado, su corazón se endulzará y tendré una pequeña oportunidad.

-¡Está buenísimo!

-No hables, sólo aprovecha todos tus sentidos para retener este momento. Si lo consigues nunca olvidarás Santander.

Unos cuantos pasos y para conseguir una experiencia completa, únicamente faltaba el tacto, así que, arriesgando mucho, he tomado su mano con delicadeza. Carmen ha aceptado la mía y estamos paseando como una pareja de adolescentes, chupando los helados sin decir ni una palabra.

Carmen no tiene costumbre de manejar los enormes cucuruchos con la habilidad que se precisa y como estaban ya un poco deshechos por el trayecto en el coche, su bola de mocca se acaba de caer al suelo. La escena es maravillosa, su expresión de incredulidad y de pena es como la de una niña desilusionada y desvalida. Su labio superior manchado de helado todavía, ha actuado como un imán para mí. Acabo de darle el beso más dulce y apasionado que recuerdo haber dado nunca. Después hemos compartido mi helado entre arrumacos y antes de entrar en el hotel con las maletas, he mirado hacia atrás para ver el Cantábrico y luego a sus ojos color de mar fijamente, para que pudiera ver mi corazón.

-Carmen, no hay nadie más que tú. Mi vida anterior ha sido muy larga, he amado, he cargado con penas iguales a las tuyas o peores, he caminado en contra del viento muchas veces, me he hundido y he salido a flote otra vez. Soy un hombre nuevo ahora, he superado mi dolor y estoy abierto a ser feliz, pero solamente me faltas tú para conseguirlo. Quiero compartir el resto de mi vida contigo.

Carmen se ha quedado muy sorprendida por la declaración, sobre todo porque nada más terminar mi discurso he cogido las maletas del coche y sin esperar a su contestación, las he arrastrado hacia el hotel, sin dejarla pronunciar ni una palabra.

-No volveremos a hablar sobre este tema hasta que acabe el fin de semana, estoy seguro que te convenceré con la ayuda de Santander.

A los pocos minutos estábamos haciendo el amor en la habitación, con la ventana abierta para dejar entrar el bullicio de la playa, el ruido de las olas y el olor del mar.

¿Qué me depararía la vida ahora? De momento nos ha paseado en volandas por el paseo del Chiqui y está tan bonita que da gusto verla, pero no quiero romper el hechizo y verme chupando un palo sentado sobre una calabaza. Necesito toda la fuerza y la constancia del mar, para romper la roca que tiene en el corazón Carmen. Los acantilados de la costa cántabra son mi esperanza.

Capítulo XXII

Las Olas

<table>
<tr><td>

"Every breaking wave on the shore
Tells the next one there'll be one more
…
You know where my heart is
The same place that yours has been
We know that we fear to win
And so we end before we begin
Before we begin

If you go?
If you go your way and I go mine"

</td><td>

"Cada ola rompiendo en la orilla
dice a la siguiente que vendrá una más
….
Sabes dónde está mi corazón
En el mismo lugar donde el tuyo ha estado
Sabemos que tenemos miedo a ganar
Y así terminamos antes de empezar
Antes de comenzar

¿Si te vas?
Si te vas por tu camino y yo por el mío"

</td></tr>
</table>

U2. Every breaking wave. (Bono/The Edge&U2).2014

Cuando he regresado al hotel Sardinero, al atravesar la recepción, el amable botones que me despidió al iniciar mi paseo, me ha preguntado, con más amabilidad que curiosidad, por mi ejercicio matinal. Se ha quedado sorprendido porque, a diferencia de cuando ha salido que no estaba de humor para iniciar una conversación, le he contestado con una enorme sonrisa en los labios.

-¡Maravillosamente!, ha sido mi mejor mañana en muchos meses.

He entrado en la habitación con cuidado de no despertar a Alfonso que, a pesar del calor veraniego, estaba en la cama dormido. Había apartado las sábanas, estaba desnudo y recostado sobre el lado de la ventana, por lo que tenía una visión perfecta de su culo. Estaba excitada y necesitaba tener mi dosis de sexo matinal, así que planifiqué mi ataque. Me quité la ropa deportiva y abrí la ventana para refrescar la habitación y sentir el mar. Me acosté a su lado besando y acariciando suavemente su espalda, con la esperanza de que se girara.

Al poco rato, todavía parcialmente dormido y desperezándose, se dio la vuelta y pude ver mi objetivo, su pene relajado recostado sobre su muslo izquierdo. Cuando no está excitado, es cuando más me gusta introducírmelo en la boca para jugar con él, al poco tiempo empieza a crecer y noto su excitación con la lengua, hasta que por fin está totalmente erecto, como si lo hubiese hinchado soplando, por eso los ingleses lo deben llamar "blow job".

Para entonces, Alfonso ya se había despertado y cumplió su parte del plan, me puso a cuatro patas, una de mis posiciones favoritas, e introdujo su hinchado miembro en mi cuerpo. Alfonso me penetraba y podía oír el ruido de las olas del mar a través de la ventana, casi desde el primer momento, comprobé que estaban sincronizadas perfectamente con sus embates. Como cada ola que se acerca a la orilla sabe que viene una ola más, yo, desde mi posición y sin poder ver a Alfonso, intuía que tras una embestida vendría la siguiente, aunque sin saber si iba a ser más o menos fuerte o más o menos profunda que la anterior.

Entonces pensé en Roberto. Le imaginé penetrando a esa guapa mujer que le acompañaba en el coche, en el mismo preciso momento, y quizá utilizando el mismo ritmo de las olas.

Nunca sabría si, efectivamente, la escena que imaginaba se estaba haciendo realidad en el cercano hotel quizás sólo con algunas olas de diferencia. Después de un buen rato de embestidas con diferente fuerza, Alfonso aceleró el ritmo y se corrió dentro de mí.

Me excitó mucho pensar en Roberto, mientras Alfonso se esforzaba en hacerme gozar. Alfonso tenía mucha menos resistencia que mi primer amante, pero ponía mucha más pasión, y verle tan incontrolablemente encendido durante todo el acto, me volvía loca.

Roberto era capaz de dominar su fogosidad y parecía que estaba realizando un trabajo preciso y delicado, con todo planificado. Siempre llevaba la iniciativa y, a veces al terminar, me quedaba la duda de si había hecho algo mal porque no había conseguido que perdiera su dominio. Aunque con Roberto no me sentía la mujer que hacía comportarse a su hombre como un animal en celo, su precisión y delicadeza de artesano muy experimentado, que siempre sabía tocar los resortes adecuados en el momento justo, podía dejar completamente satisfechas a dos mujeres a la vez y yo lo sabía muy bien.

Nos recuperamos tumbados en la cama y Alfonso me preguntó.

-Estabas muy excitada y se te veía muy feliz mientras hacíamos el amor. ¿Qué te ha pasado?

Alfonso es la persona con menos celos que he conocido, parece no importarle nada de mi vida pasada, mis antiguos amantes, mis experiencias. Incluso creo que no le importaría que me acostara con alguien ahora, pero, aunque no tenemos ningún acuerdo de fidelidad, no necesito a nadie más para ser feliz y él, si hubiera estado con alguien, me lo habría contado tranquilamente. Estoy segura de que no hemos tenido ninguna aventura desde que compartimos nuestras vidas.

Cuando comenzamos a salir, él me contó con toda naturalidad sus experiencias pasadas, aunque estaba muerta de curiosidad, me costaba escuchar como tal o cual mujer le habían seducido o cuantas veces hizo el amor aquella noche. Pero cuando confiada le fui confesando toda mi vida, incluido mi querido Shamrock, y comprobé que no le parecía nada anormal, me sentí muy a gusto, como si hubiera dejado en el camino una carga innecesaria y pudiera andar más... libre. Alfonso, siempre decía lo mismo.

-Lo importante de las relaciones es la libertad, ni su forma, ni su duración. Lo importante es haber disfrutado libre e intensamente del amor y cuando se acaba, porque siempre se acaba, haber mejorado como persona, ser y estar un poco mejor que antes de empezar.

Así que no tenía ninguna necesidad de ocultarle mi encuentro con Roberto.

-Me acabo de encontrar con Roberto. Si, ya sabes, mi primer novio y uno de los tres componentes de Shamrock, ¡qué casualidad!

Alfonso continuó mirando al techo y acariciando mi muslo.

-¿Quieres quedar con él?, si me quedo con el coche, puedo ir al parque de Cabárceno, entiendo que te apetezca verle.

-¡Eres tremendo!, ¿no tienes ninguna duda sobre mí? Ha sido una de las personas que más he querido en toda mi vida.

-Susana eres una mujer con mucho más dinero que yo, guapísima y tienes todas las posibilidades del mundo para cambiarme por otro en cuanto quieras. Por fuerza tienes que estar conmigo porque me quieres. No tengo miedo, pero si me dejaras, este poco tiempo que hemos estado juntos me ha hecho tan feliz que seguiría viendo esta relación como lo mejor que me ha pasado.

Otra vez había cautivado mi corazón con su discurso liberal y tan romántico. No tenía dudas antes, pero si las hubiera tenido ya serían historia.

-No, tonto. Lo que me gustaría es que le conocieras tú también. Me apetece saber como le va la vida y tengo curiosidad de saber qué opinión tendrás de él.

---------- o ----------

Acabamos de hacer el amor en el hotel Chiqui, con la música de las olas de fondo, estoy dándome un baño relajante mientras observo a Roberto afeitándose. Me atrae tanto cuando me mira de reojo mientras maneja la cuchilla, me observa, pero sin dejar de prestar atención a la delicada operación. Es muy atractivo, seguro de sí mismo y nunca me pide nada. Creo que le quiero mucho, pero me siento tan insegura, no estoy convencida de continuar más seriamente la relación con él.

He sido tan tonta durante años. No estoy segura de poder controlar mis sentimientos y he aprendido a protegerme, me juré que nadie volvería a hacerme daño, siempre llevaría el control y no volvería a arriesgar, solamente he tenido relaciones esporádicas que no afectan ni a mi modo de vida, ni a mi trabajo. Cada día que estoy con Roberto el riesgo aumenta, cuanto más le quiero, más puedo perder.

Esa mujer, Susana. Roberto me ha hablado de ella algunas veces, fue su primera novia y la quiso muchísimo. Roberto trata muchas veces de hablarme del pasado, pero siempre corto la conversación. Sé que me va a molestar escuchar algunas cosas y, sobre todo, me siento obligada a corresponderle y hablar de mis dolorosas experiencias.

Roberto ha terminado de afeitarse y se ha acercado a la bañera, se ha sentado en el borde y ha comenzado a frotarme la espalda con la esponja.

-Carmen, cuando me miras, sé que me quieres, pero todavía sigues teniendo muchas dudas sobre nuestra relación. Te lo he dicho muchas veces, yo era igual que tú, desconfiado, encerrado en mí mismo y no era feliz. He cambiado, me ha costado mucho, pero ahora estoy dispuesto a arriesgar por mi felicidad, no me importa apostar todo en la mesa, estoy dispuesto a perderlo todo por intentar ganar. Quiero tenerte junto a mí y voy a luchar por ello. Este fin de semana quiero abrirte mi corazón, necesito que sepas como he sido y como soy, Susana…

Estaba segura que iba a empezar a contarme su historia con Susana. Lo ha intentado varias veces, pero yo interrumpo siempre la conversación, haciéndome la dura y fingiendo no estar interesada. La verdad es que me muero de curiosidad, pero odio hacer confesiones públicas, además, mi experiencia profesional me dice que es mejor saber las cosas de la fuente original, sin intermediarios, así que no se me ocurrió otra cosa, para cortar su discurso, que hacerle una propuesta.

-Y si la invitamos a comer y la conozco personalmente, sin intermediarios.

Roberto, muy sorprendido, casi deja caer la botella de perfume para después del afeitado.

-Carmen, era justo lo que quería proponerte, pero no sabía como decírtelo.

Mientras me secaba, Roberto estaba llamando por teléfono a su vieja "amiguita".

- ¿Hotel Sardinero? … Susana Cantizano, si… ¿A las tres menos cuarto? … ¡Perfecto!

A la hora acordada ha venido a buscarnos al hotel Chiqui, la pareja más extraña que he conocido en toda mi vida. Alfonso luce una coleta un poco pasada de moda y canosa, como un progre trasnochado, es atractivo y podría haber disculpado su aspecto y su vestuario, pero la furgoneta de surfista californiano ha superado todas mis buenas intenciones de socializar.

Susana es más guapa de lo que había imaginado, tiene un estilo bárbaro y parece muy interesante. Según me ha contado Roberto, tiene una de las boutiques de más éxito en Madrid y se relaciona con toda la jet set. No entiendo que pinta con Alfonso.

Nos dirigíamos a La Maruca, la playa donde se divirtieron muchísimo de jóvenes, según me explicaron Roberto y Susana. Alfonso justificó el ruido tremendo que hacían la cantidad de bultos y cajas colocados en la parte trasera de la Volkswagen, en las interminables curvas del camino retorcido que parecía llevar a ninguna parte, por las exigencias de su trabajo, ¡es músico!

No sé si esta tarde va a ser interesante, pero no tengo la menor duda que va a ser divertida.

Estaba mareada y aturdida por la forma de conducir de Alfonso, que parecía querer emular a sus ídolos rockeros y convertirnos en cadáveres jóvenes. Sus canas me tranquilizaron un poco, pensé que si había llevado su vida al límite y no había muerto, es que era un buen conductor y entonces no había que preocuparse demasiado. Además, Susana no parecía tener ningún miedo y si le conocía de antes, la posibilidad de que se le hubieran cruzado los cables en este preciso momento, no parecía plausible.

Al cabo de dos o tres curvas más, llegamos a nuestro destino. A la izquierda había un restaurante y de frente, hacia el norte, una barandilla que salvaba un desnivel hacia el pequeño puerto natural. La única posibilidad era girar a la derecha, por una estrecha carretera que descendía hasta el nivel del mar, con coches mal aparcados a ambos lados, que no parecían preocupar a Alfonso, puesto que apenas disminuyó la velocidad.

Mientras descendíamos, pude contemplar la ría de San Pedro del Mar, salpicada de pequeñas barquitas de pesca y a continuación, la lengua de tierra del cabo Cabezón de San Pedro, que nos separaba del mar Cantábrico.

La vista del mar me tranquilizó y olvidé mis mareos, el lugar tenía algo especial, no era tan espectacular como la zona de la bahía de Santander, pero tenía mucho encanto. Empezaba a entender la pasión con que Susana y Roberto nos iban enseñando hasta los más mínimos detalles en el trayecto. Alfonso tampoco conocía el lugar, pero parecía disfrutar tanto como ellos, le gustaba el paisaje y aseguraba que íbamos a comer como reyes. No parecía el típico sitio con atractivo turístico y la mayor parte de la gente que se desplazaba por la minúscula acera que se veía reducida por los coches, eran lugareños.

El restaurante donde comimos, Las Olas, destacaba por las vistas que tenía detrás de la cristalera, el puerto, la pequeña colina, la lengua de mar que se adentraba en la ría, la escena era preciosa y relajante. Aunque era una tasca con manteles de papel, todo estaba muy limpio y la comida estaba muy bien preparada, especialmente el pescado, que además era muy fresco.

La conversación que mantuve con Susana fue muy agradable, tenía una vida apasionante y era una mujer de éxito que había superado muchas dificultades, era justo el tipo de persona que admiro y nos resultó muy fácil congeniar.

Los chicos, por su parte, también parecían llevarse bien, aunque no lo entendía porque Roberto y Alfonso eran muy diferentes. Al menos, como mujer, Alfonso era atractivo, pero ¿qué veía Roberto en él?

Al final de la comida, después de unas copas decidimos dar un paseo hasta la antigua batería de defensa costera de San Pedro del Mar. Roberto y Susana empezaron a contarnos su historia pasada, la que nunca había querido oír en boca de Roberto, pero que con Susana presente estaba deseando escuchar.

-Roberto y yo estuvimos muy enamorados cuando éramos adolescentes y pasé los mejores veranos de mi vida en las playas de Santander. En concreto, algunos de nuestros mejores momentos sucedieron aquí mismo, en La Maruca. Este es el lugar que sólo nosotros conocemos, ¿verdad Roberto?

Susana continuó su relato, mientras Roberto pensativo miraba hacia la ría.

-Cuando Roberto se fue a estudiar a Bilbao rompimos nuestra relación y perdimos el contacto. Supongo que nos quedaron pendientes algunos reproches y tuvieron que pasar casi veinticinco años para volver a vernos las caras.

Roberto con los ojos un poco humedecidos continuó la historia. Pensé que estaba emocionado por el recuerdo del amor con Susana, pero estaba muy equivocada...

 -Durante todos esos años en las playas del Sardinero y aquí, en La Maruca, compartimos nuestra adolescencia con Teresa, un ser maravilloso que nos ayudó a ser mejores y que cambió nuestra vida.

No entendía nada, se supone que iban a hablar de su amor adolescente y sacan a una amiga, de la que no había oído hablar nunca. Entre ambos fueron aclarando el enredo, Alfonso parece que sabía algo, pero yo estaba totalmente fuera de juego.

El resto del relato fue lo más surrealista que había oído nunca. Al principio pensé que era una broma, pero al ver como se emocionaban Susana y Roberto, empecé a hacerme a la idea de que todo era cierto, ¡habían mantenido un trio durante años!

Lo explicaban con total normalidad y se emocionaban hablando de la tercera persona, la tal Teresa. Lloraban, pero se estaban casi metiendo mano delante de mí y haciéndome creer que todo era como un cuento de hadas. ¿Qué esperaba Roberto de mí?, ¿qué me sumara a una orgía sadomasoquista con estos dos "friquis"?

Al pasar por el aparcamiento, Alfonso cogió de la furgoneta un estuche de guitarra y unas mantas. Cuando llegamos casi hasta el mar, detrás del edificio militar reconvertido en una especie de museo sobre la naturaleza marina, nos sentamos y mientras la parejita, o sea las dos hojas del trébol, se regodeaban con sus perversiones, Alfonso sacó el instrumento de su funda protectora. Pensé en salir corriendo de esa maldita playa de piedras, pero recordé que habíamos venido en la furgoneta del artista "coletas" y le necesitaba como aliado. El tipo me había parecido un poco raro al principio, pero después de lo que había oído, me pareció la mejor opción, así que puse toda mi atención en su inevitable concierto, para ver si podía convencerle de que me llevara de nuevo al hotel y, después de recoger mi equipaje, huir de Santander y… de Roberto.

Susana y Roberto se quedaron un poco apartados cuando se dieron cuenta de que estaba incómoda con ellos y Alfonso comenzó a rasguear la guitarra como un auténtico maestro. No cantaba tan bien como tocaba, pero las canciones que eligió me fueron cautivando a pesar de mi mal humor.

James Taylor, Antonio Vega, Hilario Camacho… es como que conociera mis gustos y era un auténtico virtuoso de la guitarra. A medida que iba escuchando me parecía más interesante Alfonso. Quizá había juzgado demasiado pronto su personalidad por su aspecto. Era imperdonable que una ejecutiva que se jactaba de elegir el mejor personal para sus equipos, ni se hubiera apercibido del verdadero valor de Alfonso.

Tocaba, comentábamos las canciones y hasta consiguió que yo cantara algunas con él. Poco a poco me fui sintiendo más a gusto y la conversación fue ganando en interés.

-Yo creo que la canción de Keane -Somewhere only we know- habla de buscar los sitios de dónde venimos, los que sólo conocemos "nosotros". Volver a los orígenes y compartirlos con el amor. -Alfonso siempre tenía una interpretación mucho más romántica que la mía.

-Sí Alfonso, pero a mí me parece que habla de jubilarse, "me estoy haciendo mayor, y necesito algo en lo que confiar". No me queda claro si es un último capítulo de la vida o algo esperanzador.

Buscando el sentido de las canciones que nos gustaban, fuimos confesando nuestros pensamientos más íntimos, hasta que Alfonso interpretó una canción de U2 -Every breaking wave- que yo no conocía previamente, ¡era preciosa!

-Parece hecha a la medida de este momento —explicó Alfonso-, aquí al borde del acantilado. Una ola tras otra, siempre hay otra más. La corriente nos separa, la derrota de no intentarlo. Abandonar antes de empezar. Carmen, lo importante es buscar el amor, no encontrarlo.

-No te entiendo Alfonso —pregunté innecesariamente puesto que Alfonso ya había comenzado su particular interpretación.

-Nos obsesionamos por encontrar un amor que nos dé estabilidad y que sea convencional y duradero. Al primer intento fallido, sufrimos y, a partir de ese momento, nos encerramos por miedo. Parece que en eso consiste hacerse adulto, yo prefiero ser niño o, al menos, adolescente. Luchar contra la marea y las olas.

Me parecía estar hablando con un cura o un gurú indio y entendía su idea, pero no estaba muy de acuerdo con lo que quería decirme. Yo lo había pasado muy mal con un amor fallido y no estaba dispuesta a repetir las estupideces que había cometido, la principal de ellas confiar en un ser humano, de sexo masculino. Pero Alfonso continuó con su sermón.

-En el momento que consigues empezar una relación, cuando crees que has encontrado el amor, en ese momento justo, se pone en marcha el cronómetro para perderlo. Por muerte natural, cuando se desvanece el amor, por aburrimiento, por incompatibilidad de caracteres, porque te llevas mal, por …, siempre se acaba. Cuando un amor termina puede producir dolor, mucho dolor, pero siempre es incomparable a la amargura permanente de la renuncia a buscarlo.

Empecé a ver el sentido de sus palabras y me pareció que buscaba algo con su discurso.

-El momento perfecto del amor es, al principio, en el juego de la seducción, justo antes de conseguir tu objetivo, cuando toda la naturaleza juega a tu favor. Las hormonas ocultan los defectos del otro, todo en el amante parece perfecto. Está en juego la conservación de la especie. Si se tratara de la última pareja sobre la tierra no habría opción a elegir, las hormonas harían que ambos se vieran entre sí como su pareja ideal. Lo más bonito siempre es el cortejo, no la relación.

-Exactamente igual que en el sexo, cuando todo se percibe de una manera diferente Otra vez las hormonas hacen que se hagan cosas que nunca hubieras hecho, en un estado normal.

-En resumen, las relaciones están mitificadas. Y mucho más las convencionales, con sus contratos, familias inmiscibles, celos y posesión. El verdadero amor sólo se encuentra en la búsqueda, cuando perseguimos ofuscados al ser que, entonces, nos parece perfecto, y en el sexo que nos ciega las reglas y convenciones sociales. Cuando la razón apenas interviene y es la naturaleza, las hormonas, las que nos controlan. ¡No se puede renunciar a jugar, aunque cada jugador sepa que es para perder al final!

Ya no pude aguantar más rodeos y le pregunté directamente.

-Alfonso, ¿qué me quieres decir con este discurso?

Alfonso dejó la guitarra a un lado y mirándome a los ojos, mientras Susana y Roberto nos contemplaban atentamente sin querer romper el momento.

-Carmen, he observado como os habéis comportado Roberto y tú. Estoy seguro que hay amor, no podéis retiraros de la apuesta, hay que jugar hasta la última carta. Ya habéis perdido antes, "todos los perros de la calle saben que estáis enamorados de la derrota", ahora sólo se puede ganar.

Estaba empezando a romper mi defensa numantina, la verdad es que Roberto me atraía mucho y tenía tentaciones de arriesgarlo todo, pero…

-No te entiendo muy bien, pero no me negarás que lo del trio es muy fuerte, ¿a ti te da igual?

-Lo importante de las relaciones no es su formato, ni cómo, ni con quién han sido, ni cuánto duran, ni si hemos perdido. Lo importante es haberlo intentado con todo tu corazón, no tener dudas de que pusiste toda la carne en el asador y, al final, haber mejorado como persona.

-Sólo hay dos tipos de relaciones, Carmen, las que te hacen crecer y las que te hacen retroceder. Una vez que has apostado todo, que es lo fundamental para no ser responsable del fracaso, lo demás no importa, ni la duración, ni con quién… o quiénes. Susana es una mujer maravillosa que me asegura que se lo debe todo a una relación.

Alfonso empezaba a caerme cada vez mejor. Me contó sus historias fracasadas y como había conocido a Susana. Hasta que me confesó su opinión por esa relación que no entendía.

-Susana dice que es mejor mujer por el trio que tanto te preocupa. Para mí, si solamente un diez por ciento de la forma de ser de Susana fuera consecuencia de una relación ente ella y una oveja, tendría a la oveja en un pedestal. No es una oveja, es una pareja, pues dos pedestales. Me basta su palabra, ella mejoró y todo fue por el trio que ellos llamaban Shamrock. ¡Chapeau!

No estaba nada convencida de lo que me intentaba decir, pero había conseguido ablandarme un poco. Yo creo que fueron más eficaces sus canciones que sus palabras, pero la realidad es que admití que Roberto me colocara una toalla para abrigarme del frescor de la tarde, al mismo tiempo que me tomaba por el hombro.

Alrededor de Alfonso y su guitarra, cantamos los cuatro todas las canciones que se nos iban ocurriendo, con más voluntad que pericia, como el coro de una parroquia. Y continuamos hasta que el sol comenzó a ocultarse.

Al final, Alfonso propuso una especie de homenaje póstumo a Teresa. Tenía que ser el místico de Alfonso quien llevara la iniciativa de un improvisado acto, casi religioso que consistió en lanzar al mar, a cada ola que rompía en los acantilados, unas flores silvestres que habíamos recogido allí mismo mientras le enviábamos un mensaje como si se tratara de un epitafio.

Uno a uno, primero Alfonso y luego, Susana y Roberto muy afectados, fueron arrojando las flores y supongo que dedicando a Teresa algunas palabras de recuerdo o alguna promesa. Cuando llegó mi turno, no sabía que pensar o decir, aproveché la letra de la canción de U2 para inspirarme.

-Las almas de los náufragos amorosos como yo, saben lo que es vivir sin relaciones. Si hablo al mar, debería escuchar la voz del capitán de la canción de U2, esa voz debería ser la tuya, Teresa. ¿Qué tengo que hacer, ir por mi camino y Roberto por el suyo?, ¿tan desamparada estoy contra la corriente?

Supongo que había ocurrido antes y no me había apercibido, pero a mí estas cosas exotéricas siempre me afectan mucho, y me pareció que, al terminar mis pensamientos para Teresa, una ola rompió con más estruendo que las anteriores. Me alejé del borde del acantilado para que no me salpicara el agua y continué con mis reflexiones, un poco asustada.

La conversación con Alfonso, las copas, las canciones, el fuego, la mano de Roberto jugando con mi cintura me animaban a superar mi prevención, pero mi miedo al fracaso seguía siendo muy fuerte. Me costaría enamorarme de cualquiera porque me prometí no volver a sufrir por nadie. Pero encima lo intento con un tío raro, que habla con toda normalidad de una relación retorcida y me presenta a una componente del grupo. ¿Qué pretende?, ¿qué iniciemos otro trio? Que conste que Susana me resulta muy atractiva, pero yo no estoy para experimentos.

Roberto y Alfonso se han enzarzado en una discusión de la técnica de la guitarra. Cejillas, acordes, afinaciones, no entendía nada, pero Susana se ha acercado a mí para salvarme del aburrimiento. Hemos iniciado una conversación intrascendente sobre nuestros gustos musicales y me ha contado alguna inocente anécdota de su adolescencia en Santander.

Después, mientas los chicos estaban muy absortos en su conversación, me ha tomado la mano y mirándome muy fijamente a los ojos, Susana me ha dicho:

-Carmen, Roberto es un hombre maravilloso. Le conozco muy bien y está muy enamorado de ti. El amor es imprevisible y aunque me hubiera gustado continuar con él, nuestra relación se acabó hace años. No seas tonta, ¡no le dejes escapar!

En ese momento los chicos han vuelto a la tierra desde de su elevada conversación técnica y hemos decidido que era el momento de irnos. El regreso en la furgoneta hasta nuestro hotel me ha parecido menos arriesgado que la ida, no sé si por la menor velocidad o porque me estaba acostumbrando a la forma de conducir de Alfonso.

Durante el trayecto hemos intercambiado las habituales propuestas de vernos de nuevo en poco tiempo, propuestas de compromiso y no vinculantes, que siempre acaban en periodos mucho más largos que los acordados.

Cuando nos hemos bajado de la furgoneta, a la puerta del hotel, entre los besos de despedida, Alfonso ha dejado una pregunta en el aire.

-¿Sabéis que es el swinging?

Yo, como una auténtica cateta, he contestado.

-¿Un nuevo baile?

Alfonso, con una sonrisa me ha aclarado.

-No. Quiere decir, intercambio de parejas.

Como ya había hecho el ridículo con mi ignorancia, estaba tan azorada que no me sentía con criterio para distinguir si se trataba de una broma o una proposición.

No me había quedado nada claro que quiso decir Alfonso y su huida, esta vez a toda velocidad, dejó a Roberto, en la puerta del hotel, solo ante mi indignación.

-¡Roberto! ...

FIN

<table>
<tr><td>

"There are places I remember all my life
Though some have changed
Some forever, not for better
Some have gone and some remain

</td><td>

Hay sitios que recordaré toda mi vida.
Aunque algunos han cambiado,
algunos para siempre, no para mejor.
Algunos han desaparecido y otros
permanecen.

</td></tr>
<tr><td>

All these places had their moments
With lovers and friends, I still can recall
Some are dead, and some are living
In my life, I've loved them all

</td><td>

Todos esos sitios me recuerdan
momentos con amantes y amigos, que
todavía puedo recordar.
En mi vida, los he amado a todos

</td></tr>
<tr><td>

Though I know I'll never lose affection
For people and things that went before
I know I'll often stop and think about
them
In my life, I'll love you more"

</td><td>

Aunque sé que nunca perderé el cariño
por las personas y cosas de antes,
sé que a menudo voy a parar y pensar
en ellas
En mi vida, "OS" querré a
"VOSOTRAS" más

</td></tr>
</table>

The Beatles. In my life. (Lennon&McCartney). 1965